청소년 비평의 세계

청소년
비평의 세계

이진서 · 이정숙 편

글글쿨

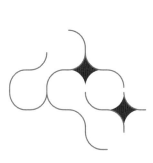

차례

비평적 글쓰기와 대화적 사고의 필요성

인간을 정의하는 명제들은 다양하다. 그중에 가장 고전적인 명제가 인간은 생각하는 갈대라는 것이다. 그런데 시대가 바뀌면서 그 생각의 차원이 많이 변했다. 깊은 생각의 차원에서 낮은 생각의 단계로 이행해 온 것은 아닐까? 이런 진단에 대해 딴지를 걸 수도 있을 것이다. 어떻게 쉽게 그런 결론을 내릴 수 있느냐는 문제 제기가 가능하기 때문이다. 인간의 생각이 깊어지면서 이전 시대에는 볼 수 없는 새로운 문명 시대를 열고 있지 않느냐고 항변할 수 있다. 그런데 여전히 우리가 옛사람들이 남긴 고전을 읽으며 온고이지신(溫故而知新)하고 있는 현실을 감안한다면 옛사람들의 사고가 결코 지금의 사람들과 비교해서 열등한 상태가 아니었음을 인식하게 된다. 오히려 세계에 대한 이해나 인식의 깊이는 옛사람들이 남겨놓은 저술에서 더 많은 지혜를 얻게 되는 현실을 부정할 수 없다.

이에 비해 현재는 삶의 환경이 급변하고 속도의 시대로 변하면서 사람들의 생각이 일차원적 차원으로 전락하고 있다고 본다. 이에는 여러 가지 이유가 있겠지만 문자문화의 시대는 주류에서 주변부로 밀려나기 시작했다는 점에서 우선 찾을 수 있다. 문자문화의 쇠퇴는 독서의 일상화가 불가능하게 만들었다. 인간의 사유를 훈련하고 세련화하는 매개였던 독서가 주변화되면서 인간의 사고는 속도에 맞추어져야 하는 운명이 되어 버린 것이다.

인간의 사유는 근본적으로 시공을 초월하는 힘을 가지고 있다. 자연과 함께 생활하는 것이 일상화가 되던 시대에는 인간의 사유는 자연의 시간 즉 우주적 시간을 공유하면서 사고가 이루어져 왔다. 그래서 인간 사유의 특징은 순간을 통해 영원을 사유할 수 있었고 영원을 현재화하는 사유의 유연화가 가능했다. 그런데 인간의 지혜가 과학 만능의 시대를 열면서 인간의 시간 의식은 많이 변했다. 속도의 시대로 전환되면서 인간이 시간을 제어할 수 있는 것이 아니라 시간이 인간을 지배하는 시대로 변한 것이다. 속도에 예속되는 삶의 환경이 형성되면서 인간은 그 속도에 맞추어 살아가기 위한 생존 전략을 자연스럽게 익히게 된 것이다. 일상생활시간의 속도성은 사고의 시간을 단축시킬 수밖에 없는 상황을 빚게 된 것이다.

속도의 시대에 시달림으로써 사고의 시간을 제대로 가질 수 없다는 현실적인 문제도 문제지만 이 시대에 사고와 관련된 더 심각한 문제는 인공지능 시대의 도래이다. 인공지능이 인간지능을 넘어서는 수준으로 발전하면서 이제 인간은 힘들게 사고할 필요성이 없는 편한 시대로 나아가고 있다. 인공지능이 인간의 고민을 다 해결해 줄 것이라는 기대는 골치 아픈 생각의 필요성을 느끼지 않아도 될 시대로 이행되고 있는 것이다. 이는 극단적으로는 인공지능에 인간의 모든 사유를 넘겨줄 수도 있다는 가정이 가능하게 한다. 이렇게 된다면 인간은 완전히 인공지능의 수하에 놓이는 꼴이 될 수밖에 없을 것이다. 이는 우리 인류가 가장 경계해야 할 단계이다. 인간이 사고하지 않고도 살 수 있는 세상이란 상상하기 힘들다. 그러나 현실은 그러한 세상으로 치달아 가고 있다.

이런 결과로 현대인들은 자신에게 당장 문제가 되지 않는 사안들에 관해서는 관심을 두지 않는다. 속도와 인공지능에 예속된 현대인들의 삶의 태도가 극도로 개인화되어 가는 이유의 하나이다. 갈수록 자기 세계 속에 갇혀가는 현대인의 군상은 우리 시대의 새로운 자화상으로 등장하고 있다. 그러면 이런 시대 상황 속에서 자라나는 세대들에게는 어떤 가치관으로 사고 훈련을 해야 할 것인가? 기성세대들의 삶의 방식을 따라 일차원적 사고에 머물러 살아가도록 방치해 두어야 할 것인가? 이는 분명 제대로 된 생각을 하는, 깨어 있는 자들에게는 직무 유기가 될 수밖에 없다. 자라나는 세대들이 생각이 있는 자들로 성장할 수 있는 토대를 마련해주어야 할 필요성이 제기되는 이유이다. 그것도 건강하고 온전한 생각의 집을 지어나갈 수 있는 토대를 마련해 주어야 할 필요성이 그 어느 시기보다 절실하게 요구된다. 비평적 사유를 어린 세대들로부터 교육해야 하는 까닭이다.

그러면 이 비평적 사유를 어떻게 훈련시키고 교육해 나갈 것인가? 일차적으로는 독서를 통해 비평적 글 읽기를 시작해야 한다. 문자문화가 갈수록 위축되고 있는 영상 시대에 청소년들에게 책 읽기를 권장한다는 자체가 힘든 과제이다. 그러나 이 선을 넘지 못하면 비평적 글 읽기를 통한 비평적 사유의 훈련은 불가능하다. 사유는 생각의 과정이요, 집이다. 그런데 이 집은 쉽게 지어지지 않는다. 책을 읽으면서, 책이 제시하는 세계와 독자인 자신이 생각하는 세계가 서로 만나 새로운 세계를 빚어나가야 하기 때문이다. 책이 제시하는 세계에 함몰되는 것이 아니라 그 세계를 통해 자신이 새로운 세계를 만들어 나가는 창조적 사유를 해야 한다. 이 창조적 세계는 비평적 책 읽기를 통하지 않고는 생성될 수 없다. 여기에 비평적 책 읽기를 제대로 교육하는 비평공부가 선행되어야 하는 이유이다. 비평공부란 너무 어렵게 생각할 필요가 없다. 비평은 따지는 정신에서 출발한다. 따지되 시비를 가려 따지는 훈련이 필요하다. 그러므로 비평적 사고 자체가 생각의 훈련이 된다.

그런데 한 개인이 시비를 가리는 데는 한계가 있다. 인간이 가진 본질적인 한계 때문이다. 신이 아닌 인간이 어찌 온전할 수 있겠는가? 여기에 대화적 사고의 필요성이 제기된다. 내 생각만 고집하고 그것에 매몰되면 시비의 결과가 독단으로 빠질 때가 있다. 자기 생각에만 골몰할 때 오는 문제이다. 우리는 그저 자신이 오랫동안 골몰하는 자체를 사고의 깊이로 오해할 수도 있다. 골몰은 생각의 깊이를 위해서 필요한 필수 과정이다. 그러나 골몰 자체가 온당한 생각의 깊이를 다 담보해 주지는 않는다. 다시 말하면 골몰하는 많은 시간을 가진다고 비평적 사고가 생성되는 것은 아니다. 창조적 사고를 위한 비평적 사유는 자기도취에 빠지지 않는 온당한 시비를 통해서 가능하다. 이런 온당한 시시비비를 가리는 일을 위해서 필요한 과정이 대화적 사고이다.

대화적 사고는 읽은 책들을 두고 여러 사람이 함께 그 내용을 다시 토론하는 데서 비롯된다. 대화를 내면화할 때 우리는 조금 전에 들었던 다른 사람이 나타낸 사고를 재현할 뿐만 아니라 마음속으로 그것에 대해 반응을 보이기도 한다. 더 나아가 우리는 대화를 나누는 과정에서 추론을 이끌고, 가정을 확인하고, 서로에게 근거를 제시하며, 비판적인 지적 상호작용에 참여하는 방법을 찾아낸다. 대화에서 엉성한 추론은 지적받고 비판받는다. 그러한 추론은 항상 이의 제기를 받을 수밖에 없다. 이런 이의 제기는 발표자의 생각을 재고하게 할 뿐만 아니라 이의 제기자 스스로도 생각의 단계를 다른 차원으로 끌어내는 계기를 만들어 준다. 이렇게 다른 사람이 말하는 내용에 대한 비판적 태도의 활성화는 토론 참여자들 모두에게 사고의 활성화를 통해 비판적 사유의 깊이를 더하게 한다. 그런데 이러한 비판적 태도는 자기 자신의 생각을 늘 새롭게 반성할 수 있게 만들어 준다는 점에서 비평적 역량을 키워 나가는 근원적 힘이 된다. 일단 다른 사람의 사고 과정과 표현 양식을 비판적으로 검토하는 기술을 배우고 나면 사람들은 자신의 발언에 대하여 다른 사람이 무어라 말할지에 대해서도 주의 깊게 고려할 수 있게 된다. 이러한 토론의 대화적 과정을 통해 우리는 자신의 판단과 비평이 지닌 한계나 문제점을 인식하게 되고, 다른 사람의 이의 제기를 통해 문제를 보완할 수 있는 바탕을 마련할 수 있다.

중요한 점은 이런 대화적 광장이 지속될 때, 탐구공동체가 자연스럽게 형성된다는 것이다. 탐구공동체의 형성은 거기에 참여하는 학생들의 지적 사고 역량을 함양할 수 있는 토대를 마련해 줄 수 있을 뿐만 아니라 다양한 생각들이 서로 교차되면서 풍부한 상상력으로 사고할 수 있는 힘을 제공해 준다. 그러므로 대화적 사고가 어느 정도 효과를 발휘하려면 탐구공동체에 참여하는 구성원들과 그 활동은 상당한 기간, 동일 구성원으로 지속될 필요가 있다. 어느 정도의 해석 공동체 의식이 형성되었을 때 이 탐구공동체가 지니는 활동력은 배가될 수 있기 때문이다. 또 한 가지 중요한 운영 방식은 책을 읽고 토론의 대상이 되는 책과 주제를 가능한 한 다양하게 변화시켜 주어서 어느 한 영역에만 고착되지 않고 세계의 총체적 측면을 다양하게 이해하고 해석할 수 있도록 시야와 영역을 점진적으로 확산시켜 나가야 한다. 그래서 청소년 시절부터 세계의 다양성과 총체성을 인식한 바탕 위에서 비평적 안목을 가질 수 있도록 해줄 필요가 있다. 이는 대화적 사고를 통해 한 개인의 사고가 자기 세계에 고착되지 않게 할 뿐 아니라 읽는 텍스트 자체를 다양하게 함으로써 사고의 다양화를 유도할 수 있다는 점에서 청소년 비평교육에서는 같이 병행되어야 할 가장 기본적인 방향성이다.

이런 차원에서 이번에 펴내는 청소년 비평집의 내용이 참여 학생들의 다양한 개인적 시각과 함께 비평 대상의 책들이 다양하다는 점은 긍정적이다. 또한 비평광장을 통해 대화적 사고의 실천 현장을 만날 수 있다는 점도 고무적이다. 아직은 깁고 보완해야 할 실천적 과제들이 있지만, 이 정도의 결과물들을 선보일 수 있다는 것은 생각이 없어져 가는 시대에 생각하는 미래세대를 키워내고 있다는 자긍심만은 가져도 좋을 것이다.

2024년 봄
남송우(문학평론가)

함께 한 지난 1년간의 여정을 정리하며

　초등학생이 부사구가 무엇인지 궁금해하며 물어왔다. 영어 숙제하며 궁금증이 생긴 모양이다. 요즘은 국어 문법보다 영어 문법을 먼저 배우고, 우리말 단어가 정립되기 전에 영어식 표현에 익숙해지는 것 같다. 한국어와 영어의 부사는 기능과 의미가 다르지만 같은 '부사'라는 용어를 사용하기 때문에 혼동이 일어날 수 있다. 국문법 용어인 부사가 가지는 특징을 익히기 전에 영문법에 부사라는 단어 자리를 내어줘 버렸다. 표현의 자연스러움이 몸으로 체득되기 전에 암기로 각인시키는 것이 요즘의 공부인 듯하다. 핵심이 주변으로 밀려난 것들을 마주할 때면 씁쓸해진다.

　책 읽기에도 순서가 있고, 특별한 방법이 있을까? 책 읽는 방법에는 왕도가 없다고 한다. 책 읽기는 사람마다 다르며, 각자의 관심사나 목적에 따라서 접근과 해석이 다양하다. 그러나 굳이 순서를 말하자면 글자부터 단어, 구절,

문장으로 이해를 넓히며 낮은 수준에서 높은 수준으로, 얕은 수준에서 깊은 수준으로 책 읽기를 해 나간다. 성실하게 책을 읽은 후에는 함께 모여 토론하며 서로의 의견을 잘 듣는다. 새롭게 알게 된 사실이나 깨달은 내용은 나의 것으로 받아들이고, 의문이 생긴 것은 해결될 때까지 노력을 기울여야 한다.

이렇게 설명하면 책 읽기가 참 지루한 작업처럼 느껴진다. 책 읽기는 지루한 일일까? 독서가 어려운 이유로 성인들은 '일 때문에' 혹은 '다른 매체, 콘텐츠 이용으로 인해 시간이 부족해서'라고 말하고, 학생들은 '스마트폰, 텔레비전, 인터넷 게임'을 가장 큰 장애로 뽑았다. 조사 결과를 보면 책 읽기는 우선순위에서 밀려나고, 재미있는 것들 사이에서 인기를 잃어가는 추세이다. 이것이 우리의 현실이다. 그러나 이러한 추세에 반하는 곳이 있다. 중학생 평균 집중 시간 50분을 고려할 때 청비의 아이들은 책을 읽고, 조사하고 발표하고 글을 쓰며 물리적인 시간을 상대적으로 경험한다. 다양한 작품을 읽으며 지극히 개인적인 감상을 시작으로, 작가와 시대를 알아가고, 문학 작품의 의미와 표현을 배운다. 그리고 시대의 필요를 대변하는 글들을 읽는다. 자신의 견해를 펼치며 나와 다른 생각을 공유한다. 표현한다. 자극한다. 성장한다. 이것이 바로 청소년 비평의 세계이다. 청소년 비평은 우리의 미래인 청소년의 삶을 더 풍요롭게 만들어 주는 장이다. 이곳에서 함께 읽고 쓴 글들은 거침없는 생각의 자유로운 비상을 경험하게 한다. 세련된 글이든 그렇지 않든, 우리는 시작점을 찍는다. 그곳에서부터 출발하여 함께 나아간다.

지난 1년간의 글쓰기 행보들이 숨 가쁘게 지나갔다. 『청소년 비평의 이론과 실제』 출간 이후 두 해 만에 청비 아이들의 새 책 『청비의 세계』가 나왔다. 이 책은 과정 중에 있는 글들을 모아 엮은 청비의 두 번째 작품이다. 수줍고 어설프게 보였던 아이들의 꿈이 점점 영글어 꽃망울을 틔우는 모습을 볼 수 있다. 이 책을 통해 우리 아이들은 바람에 퍼지는 꽃향기처럼 글을 통해 인식의 지평을 넓혀갈 것이다. 또한 자랑스러운 청비 아이들의 <청소년 컨퍼런스>와 <프로젝트 수업>은 요즘 말로 엄지척이다. 일상에서 적었던 글들이 여러 공모전에서 두각을 나타낸 것은 정말 기쁜 일이었다.

고석규비평문학관을 토양 삼아 자란 청비의 씨앗들은 세상을 바라볼 때 치우침이 없다. 편견을 거둬낸다. 바른 목소리를 낼 줄 아는 힘을 가지고 있다. 이제 우리의 청비 아이들은 꽃이 좋고 열매가 많은 과실수로, 사시사철 푸른 상록수로 자랄 것이다. 꺾이지 않는 풀잎으로, 계절마다 피고 지는 아름다움으로 성장해 나갈 것이다.

지난해 '내 글' 쓰기에 바쁜 시간을 보냈지만, 청비 아이들의 읽기와 쓰기를 지도하며 보낸 시간은 윌리엄 워즈워스(William Wordsworth)의 "어린이는 어른의 아버지"라는 표현이 딱 들어맞는다. 아이들과 함께 수업하며 느꼈던 감동은 그들의 초롱초롱한 눈망울에 담긴 신뢰와 존경의 눈빛에서 확인할 수 있었다. '독서가 공부의 도구로 전락한 시대에 책 읽기를 가르치는 것은 무엇을 위한 것이며 어떤 의미를 지니고 있으며 어떻게 가르쳐야 하는

가?' 이 질문은 수십 년째 스스로에게 던지는 질문이다. 보배로운 아이들을
위해서 나는, 교육자로서 초심을 잃지 않고 물려줄 만한 것을 지키며 옳은 길
을 찾아 묵묵히 걸어갈 것이다.

이정숙(고석규비평문학관 교육부장)

청소년
비평의 세계

글을 열면서

근대적 교육으로서의 학교체제는 성장 과정에 있는 청소년들을 일정한 사회문화적 전통 속에서 그 사회의 주류가 되는 삶의 방식으로 이끌어 가고자 한다. 그러나 학교 교육이 지향하는 바와는 달리 지금의 청소년들에게 학교 수업은 자신들의 삶과 유리되어있을 뿐만 아니라 재미도, 의미도 없는 그야말로 무용지물이 된 지 오래이다. 이렇게 된 배경에는 과거 학교 교육이 교육적 가치가 있는 내용을 중심으로 한 훈육이 강조되었던 방식에서 지금은 학습자의 욕구와 발달에 기반한 학습자 중심으로 변화되고 있는 상황도 한몫을 했다. 이제 더 이상 학교 교육은 자라나는 세대로 하여금 능동적인 학습 과정에 참여할 수 있도록 도와주는 존재가 되지 못한다. 독서를 포함한 모든 학습행위가 청소년들에게 재미를 통한 유의미성을 제공하기보다는 힘들고 고통스런 노동이 되고 있다.

청소년 비평교육은 청소년들 스스로 자신의 삶에서 의미를 발견할 수 있도록 도와주고, 그 의미는 재미를 통해서 체험할 수 있도록 해주어야 한다. 이 점은 사실 모든 청소년 교육의 토대이다. 청소년 비평교육 역시 청소년들에게 의미 있는, 이를테면 이야기, 토론, 놀이, 신뢰할 수 있는 인간관계 등을 제공해 줌으로써 자신들의 경험이 갖는 개별성과 개인적 견해를 표현할 수 있도록 도와주는 것이 중요하다. 이때 청소년들은 그러한 교육을 통해 획득한, 자신을 포함한 타자와 세계를 이해하고 해석하는 능력으로서의 분별력과 비평적 능력을 통해 강력한 삶의 자원을 지니게 된다. 청소년들은 비평을 통해, 혹은 비평적 능력을 고양시키면서 좀 더 탐구적인 존재로, 모험을 즐기는 존재로, 결단력을 갖춘 논리적인 사고의 소유자로 거듭난다. 청소년 비평교육은 교육을 받는 첫 단계에서부터 청소년들이 '더 잘' 사고할 수 있도록 도와주어야 하며 비평행위 혹은 비평교육을 통해 청소년들은 사려 깊고, 성찰적이며, 보다 합당한 개인이 될 수 있다.

이 글은 지난 1년 남짓한 기간 김해 삼방동에 자리 잡은 고석규비평문학관 산하의 청소년 비평학교(이하 청비)에서 이루어진 수업을 바탕으로 쓰여졌다. 이 글이 주장하는 바는 하나로 귀결될 것이다. 디지털이 점령한 '순간 접속의 시대'에 아이들을 다시 책 앞으로 불러 모아 '함께' 읽고 써야 한다는 것이다. 지난 1년 동안 아이들은 함께 읽으면서 더 '깊이' 읽게 되었고, 그런 읽기의 경험이 비평적 글쓰기가 가능한 비옥한 토양을 만들어 주었다. 물론 그럼에도 문학과 예술, 문화교육의 방법을 통합할 수 있는 새로운 청소년 비평교육을 개념화하고자 했던 초기의 목적에는 턱없이 미치지 못했다. 그러나 글쓰기에 무심했던 청소년들이 비평적 학습자로 거듭나는 과정은 그 자체로 경이로웠다. 비평적 감식안을 가진 전문가 그룹이 어떻게 비평대상이나 작품에 접근하는지를 추적하면서 시작됐던 비평공부가 청소년들 스스로 비평적 리터러시를 형성해 가는 과정으로 변모하는 모습은 청소년 비평과 관련된 많은 것들을 일깨워주기에 충분했다.

1.

청소년 비평의 1차적인 텍스트인 문학이 확장과 위기라는 상반된 현장에 위치해 있다는 인식은 새롭지 않다. 문학이 예술과 문화의 뿌리라는 사실을 종종 망각하더라도, 이른바 문학의 위기라 불리는 지금의 현실보다 자라나는 세대들이 문학 작품을 기피하는 상황이 더 무겁게 다가온다. 문학의 확고한 위치와 변함없는 권위를 말하기에 앞서 소위 '문학의 위기'를 자초한 원인을 숙고해보지 않을 수 없다. 문학과 현실의 괴리, 문학이 지니는 고도의 상징성, 문학 이론의 난삽성 등이 일정 정도 독자의 이탈을 가져온 측면도 있지만, 문학 스스로 자기 보호를 위한 장치, 즉 문학 자체에 대한 비판적 사유의 결여가 근본적인 이유였다. 물론 문학의 주요 표현 수단인 언어가 가지는 한계도 있었다. 복잡해진 사회만큼 다양한 개인들의 욕구들을 담아내기엔 기존의 고착된 언어로는 쉽지 않았을 것이다. 게다가 언어가 지니는 표현과 저장의 용이함과 수월성을 더 이상 문학만이 독점할 수 있는 상황도 아니다.

　이러한 위기가 비단 문학만에 국한된 것이 아니라고 항변하는 이들도 있을 테지만, 비록 외부적 요인으로부터 파생되었으며 보다 근본적인 원인이 있음에도 불구하고 문학이 현실의 바깥에 서 있는 듯한 인상을 주는 것은 더 많은 문제들을 야기시킨다. 문학이 인간에 대한 탐구에서 출발하여 인간과 연동되는 모든 것과의 관계성에 대한 천착을 필수요소로 끌어안는 장르인 만큼 문학의 위기는 비단 문학의 위기만으로 끝나지 않는다. 문학의 위기는 문학교육의 위기로 이어진다. 제도권 내에서 이루어지는 문학교육은 오랜 기간 국어교육의 하위영역으로 분류되어 있었기에 문학교육이 가지는 고유한 특성을 담아내기에는 어려운 측면이 있었다. 현행 국어교육이 문학교육이 추구하는 바와는 달리 언어기능적인 측면만이 과도하게 부각되었기 때문이다. 이는 배움이 이루어지는 과정으로서의 문학교육에 대한 제대로 된 평가를 어렵게 하여 공교육 안에서의 문학교육을 파행으로 이끈 주된 원인이 되기도 했다. 그러나 무엇보다 문제가 되는 것은 학습자가 하나의 작품을 통해 다른 작품으로 자연스럽게 외연을 넓히는 기회를 사실상 차단당한다는 데 있다. 기존 전문가의 분석이나 해석을 그대로 답습하는 교수학습방법으로는 문학교육의 본령이랄 수 있는 비판적 사유도, 창의성 발현도 가능하지 않다.

2.

    비평교육은 공교육 내에서도 종합적인 언어능력을 신장시킬 수 있는 방법의 하나로 일찍부터 각광받아왔다. 실제로 비평은 무엇보다 언어가 강력한 도구라는 점, 비평이 가지고 있는 메타적 성격은 청소년들의 소통 역량을 비약적으로 발전시킬 수 있다는 점에서 주목받기에 충분했다. 게다가 일반적인 언어능력 외에, 작품에 대한 안목과 심미적인 경험을 깊게 하여 문학적인 능력까지 신장시킨다는 사실이 객관적으로 증명되면서 공교육 안에서도 '뜨거운 감자'가 되기도 했다. 그럼에도 비평교육의 중요성과 필요성에 비해 청소년 교육 현장에서의 비평교육의 개념은 명확하게 정립되어 있지 않다.

    제도권 내에서의 비평교육은 실제로는 작은 비중이 아니다. 작품을 분석하고 해석하여 가치를 판단하는 작업들이 곧 비평이라고 한다면 학교 교과 과정에 포함되어 있는 문학이론이나 문학사를 포함하는 일련의 문학교육 과정이 실질적인 비평교육일 수 있기 때문이다. 전문가들이 작품에 접근했던 방식이기도 한 문학이론을 가르치는 과정도 비평교육과 크게 다르지 않다. 과거 우리의 고전문학을 원재료로 삼거나, 한국의 본격적인 비평시대를 열었던 1930년대 비평가들의 방식을 차용한 비평 수업도 있다. 최근엔 서구의 비평이론을 교육에 적용하려는 연구도 적지 않은데, 다만 이런 시도들이 비평으로의 접근이라기보다는 글쓰기 기능이나 이론 소개에 더 가깝다는 측면에선 아쉬운 점도 있다. 고석규비평문학관 청비에서도 김환태, 최재서, 임화 등으로 대표되는 전형기轉形期 비평가들의 비평방식을 비평적 글쓰기에 적용해 보기도 하였다. 특히 우리나라 문학교육과 비평교육에 선구적인 영향을 끼쳤다고 판단되는 백철의 신비평은 그것의 공과를 떠나 여전히 일선에서 문학교육을 담당하고 있는 교사들에게 적지 않은 영향을 미치고 있었다. 또 하나는 비평이론을 직접 교육에 적용해 보는 시도였는데, 이를 위해서는 문학 내적 규칙인 개념적 지식이 아니라 문학 현상을 탐구하는 방법적 지식이 절실한 만큼 학습자의 수준에서 필터링된 내용을 준비하는 과정이 쉽지 않았다. 실질적인 비평 수업은 전문 비평가가 자신만의 틀과 준거로 비평할 때의 그 규칙을 가르치는 것이 아니라 이들 전문가의 공통된 방법들을 개념화, 조직화해서 학습자에게 전달해야 하기 때문이다. 그 외에도 수용미학과 독자반응비평 등의 전문적인 비평 방식의 이론적 배경을 염두에 두고 실제 수업안으로 구성해 보거나, 신비평과 관계 깊은 형식주의, 구조주의 비평을 참고한 토론 방식을 직접 청소년 비평 수업에 적용해 보기도 하였다.

　청소년들과 만나는 교육현장에서 다분히 답보적이랄 수 있는 이런 방식으로 비평에 접근하게 하는 것이 적절할까 하는 질문과 매 순간 부딪히면서도 문학이론과 문학비평, 그리고 문학교육에 대한 상이한 부분들을 드러내면서 그것의 유기적인 연결고리를 밝히는 데 있어서는 나름의 성과가 있었다고 판단한다. 그렇다고 해서 이런 방식이 주조해 내는 명암明暗에서 자유로울 순 없었다. 기존의 강의 위주로 흐르는 수업을 답습하는 문제성향도 노정되었고, 무엇보다 문학작품-문학비평 vs 비문학작품-비판적 읽기교육이라는 이분적인 구도 속에 비평교육이 갇히는 느낌도 있었다. 청소년 비평교육과 관련해서 이론적인 선행연구가 전무한 데다 실질적인 수업 모형을 하나씩 만들어가야 했던 상황이었기에 특정 비평방식이나 이론을 기계적으로라도! 결합하는 것이 어쩌면 가장 현실적인 방도였을지 모른다. 모든 것은 비평 후 작성된 비평문만이 알고 있고, 그것만이 그 모든 과정을 대변해 줄 뿐이었다.

3.

비평 수업 현장에서, '수업'에 대한 오해 못지않게 '비평'에 대한 오해 또한 여전했다. 비평은 전문적인 지식을 가진 연구자들만의 전유물로 알고 있는 교사나 학습자들이 많다. 비평에 사용되는 용어들은 대부분 해당 장르에서만 사용되는 특수한 것들로, 이는 비평에 대한 오해를 더욱 부추긴다. 청소년 비평교육 현장에서 교사들이 비평 전문가들의 방법을 무리하게 적용하려 드는 것도 이와 무관하지 않다. 이런 배경에는 청소년 비평이란 용어 자체가 생소한 데다 교사들의 일천한 비평 지식도 한몫을 한다. 청비 역시 비평문학관이란 명칭에 걸맞은, 혹은 그것에 무색하지 않을 비평교육을 해내자는 염원이 초기부터 있었고 청비를 근거지 삼아 비평교육의 일반화 연구와 교재적 구성이 가능하리란 확신으로 출발했었다.

문학과 예술, 그리고 모든 영역과 대상에 적용 가능한 것이 비평이긴 하지만 독자들로부터 사랑을 받기엔 어려운 장르였다. 이는 비평가나 비평 자체의 문제라기보다는 비평 개념에서 연유된 오해이다. 비평criticism은 아주 오랫동안 어려운 용어로 우리 주위에 상존해 있었다. 이렇게 말하는 이유는, 비평의 가장 일반적이고 지배적인 의미의 근저에는 '판단'이라는 의미가 숨어 있기 때문이다. 누구나 일상적이고 사소한 판단부터 인생을 결정하는 중차대한 판단까지, 판단을 유보하거나 피해 갈 수 있는 이들은 많지 않다. 동시에 그것은 기존의 어떤 것에 대한 문제제기 혹은 어긋남을 전제로 하는 것이기에 비평의 가장 일반적 의미가 '비난censure'이며, 그것도 중립적 의미가 아닌 강한 적대적 의미로 전개되었다는 것은 의미심장하다. 비평이 지칭하는 전문적 의미 역시 '취미·교양', 이후에는 '문화·분별(력)'의 방향으로 나아갔음을 상기한다면 비평은 긍정적인 의미로는 훌륭하고 교양 있는 판단을 가리키지만 동시에 어떤 외부 집단에 대한 부당한 배제나 불공평한 취급을 뜻하기도 했다. 비평에 대한 이런 상반된 이미지는 비평이 모든 계층의 사람들이 전유할 수 없는 것이거나, 비평 자체에 접근하는 것을 어렵게 하는 어떤 장애물이 있는 것처럼 여겨지게도 했다.

그러나 비평이 고도로 난해한 작업이어서 전문가만이 할 수 있는 것이라는 선입견은 비평을 이론과 등가로 생각한 결과였다. 문학 작품에서 추출한 이론적 도구를 독점해 온 문학연구자들이 그들만의 시각과 방법으로 대상에 접근한 것은 비평이면서 동시에 비평이 아니다. 그것은 엄밀한 의미로 본다면 문학연구이다. 비평의 출발이라고 할 수 있는 인상비평을 도외시하고 형식에만 얽매여온 신비평과 형식주의 비평으로 생긴 기형적 개념의 비평이 존치했던 것도 사실이지만, 그것은 비평의 대상이 되는 문학 작품이나 예술을 향유하는 사람들이 한정되어 있었던 상황과 무관하지 않다. 비평적 지식을 가진 자만이 비평할 수 있다는 '편견과 오만'은 그렇게 만들어졌다. 비평 대상에 대한 접근 자체가 용이해진 지금, 비평은 모든 이의 향유 대상이어야 한다.

읽기와 쓰기는 원래 한 몸인 언어사용 기능들이다. 읽기의 과정에서 쓰기의 내용 생성은 자연스럽게 이루어진다. 마찬가지로 비평과 창작은 대칭되는 개념이 아니라 서로 연속되는 개념이다. 비평을 비평문과 동일한 위치에서 사용하는 것도 적절하지 않다. 비평 후의 활동 혹은 그 결과물로서의 비평문을 상정하지만, 비평은 비평 후 활동까지를 포함하는, 비평문의 영역보다 상위의 개념이라고 할 수 있다. 특히 청소년 비평 수업에서는 더욱 그렇다. 비평을 문학, 미술, 예술, 문화에서 주로 사용한다고 하여 이들만을 대상으로 여기는 오해도 있지만 비평은 비평적 학습자가 바라보는 모든 것을 대상으로 삼는다.

배움과 성장의 과정에 있는 청소년들에게 비평은 어떤 유의미함을 제공해 줄 수 있을까? 인간이 생산해 낸 것들, 이를테면 문학뿐만 아니라 영화, 음악, 미술, 학문, 기술, 건축물 등 유형무형의 모든 것이 인간 경험의 산물로 우리 앞에 모습을 드러낸다. 그렇기에 인간이 축조해 낸 문명이 인간의 욕망, 갈등, 잠재력을 반영한다고 전제한다면, 우리는 이러한 생산물들을 해석함으로써 하나의 種으로서 인간이 지닌 중요한 무언가를 배울 수 있다. 비평은 이런 과정의 주인이 되게 하는 탁월한 도구들을 자라나는 세대들의 손에 쥐어 준다. 비평은 그 도구들을 사용함으로써 세상과 자신을 들여다볼 새롭고 가치 있는 렌즈를 얻을 수 있게 해 줄 뿐만 아니라, 뛰어난 통찰력과 타자와 더불어 살아가는 삶의 능력들을 키울 수 있게 한다.

4.

이제 비평'수업'에 관한 이야기를 본격적으로 해야 할 때가 되었다. 일정한 자격요건을 갖춘 전문적인 교사들에겐 꽤 익숙한 얘기가 될 것이다. 필자 역시 비평교육의 초기에 심혈을 기울여 비평교육의 모형을 만들고, 실제 비평 활동 과정의 모형도를 그리는 데에 집중했다. 비평대상 선정하기, 비평대상 확인하기, 비평전략 세우기, 비평하기, 메타비평하기, 새로운 비평만들기 등등. 매 수업마다 수업안을 짜기에 여념이 없었다. 비단 이 과정만 있었겠는가. 학령기에 맞는 교육과정이나 교과서를 검토해서 수업 목표를 확인하고, 그 목표에 도달하는 가장 효율적이라고 가정되는 학습 경험을 조직화해야 한다는 사명감에 불탔다. 수업이 끝난 후에도 평가를 해야 하니 수업 목표의 도달 여부를 확인하기 위한 여러 절차들을 상정하느라 긴 시간 동안 고심하기도 했다.

수업의 전 과정을 이렇게 진행하는 배경에는 가르치는 활동 자체가 과학 이거나 과학이어야 한다는 시대정신이 깔려있다. 이런 과학주의는 주어진 수업 목표를 추구하는 데 있어 효율적인 방법이 있다고 가정한다. 사실 과학 적 관리라는 관념은 모든 수업의 일상적 관행 밑바탕에 깊게 뿌리 박혀 있다. 그리고 교사들 간의 집단 무의식에 가까운 이런 생각들은 다른 방식의 수업실천이나 관찰을 가로막는 결정적 요인으로 작용한다. 과학주의적 접근은 학교 안에서든 밖에서든 수업의 일 주체인 교사의 활동을 수동적인 행위로 변질시킨다. 실제 수업에서도 보편적인 원리나 이론이 우선이 되는 현상이 생기는 것이다. 그러나 모든 실천은 밝혀진 이론을 기계적으로 적용하는 행위가 아니며, 교육적 실천은 특히 그러하다. 살아 꿈틀거리는 생명들 앞에서 이론은 언제나 재해석되어야 하며 맥락적이어야 한다.

비평이란 용어가 지니는 다층적이고 역사적인 의미 못지않게 비평개념과 연동된 글쓰기라고 할 수 있는 '비평적 글쓰기'는 그 자체로 논쟁적이다. 무엇을, 어떻게 비평할 것인가가 여전히 고민스런 상황에서 청비의 비평 수업이 문학과 연관된 협의의 비평 활동인 문예비평 쪽으로만 선회하지 않은 것은 그나마 다행스런 일이었다. 협의든 광의든 비평적 글쓰기를 포함한 모든 비평행위들이 수업으로 통합되는 과정에서는 그것을 초역사적 장르로 상정하는 태도 자체를 지양해야 한다. 청소년 비평수업의 외연은 그런 의식을 출발점으로 삼아 확장된다. 비평 수업 초기, 청비에 있던 상당수의 교사들은 문학이나 비평을 전공한 이들이 아니었다. 그들은 놀랍게도 관행적인 수업에 반대했다. 문학관 관장 직책을 맡기 이전부터 청비 비평수업에 깊숙이 관여하고 있던 필자로서는 교사들에게 오직 한 가지만 요청했다. 지금까지의 현장 경험은 잊어라, 부디 그 경험을 살리지 말아 달라, 오로지 그것을 거스르는 창의적인 수업이 되게 해 달라는 요청이 전부였다.

일반적인 수업 관행에 휘둘리지 않으면서, 동시에 알려져 있는 수업 모형에 만족하지 않는 새로운 교사들이 필요했다. 그들은 교육자이기 이전에 실천가이면서 예술가여야 했다. 열정과 교육적 상상력이 넘치는 수업을 갈망하는 교사들. 물론 현실은 생각보다 훨씬 가혹했지만, 그 길에 기꺼이 함께 섰던 젊은 교사들이 있었다. 알맹이 없는 수업안을 벗어버리고 마치 예술가가 자신의 최종 예술품을 완성하기 위해 묵묵히 자신의 예술 행위에만 몰두하듯이, 학생 한 명 한 명의 미세하고 풍부한 반응에 깊이 공명하면서, 비평수업은 모든 것이 서로 놀라우리만큼 혼용되는 특별한 경험을 선물했다. 이런 류의 수업은 대개 준비한 대로, 준비한 바를 완벽하게 재현하는 것으로 수업의 성패가 결정되지 않는다. 학습자의 미세한 특성에 주목하는 교사와 그것에 응답하는 배려있는 학습자, 흔히 말하는 과학적 관리의 바깥에서 작용하는 계량화될 수 없는 행위와 미적 체험들의 연속으로 이루어지는 수업 말이다. 가르침을 주는 교사와 그것에 반응하는 학습자, 그들 사이에 이루어지는 지적 유대와 정서적 융합의 결정체로서의 비평수업을 우리는 꿈꾸었다.

5.

1976년 출간되어 이미 고전의 반열에 들어선 월터 옹Walter Ong의 『구술문화와 문자문화』에서 저자는 '생각과 글쓰기 사이에 놓여있는 비연속성'과 관련하여 의미 있는 주장을 펼친다. "우리 생각은 구술언어적 속성을 띠며, 이것은 문자언어 전통과 크게 대립된다"는 주장이 그것이다. 만약 그렇다면 말과 글이 가지는 근본적인 차이, 이를테면 말은 '현장성'과 '연극적 요소'가 중요하고 글은 훨씬 성찰적이고 이성적이라는 기존의 관념에도 제동이 걸리게 된다. 지금의 청소년들은 지난 코비드 사태에서도 드러났듯이 문자언어가 주를 이루는 텍스트를 통해서가 아니라 영상을 보면서 공부하는 세대이다. 영상을 통한 정보 접근의 비율이 이미 문자 매체의 그것을 넘어선 청소년들의 현실은 그들이 텍스트를 통해 의미를 공유했던 예전 세대와는 다른 방식으로 세계를 지각한다는 현실을 직시하게 한다. 이는 근대문명이 존립하는 기반이 되었던 '함께 읽는다'는 행위가 어떻게 위협받고 있는가를 보여주는 사례이면서 동시에 문명이 구축해 온 인간으로서의 존엄성, 품위, 인권 등의 가치가 다음 세대인 청소년들에게 어떤 방식으로 전승되어야 하는가를 근원적으로 묻는다.

'함께' 읽고 쓰는 행위-비평행위가 내포한 사회적 위력은 텍스트의 의미구성 과정을 넘어 공공영역의 모든 분야에 미친다. 지난 시기 한국사회가 경험한 압축적 근대화는 동일한 의미망을 가지는 용어조차도 세대별, 계층별, 지역별 혹은 성별로 다른 의미로 사용하는 웃지 못할 상황을 만들어 냈다. 압축적 성장에 가려 그동안 드러나지 않았던 문제들이 서서히 수면 위로 떠오르고 있다. 팬데믹을 경유하고 있는 청소년들의 리터러시는 지금 심각한 수준으로까지 하향 평준화되었다는 것이 중론이다. 코로나로 인한 비대면 수업과 디지털이 지배하는 그들의 일상이 만들어놓은 풍경이다. 청소년들에게 비평수업은 기존의 텍스트를 자신만의 방식으로 읽어내는, 그래서 스스로 끊임없이 차이를 발생시키고 '틈새'를 만들어내는 에너지 가득한 장소여야 한다. 비평은 새로운 지식을 만들어내는 근원적인 자원이다.

"읽기와 쓰기는 씨줄과 날줄처럼 엮여서 글을 기반으로 하는 담론공동체를 만든다." 읽고 쓰는 행위가 말하거나 영상을 보는 시각적 행위와 결정적으로 다른 점은 인간의 사유능력을 비약적으로 전환시키는 데 있다. 인간은 읽고 쓰는 과정을 통해 허공에 흩어질 수도, 그저 추상적 수준에 머무를 수도 있었던 자신들의 이야기를 치밀하게 구성해 체계를 갖춘다. 그것이 인류의 지식이고 문화이며 문명이 되었다. 현실에서 불가능한 것들을 상상할 수 있게 하는 것은 인간의 언어이다. 인간은 말과 글을 통해 타자의 처지나 입장이 되어보기도 한다. 그것은 공감을 넘어서, 예전의 '나'와는 '다른' 나로 전이해 가는 과정이기도 하다. 함께 책을 읽으며 각자에게 유용한 지식을 축적하고, 그 과정은 다시 서로의 생각이 머무는 자리를 확인하는 일종의 담론 공간을 구성하게 해 준다. 이런 마법 같은 경험이 청소년 비평수업이었다. 무용하고 보잘것없어 보이던 지식과 지식이 만나 세상에 존재하지 않았던 새로운 공간을 만들어 내는 경험들. '함께' 읽고 썼던 글들은 이제 새로운 의미를 생산하는 영감靈感의 창고가 되었다.

글을 닫으면서

고석규비평문학관 청비 아이들과 함께 한 지난 1년간의 소회를 풀어내는 일은 생각만큼 쉽지 않았다. 청소년 비평'론'을 요청받았다고 판단한 필자는 지난 두 달을 고민과 좌절 속에서 허우적거리다 결국은 함량 미달의 글을 써

내게 된 꼴이 되었다. 아이들과 함께 했던 시간은 고스란히 한 권의 책이 되어 필자 곁에 있다. 아이들 글 모음집 이름으론 지나치게 딱딱하고 이론서 같다는 동학들의 평가에는 아랑곳하지 않고, 결국 필자의 소신대로 『청소년 비평의 이론과 실제』라는 이름으로 지난 2022년 4월 이 책은 세상에 나왔다. 책에 실린 작품들은 모두 아이들이 쓴 글이다. 창작뿐만 아니라 독후감, 사회 문화 전반에 대한 일종의 단평도 나름의 입장과 시각을 보여주고 있다는 점에서 향후 비평가의 가능성을 엿보게 한다. 기후위기, 전쟁, 극단적인 불평등으로 전례 없는 위기상황을 맞고 있는 지구촌에서, 온갖 악재를 유산처럼 받아 안아야 할 미래세대들이 더 이상 이 상황을 좌시하지 않고 이 책 속의 글처럼 올곧은 비평정신으로 나아간다면, 어쩌면 다음세대는 지금의 기성세대와는 다른 삶을 살게 될지도 모른다는 작은 희망의 불씨도 품어본다.

청소년 비평집 출간과 더불어 이제는 청소년 비평학교의 상징이 된 <세대를 가로지르는 대화적 비평광장>도 세 번째를 맞이했다. 세대를 뛰어넘어 함께 공존하는 미래사회를 준비하자는 슬로건으로 시작된 대화적 비평광장은 한국사회에서 왕성하게 활동 중인 오피니언 리더이자 저자들을 초청해서 그들의 저서를 텍스트 삼아 청소년 세대들과 토론의 장을 펼치는 프로젝트이다. 모든 텍스트와 담론이 이질적인 목소리들의 상호 교섭으로 이루어지는 대화의 장인만큼 '대화'와 '비평'의 만남은 자연스럽고도 필수적인 것이다. 미하일 바흐친Mikhail Bakhtin을 위시한 일련의 문학이론가들에 의해 이미 원용된 대화주의 이론의 원리는 간결하다. 비평주체는 끊임없이 타자와의 대화적 상호관계를 형성함으로써 의미를 구성한다. 대화적 비평광장 역시

적극적인 상호텍스트성을 활용한다는 점에선 비평적 글쓰기와 큰 차별성은 없다. 새로운 비평양식의 모색 차원에서도, 특히 비평적 글쓰기와 연동되는 청소년 토론프로그램의 새로운 장을 열어놓았다는 데에도 이 프로젝트의 의미는 작지 않다. 비평적 대화광장은 비평이 지닌 본질적인 측면을 고려하면서, 비평이란 실제 행위가 성립되기 위해서는 비평대상인 작품과 비평가 사이에서 빚어지는 관계가 대화적 관계로 설정되어야 온전한 비평이 가능하다는 점을 '무사히' 구현해 내었다. 문어화되어 있는 작품을 구어적 상태로 회생시킴으로써 작품의 생명력을 환기시킨 것은 또 다른 성과이다. 비평은 언제나 새로운 읽기 전략과 비평적 글쓰기를 동반한다. 그리고 상호 간 대화로써의 토론은 소통회로를 상실해가고 있는 한국사회에서 청소년 세대들을 정치적, 윤리적 주체로 세우는 최후의 보루인지도 모른다.

이진서(고석규비평문학관 관장)

요즘 우리는
'에코페미니즘'

지구를 살리는 에코페미니즘

이정숙(고석규비평문학관 교육부장)

에코페미니즘은 생태학(Ecology)과 여성주의(Feminism)의 합성어이다. 생태학(Ecology)은 생물 다양성, 환경 변화, 생태적 상호작용 등을 연구하며 기본적인 생태학 지식이 필요하다. 여성주의(Feminism)는 여성의 권리와 평등을 중심으로 논의되는 이론과 운동으로 여성의 권리, 성별 평등, 성차별, 가부장적 문화 등을 다룬다. 에코페미니즘은 자연에 가해지는 폭력과 여성에게 가해지는 억압이 서로 상관관계가 있다고 주장한다.

역사와 배경을 살펴보면 1970년대부터 에코페미니즘 개념은 등장했다. 그 이전에도 페미니즘과 생태주의를 결합해야 한다는 논의가 있었지만 1974년 프랑스의 작가 프랑소아즈 드본느가 에코페미니즘이라는 용어를 처음 사용하면서 본격적으로 논의되기 시작한다. 그들의 목표는 자연해방과 여성해방을 동시에 추구한다. 과학혁명 이후 자연에 대한 이미지가 변화했고 에코페미니즘은 자연과 여성의 이중적 억압을 이해하고, 이를 해소하기 위해 활동

했다. 주요 목표는 인간과 비인간 생명체가 자본주의 성장을 위한 도구와 상품이 되는 것에 근본적인 질문을 던진다. 기존에 당연하게 누려왔던 것들에 대해서 의문을 던지는 것에서 출발했다. 구조적으로 억압받은 경험이 있는 여성이 환경문제에 공감하고 연대하며 목소리를 내기 시작한 것이다. 현재의 질서가 편안하고 당연한 사람들은 문제의식을 하기 힘들다. 이것이 에코페미니즘이 가지는 현실적 한계일 수도 있다.

기존의 페미니즘이 주로 여성의 권리와 평등을 중심으로 논의되며 발전주의적 시각에서 여성도 자본주의적 수혜를 받아야 한다는 관점이 강조되고 여성의 권리와 성별 정의를 중요시하며 발전의 결과물을 공평하게 나누는 것을 목표로 했다면 에코페미니즘은 기존의 발전주의적 패러다임과 자본주의의 폐해를 비판하고 다른 방식으로 비전을 제시하는데 종간정의(Interspecies Justice)를 강조하며 환경적 부정의 문제를 다룬다.

에코페미니즘은 다양한 지역에서 활발하게 논의되고 있는데 유럽에서는 환경 운동과 페미니즘이 강력하게 발전했다. 에코페미니즘은 여성과 환경의 상호연결성을 강조하며 여성들이 환경 문제에 민감하게 반응하고 활동하게

> 페미니즘이란 단어는 나에게 조금 생소하다. 페미니즘은 남자와 여자의 동등한 권리를 위한 운동으로 성차별을 없애자는 것이 기본적인 개념이다. 때로는 이 개념이 왜곡되고 과격화되어 '남자들의 하루는 오늘도 흘러가는구나', '오늘도 여자들은 살아남았다', '페미니즘은 좋은 점이 하나도 없다'며 페미니스트에 대한 편견을 갖거나 극단적인 여론몰이에 앞장설 수 있다._ 안형준(15세)

한다. 북미의 에코페미니즘은 미국과 캐나다에서는 활발하게 논의되고 있다. 여성들이 환경보호 운동에 참여하고 여성의 목소리를 통해 환경문제를 제기하는데 중요한 역할을 한다. 아시아에서도 에코페미니즘은 점차 주목받고 있다. 특히 인도와 한국에서 여성과 환경의 상호연결성을 강조하는 활동이 확대되고 있다. 에코페미니즘은 국가별로 다양한 형태로 활동하고 있으며, 지속적인 노력이 필요한 분야이다. 이론적인 접근과 실제 활동을 통해 여성과 환경의 권리를 보호하고 지속가능한 세계를 만들기 위해 노력하고 있다.

에코페미니즘은 복잡하고 어려운 개념이라고 주장하는 사람들이 있다. 이론적인 접근과 실제 활동을 연결하기가 어렵다고 보는 입장도 있지만 에코페미니즘 연구센터는 여성환경연대 부설로 설립된 NGO 단체로 기후위기와 생태주의를 연구하고 실천하는 지식공동체로 발전했다. 에코페미니즘 연구센터의 김현미 前소장은 에코페미니즘이 어려운 개념이 아니라고 말한다. 에코페미니즘은 환경 문제와 여성의 지위를 연결하여 새로운 패러다임을 제시하고 지속 가능한 삶의 형식을 탐구하고 이를 통해 인류의 생존과 지구의 보존을 함께 고민하고 있다고 한다. 에코페미니즘은 여러 분야를 결합한 개념이기 때문에 이해하기 어려울 수 있다. 생태학과 페미니즘 그리고 환경문제 등 다양한 주제를 이해하고 연결해야 하기 때문이다. 하지만 시대가 필요로 하는 에코페미니즘은 이론적인 접근과 실제 활동을 연결해야 한다.

여성들은 다양한 경험을 가지고 있으며 상대적으로 남성보다 가정에서 더 많은 책임을 지고 있다. 청소, 세탁, 재활용 등 가정 업무는 여전히 여성들이 주로 담당하고 있다. 이에 따라 여성들은 환경문제와 더 직접적으로 연결

" 화성 이주와 기후위기, 탄소중립, 탄소발자국은 평소에도 들어보았다. 학교에서도 이와 관련된 교육방송을 듣거나 외부 교사가 직접 와서 진행하는 교육에 참여함으로써 기후위기의 심각성을 어느 정도는 인지하고 있다. _안서현(15세) "

되어 있다. 게다가 여성들은 소비자로서 더 많은 영향력을 가지고 있기 때문에 환경친화적인 제품은 주로 여성들을 대상으로 마케팅되고 판매된다. 여성들은 환경에 민감하게 반응하며 환경보호를 위해 더 많은 선택을 하지만 환경문제에 더 취약하기도 하다. 여성들은 자원을 활용하는 주체로서 물, 식량, 연료 등을 관리하고 가정에서 사용한다. 가난한 지역의 여성들은 환경오염과 기후변화의 영향을 더 크게 받는다. 이러한 지역의 여성들은 물을 얻기 위해 더 멀리 이동해야 할 때가 많고, 물 부족은 여성들에게 일상적인 문제이다. 환경문제로 인한 가뭄이 발생하면 여성들은 더 어려운 상황에 처하게 되는 것이 사실이다. 이러한 환경문제에서 여성의 권리를 보호하려면 이론적인 접근을 실제 활동으로 이어야 한다.

에코페미니스트들의 연구과 실천, 예술 등 다양한 분야 활동에 발맞추어 전 국민 관심과 동참을 불러일으키기 위해서는 교육, 캠페인, 커뮤니케이션 등을 활용하여 실천적 모양을 만들어 낼 필요가 있다. 인류의 생존을 위협하는 기후위기와 환경문제에 대응하면서 동시에 여성해방을 추구하는 에코페미니즘은 지속가능한 미래를 위해 환경과 여성의 권리를 보호하고 새로운 세계관과 가치관을 제시하는 중요한 사상임을 기억해야 한다.

에코 + 페미니즘
- 기후위기에 대하여

제설하(15세)

　기후위기가 심각해지면서 에코페미니즘이 자주 등장하고 있다. 에코페미니즘이란 무엇일까? 에코페미니즘이란 자연해방과 여성해방을 동시에 추구하는 생태학과 여성주의의 합성어이다. 에코페미니즘은 우리가 당연하게 생각하고 누려왔던 것에 대해 근본적인 질문을 던지는 것에서부터 시작된다.

　에코페미니즘은 페미니즘의 한 갈래이다. 발전주의적 관점인 기존의 페미니즘이 거대한 자본주의 발전에 대해 초점은 맞추고 있지만 에코페미니즘은 기본적으로 발전주의가 안고 있는 폐해에 주목한다. 에코페미니즘은 내 욕구를 충족시키고 더 많은 생산물을 만들기 위해 비육화하고 실험하고 유전자 조작을 하며 동·식물을 종의 본질대로 살지 못하게 하는 점에 대해 의문을 제기한다. 익숙한 삶에 대해 근본적인 질문을 던져 불편한 지점이 생기기에 에코페미니즘은 페미니즘 안에서도 불편한 위치에 있다.

에코페미니즘은 비인간종, 동식물, 대기, 물까지 하나의 지구를 구성하는 주요한 행위자라고 인식한다(종간 정의를 통해 환경적 부정의 문제를 들여다볼 수 있다). 에코페미니즘을 이해하기 어렵다면 자기 돌봄과 지구 돌봄을 연결해 보는 것이 이해하기에 좋다.

에코페미니스트에게 필요한 것은 다름 아닌 시간성이다. 협력적 자아를 만들어 가는 자기 실천의 시간과 자신의 인생 경로 안에서 비전을 실현할 수 있는 태도가 필요하다. (초창기 에코페미니즘은 '재생산노동'의 가치에 주목하며 대부분의 비용을 지불하지 않는 노동은 여성들이 했다.) 기후위기야말로 세대 간 불평등의 핵심이다. 우리는 미래세대나 미래 지구 환경이 지속가능하지 않을 정도로 자원을 남용하여 빚을 져버렸다. 이는 돈으로 갚지 못하기에 우리는 에너지를 아끼고 기후위기의 다양한 요인을 과학적으로 연구해야 한다.

생태계의 다양성과 고유성을 인정하는 태도를 지니고 우리 삶이 더 나아질 수 있도록 노력해야 한다.

그림_제설하

안형준(15세)

에코페미니즘이란 무엇일까. 가장 기본이 되는 질문이면서 다른 방면으로 질문을 해석하면 굉장히 어려운 말이 되는 질문이다. 우선 에코페미니즘의 정의 말 그대로 그 뜻의 의미에 대해 알아보자는 것이다. 에코페미니즘은 환경보호와 지속가능성을 중시하는 경제 철학이다. 현대사회가 가져야 할 중요한 마인드 셋이라고 할 수 있다. 이름만 들었을 땐 어려운 말 같아 보일 수도 있다. 하지만 에코페미니즘은 어려운 것이 아니라 우리가 지금까지 걸어왔던 길이나 당연하게 누려왔던 것들에 대해서 다시 서서 질문을 던지면 그게 바로 에코페미니즘의 시작이라는 것이다. 이렇게 보면 또 쉬워 보이는 것 같기도 하다.

에코페미니즘인 이유는 페미니즘이란 여성주의란 뜻이고 사회적인 구조로써 차별과 억압을 받았던 사람들이 바로 여성들이었기 때문이다. 이런 이유로 여성들이 나서서 지구를 착취하는 문제에 공감하고 더욱 발 벗고 나서고 있다. 현재의 질서가 만족스러운 사람들은 굳이 싫은 티도 안 내고 목소리도 내지 않는다. 이미 만족스러운데 목소리를 낼 이유가 없기 때문이다. 하지만 그 사회에 불만족스럽고 차별을 받았고 있다면 의견을 내고 목소리를 내고 싶어 진다. 그 말인즉슨 여성들이 옛날부터 차별받았기 때문에 이 문제에 더욱더 공감하며 목소리를 내고 있다는 것이다. 그리고 최근에는 기후위기와 젠더 정의를 함께 이야기하는 경우가 많아지고 있는데 아주 틀린 말은 아니다. 다양한 재난과 재앙의 피해자들이 대부분 어린아이들과 여성들이고 통계적으로 봤을 때 대부분 사망자는 여성들이었기 때문이다.

그리고 이러한 터무니없는 일도 있다. '너는 하나의 도구일 뿐이야'라는 시선으로 동물들을 대하고 있다는 것이다. 옛날에는 우유를 계속 얻기 위해 암소를 임신 상태로 유지하는 경우와 닭가슴살을 얻기 위해 부리를 망가뜨려

닭을 불구로 만들기도 했다. 인간의 식습관에 맞추기 위해 훨씬 오래 살 수 있는 닭들을 고작 28일 만에 도축을 한다. 이것이 옳은 일일까? 인간이 지구의 주인이라는 잔인한 생각 때문에 생명을 소중히 하지 않고 그저 인간의 틀에 맞춰 가둬놓으려 생명을 죽인다는 게. 이러한 일은 나뿐만 아니라 대부분의 사람들도 그렇게 생각할 것이다.

조사해 본 결과 비건주의자가 된 계기가 도축 영상이나 도축되는 동물들을 보고 비건이 되었다는 비율이 가장 높았다. 이러한 결과를 놓고 보았을 때 비인간종이 제조된 생명으로 살아가는 건 젠더적으로의 정의나 생태적인 관점에서 모두 어긋난다. 하루빨리 모든 생명이 존중받는 세상이 오길 바란다.

안서현(15세)

기후위기가 심각해지면서 최근 여성건강, 생태위기, 제로 웨이스트, 자원순환, 바른 먹거리와 함께 '에코페미니즘'이 자주 등장하고 있다. 에코페미니즘은 생태학과 여성주의의 합성어이다. 자연해방과 여성해방을 동시에 추구하는 에코페미니즘은 이 시대의 중요한 화두로 떠오르고 있다. 저자인 前 에코페미니즘연구센터 김현미 소장은 "에코페미니즘은 어려운 것이 아니다"라고 말한다. 지금까지의 삶의 세계에 근본적인 질문을 던지는 데서 시작한다는 것이다.

저자는 에코페미니즘이란 인간을 비롯한 비인간 생명체가 자본주의 성장을 위한 도구와 상품이 되는 것에 근본적인 질문을 던지는 것이라고 말한다.

그녀의 설명에 따르면 에코페미니즘은 여전히 자유주의적 페미니즘과 같이 평등을 주장하지만, 기존의 발전주의적 패러다임에 큰 문제를 제기하고 다른 방식의 틀을 사회구성 비전으로 삼는다. 이를 위해 '누가 이 지구를 구성하고 있는 행위자인지'는 하나의 지구를 구성하는 주요한 행위자이자 행동 능력을 갖추고 있는 존재로 인식하는 관점이 된다. 또한 에코페미니즘의 핵심은 '종간 정의'에 있다고 했다. 과거 인간 중심주의에서 종간 정의로 패러다임이 바뀌었다는 것이다.

저자는 많은 사람이 환경문제에 대해서 '구조적 문제'라 실천이 어렵다고 하는데 사실은 그렇지 않다고 했다. 즉, 무엇보다 거창하게 접근할 문제가 아니라는 것이다. 흔히 에코페미니즘 하면 기후위기의 대안, 지구를 보살피는 것, 이타적이라고 하는 생각을 '자기 돌봄과 지구 돌봄을 연결시키는 것'으로 이해하면 좋을 것이라고 조언하였다. 결국 에코페미니스트에게 필요한 것은 디지털 운동을 하듯이 한 번에 해결되는 감각이 아니라는 것이다. 필요한 건 많은 사람이 기존 라이프 스타일을 다른 '대안적 방식'으로 변화시켜 나가는 데 드는 시간성이다. 즉, 자신의 인생 경로 안에서 비전을 실현할 수 있는 태도가 필요한 것이다.

초창기의 '문화에코페미'에서는 여성에게 남성중심적인 가치관과는 다른 대안적 능력, 즉 돌봄 능력이 있다는 것을 강조했다. '영성 치유'와 '어머니의 품으로'가 콘셉트였던 셈이지만 이 같은 시각은 사회의 이분법적 구조를 해체하거나 체계를 변화시키지 못했다. 이는 자본주의 시스템이 무엇을 희생시키며 이익을 얻는지, 정치·경제학적 관점에서 자본주의와 발전주의를 비판한 것이다.

에코페미니즘에는 생태부채 개념이 있다. 이는 미래세대나 미래지구 환경이 지속가능하지 않을 정도로 자원을 남용해 빚을 진 것이다. 이를 생태부채라 하는데 생태부채는 돈으로 갚을 수 있는 게 아니다. 이러한 생태부채는 집에 머물면서 집 주변, 내가 사는 나라를 살만한 공간으로 만들어 이를 갚아나가겠다는 태도가 된다. 내가 망친 것에 책무성을 가지고 다시 거주할 수 있는 공간으로 고치고 장소를 변화시키겠다는 의지가 중요하다.

에코페미니스트는 혈연적인 친족이 아니라 서로 삶과 죽음을 애도하고 축복해 주는 관계라는 의미를 담은 친족이란 개념을 많이 사용한다. 아무리 21세기에 기술이 발달했다 하더라도 심리적 감정적으로 우리를 장악하고 있는 건 이성, 과학, 합리가 아니다. 누구나 불안하고 불규칙한 감정을 안고 있다. 다양한 문화권과 인간이 살았던 그대로부터의 지혜를 감각하고 실천하면 우리 삶이 더 나아질 수 있다고 확신한다.

조희경(13세)

1 에코페미니즘은 생태주의를 결합한 사상이다. 에코 페미니스트들은 여성이 사회에서 남성들에 의해 무시되고 억압되는 사회현상을, 인간이 자연을 제대로 파악하지 않으려 하고 자연 파괴를 일삼는 사회현상과 같다고 주장하였다. 즉 사회에서는 인간이 자연을 지배하고 또한 여성은 남성들에 의해 지배를 받는다는 것을 동일시하였다. 그렇기에 그들은 모두

그림_ 제설하

생태주의와 여성주의는 연관된 것이라 주장하기 시작했다. 실제로 생태여성주의에서는 양성에 대한 차별의식은 이원론적 관점에서 비롯된 것이기 때문에 모든 관점에서 이원론적 관점을 배제한다. 또한, 단순한 이성이 아닌 극단적 이성주의도 반대하며 특히 남성우월주의, 가부장주의에도 반대한다.

2 기후위기, 지구 멸망은 한 번에 끝나는 일이 아니다. 길게 늘어지고 불확실하고 변덕스러우며 위기 속에서도 일상은 있지만 더 이상 정상성이 가능하지 않은 가까운 미래이면서도, 현재에서부터 이어지는 예측하기 어려운 다른 세계이다. 탈성장은 상책이지만 현실성도 없고 문제해결도 하지 못한다. 우리에게 필요한 것은 기후변화의 영향을 차별적으로 받는 그룹을 인정하고, 불평등을 해결하는 것이다. 지구환경변화가 현대 지구 인류의 주요한 도전과제임을 인식하고 있다. 우리가 바꿀 수 있는 가능성과 희망

이 있다. 개인적·사회적·국가적으로 가치 실현과 목표 설정에 대한 방향을 변경하는 데에는 엄청난 의지와 힘이 필요하지만 이미 많은 사람들과 단체가 노력하고 있다. 우리는 긍정적으로 접근하여 더 많은 사람이 환경 보호에 참여하고 더 나은 미래를 위해 힘을 모아야 한다.

3 에코페미니즘은 생태론이 인간중심주의에 물음을 제기한 것이라면 페미니즘은 남성중심주의에 의문을 제기한 것이다. 페미니즘은 여성의 사회·정치·법률상의 권리 확장을 주장하는 주의이며 남녀동권주의이다.

4 에코페미니즘이라는 말이 있다. 생태학과 여성주의의 합성어로서 환경 운동과 기후 행동에도 여성주의가 필요하다는 관점이다. 환경 운동, 기후 행동에 왜 여성주의 시각이 필요할까? 에코페미니즘은 기후위기가 남성 위주의 가부장적 산업 문명 속에서 자연은 철저히 대상화되고 착취와 파괴와 차별의 대상이 되어 왔다는 문제의식에서 출발하였다. 그러한 맥락에서 환경 운동에 여성주의 시각이 필요하다고 말한다. 남성 위주의 가부장적 자본주의 경제 시스템 속에서 여성 또한 착취의 대상이 되어 왔기 때문이다. 기존의 차별과 착취 구조에서 벗어나 평등하고 정의로운 체계로의 전환을 상상하기 위해서는 지금 우리 사회에 존재하는 모든 구조적 불평등과 억압을 살펴보고, 불평등이 어떻게 강화되는지를 파악해야 하기 때문에 기후위기와 에코페미니즘은 연관이 있다.

제설하(15세)

- 이안소영의 <월경을 통해 지구와 공생하기>

여성들이 사용하는 일회용 생리대는 환경파괴의 원인 중 하나이다. 면 월경대나 월경컵이 모든 생명의 지속가능성을 높이는 선택이지만 자신이 살아가는 환경 때문에 선택지가 없는 여성들도 있다.

썩지 않는 플라스틱은 환경파괴를 가속시키고, 일회용 생리대의 독성물질을 추적하는 작업은 사회의 무관심으로 이어진다. 고로 사회에서는 여성들의 생리대를 바꾸라고 하기도 했다. 우리들의 삶이 만들어낸 파괴적 결과에 대한 무지와 망각은 기후위기의 원인이다.

기후변화가 우리에게 던지는 질문은 하나, '어떻게 공생할 것인가?'이다. 이 질문 앞에서 우리들은 해답을 찾아내야 할 것이다. 서로를 희생시키려고 하는 것이 아닌 모두에게 안전하고 다정한 공생의 사회로 가는 길을 말이다.

- 이현재의 <고양이와 함께 되기>

고양이와 살아가기 위해 고양이에게 생활 패턴을 맞추었다. 고양이에게 관심을 기울이고 고양이에 대해 더 알아갔다. 서로가 서로의 삶의 일부가 되어갔다.

길고양이는 완전히 길들여지는 것도 아니고, 완전히 야생동물들도 아닌 경계 동물이라 불린다. 집고양이였던 아이들이 '트러블 메이커'라며 길고양이로 버려지는 일도 있다. 우월적 위치에서 그들의 삶을 결정해서는 안 된다. 그 위치에서 다른 종의 생명을 책임지는 것도 안 된다. 서로 위하며 살아가는 그런 삶을 살아가고 싶다. 그것을 위해 고민하다 보면 언젠가는 길고양이와

도 친척이 될 수 있다고 믿는다.

"기후 연대 협정을 맺든지 집단 자살 협약을 하든지 선택의 기로에 놓였다." -안토니우 테흐스

지구의 평균 기온이 2℃ 이상 증가한다. 이는 인류가 아직 경험해 보지 못한 환경이다. 자연에서 1천 년 동안 1℃가 상승한 것도 빠른 속도이지만, 현재 인류는 무려 백 년 만에 1℃를 상승시켰다.

기술이 발전하면 화석연료의 사용이 늘고 그로 인해 발생하는 온실가스. 그리고 이런 온실가스가 기후변화에 큰 영향을 미친다. 가뭄, 폭우, 지진, 폭염 등 자연재해는 주변에서 접할 수 있어 큰 위기감이 들지 않을 수도 있다. 그러나 발생 주기가 점점 줄어들며 극단적인 날씨 증폭을 보여주고 있다. 현재 우리가 사는 대한민국은 뛰어난 경제력으로 자연재해에 대비하고 있지만, 이런 극단적인 날씨 증폭이 점점 증가한다면 결국에는 회복 불가한 상황이 오고 말 것이다. 극단적인 날씨 증폭에서 끝나는 것이 아니라 딸려 오는 다른 문제들도 있다. 바로 식량 문제와 해수면 상승인데, 이 문제들이 점점 심각해진다면 끝에 가서는 문명 붕괴까지 일어날 수 있다. 이런 상황을 지금이라도 대비하기 위해서, 필요한 것이 바로 환경보호와 지속가능성을 중시하는 에코페미니즘이다.

자연적으로 사라지기까지 무려 천 년 이상은 필요한 온실가스가 사라지길 기다리지 말고 움직여야 한다. 개인적인 소비를 자제하고 기반 자체를 바꿔야 한다.

성준우(15세)

에코페미니즘이라는 말이 있다. 생태학(Ecology)과 여성주의(Feminism)가 결합하여 만들어진 단어라고 한다. 에코페미니즘의 뜻은 환경운동과 기후행동에도 여성주의가 필요하다는 것이다. 그렇다면 환경운동과 기후 행동에 여성주의가 필요한 이유는 무엇일까?

에코페미니즘은 남성주의의 가부장적 산업문명에서 자연은 대상화되고 착취와 파괴, 채굴의 대상이 되어왔다는 점에서 시작되었다. 또 자본주의 경제 시스템 속 대상이 된다는 점 또한 있다. 그렇기에 오히려 여성주의 관점으로 기후위기를 분석한다는 것이 사회의 차별과 배제에 대한 민감도를 높일 수 있고 곳곳의 거시적인, 또 미시적으로 작동하는 불평등한 구조에 대한 문제를 제기하겠다는 뜻이다. 착취와 차별이 있는 사회라면 환경문제도 해결할 수 없으므로 여성주의적 관점으로 자연을 바라보고 착취하고 억압되던 대상을 알아가고 하나씩 바꾸어 가는 것이 필요하기 때문에 에코페미니즘이 필요하다고 한다.

안형준(15세)

현재 지구온난화는 고속도로를 달리는 차에 비유할 수 있으며 0.1℃ 올라갈 때마다 기후위기의 위험이 빠르게 증폭될 것이라고 보고 있으며 인류가 지구에 나온 300만 년 전 이후 지구 평균 기온이 2℃ 이상 올라간 적은 한 번도 없다. 자연적으로서 올라갈 수 있는 기온은 1천 년에 1℃이지만 인간은

> 페미니즘은 성별로 인해 발생하는 정치·경제·사회·문화적 차별을 없애야 한다는 견해이고, 에코페미니즘은 페미니즘+생태주의는 환경을 포함한 인류 위기는 기술 발달이 아닌 사회의 근본적인 전환으로 극복 가능하다고 주장하는 사상으로 '페미니즘'은 남성중심주의에 '에코페미니즘'은 인간중심주의에 의문을 제기하고 있다.
> 인간에 의해 착취의 대상이 된 지구를 살리고 기후변화에 대응하기 위해 환경문제의 해법으로 에코페미니즘을 역설한다._ 제설하(15세)

100년에 1℃를 증가시켰다. 지구온난화가 지속되는 이유는 온실가스도 있는데 온실가스의 효과는 하루에 42만 개의 원자폭탄을 터뜨리는 것과 같다.

지금도 온실가스 농도를 낮추기 위해 노력 중이지만 아직 이렇다 할 효과는 없다. 극단적인 날씨가 이어지면 문명의 파괴까지 일어날 수 있어 하루빨리 지구온난화의 심각성을 깨달아야 할 것이다.

대한민국뿐만 아니라 다양한 나라들은 이미 지구온난화 협약 기구에 가입한 상태이다. 인간이 지구라는 행성에 출현한 시기를 약 300만 년 전으로 보고 있다. 그 사이에 지구에는 빙하기와 간빙기를 왔다 갔다 하고 있었다. 자연적으로 지구 평균 기온이 올라간 것은 천년에 1℃였다. 하지만 인간이 출현한 이후부터 온도는 100년에 1℃로 찍고 있다. 이뿐만이 아니다. 지구는 초자연적인 날씨를 경험하고 있다. 이전에는 경험할 수 없었던 홍수와 가뭄 그리고 지진 등 다양한 위기가 함께 오는 상황이다. 지구온난화가 지속되면 이러한 이상기온과 자연재해들을 더 많이 당할 뿐만 아니라 가장 큰 문제점인 해수면이 상승하고 있다는 것이다. 해수면이 상승하게 되면 대한민국은 삼면

이 바다로 둘러싸여 있기에 대한민국의 5천 년 역사가 단 5분만 사라질 수도 있을 것이다. 한마디로 한나라의 문명까지 파괴될 수 있다는 것이다. 이러한 상황을 막기 위해선 인간이 다시 되돌려야 할 것이다. 우리가 엎지른 물을 다른 사람 보고 치워달라고 할 수 없듯이 우리가 저지른 일은 우리가 치워야 한다. 엎지른 물을 치우기 위해 할 수 있는 방법 중에 첫 번째가 바로 에코페미니즘을 통해 알 수 있다는 것이다. 에코페미니즘은 환경의 보호와 여성의 권리를 결합하여 지속 가능한 사회를 추구하는 운동이기에 이보다 더 나은 첫걸음은 없을 것으로 생각한다. 어떠한 행동을 하려면 동기부여가 있어야지 더 잘 되기 마련이다. 그렇기에 이 운동을 통해 다른 사람들은 지구의 온난화와 환경보호를 위해 열심히 노력하는데 나도 동참하고 실천해 봐야겠다는 생각을 80억 명이 한다고 생각하면 아마 그 효과는 어마어마할 것이다. 환경보호를 위해 나아갈 한걸음의 시작은 에코페미니즘이다.

『우리는 지구를 떠나지 않는다
- 죽어가는 행성에서 에코페미니스트로 살기』를 읽고

안서현(15세)

　『우리는 지구를 떠나지 않는다』라는 책을 처음 봤을 때, 화성이나 다른 행성으로 이주하겠다는 말이 많이 나오고 있는 지금 지구를 떠나지 않는다는 제목이 낯설었다. 또한 에코페미니즘이라는 단어도 처음 들어본 단어였다. 그러나 책을 읽고 에코페미니즘에 대해 직접 찾아보니 왜 제목이 『우리는 지구를 떠나지 않는다』인지를 알 수 있었다. 과학기술은 모든 걸 해결할 수 없고, 화성 이주는 어마어마한 거액이 든다. 결국 우리는 지구를 떠나지 못한다. 그렇기에 이 책은 다양한 사람들이 '지구에 재거주하기'를 입 모아 말하며 꿈꾸는 책이다. 화성 이주와 기후위기, 탄소 중립, 탄소발자국은 평소에도 들어보고 학교에서도 이와 관련된 교육 방송이나 외부 교사가 직접 와서 진행하는 교육으로 환경에 대한 심각성을 이미 알고 있었다. 그렇기에 이미 기후위기의 심각성을 어느 정도는 인지하고 알고 있었다.

환경과 관련된 문제들이 많은 쟁점이 되고 환경에 큰 영향을 끼친다. 현재 투발루는 물에 잠기고 있으며 신혼여행으로 많이 가는 몰디브 또한 잠기고 있다. 이 심각성을 알리기 위해 투발루의 외무장관이 바닷물에 들어가 수중 연설을 하기도 했다. 30년 동안의 지구온난화가 처참한 결과를 가져온 것이다. 이러한 배경지식을 가지고 이 책을 읽었다. 기후위기에 대한 심각성은 머리로는 알고 있지만 크게 느끼거나 와닿는 게 없었다. 1부 김현미 작가님의 '우리는 우주로 떠나지 않는다'는 글을 읽고 그나마 깨닫게 되었다. 이 글에서는 다른 행성 이주와 관련되는 내용이 나오며 지금 생태계의 상태는 심각하다는 것을 느낄 수 있게 해 주어 조금씩 와닿을 수 있었다.

1부 김현미 작가님의 '우리는 우주로 떠나지 않는다'는 지구를 다시 살 수 있는 곳으로 만들겠다고 한 에코페미니스트의 확고한 목표를 담은 글처럼 느껴졌다. 글의 첫 시작이 스티븐 호킹이 죽기 전 경고한 말이다. 현재의 지구 환경과 위험을 고려할 때 인류가 종으로서 생존할 희망을 품으려면, 지구에서 탈출해 다른 행성을 식민지화해야 한다고 말했다. 그러나 이 글의 작가는 지구를 떠나지 않으며, 불타는 지구를 지키겠다는 것을 말하고 있다.

4부 이현재 작가님의 '고양이와 함께 되기'는 비인간과 인간이 연결되듯이 고양이와 연결되어 가는 저자의 생각이 담긴 글이다. 다른 동물들과 다르게 고양이는 부정적인 시선이 많다. 사회에서나 일상에서 인간과 비인간인 고양이는 연결되어 있지 않다. 물론 다른 야생동물들도 마찬가지이다. 일상생활에서 자주 보는 동물들이라도 인간과 연결되어야 한다고 말하는 글이다.

『우리는 지구를 떠나지 않는다』에서 나오는 작가들이 에코페미니즘으로 바뀐 삶을 살아가는 모습에서 나는 많은 생각을 했다. 책 제목이 『우리는 지구를 떠나지 않는다』라는 말처럼 우리는 과연 지구를 떠나 다른 행성을 식민지화해도 될까? 최근 화성 이주와 관련된 말이 많이 나오고 있다. 화성 이주가 확정되면 불타는 지구는 내버려 두고 떠나도 괜찮은 걸까? 이런 상황 속에서 에코페미니스트들은 두 발을 딛고 있는 지금, 여기를 살만한 공간으로 만들어 가겠다고 말하고 있다. 요즘 10대들은 에코페미니즘에 관심을 기울이지 않는다. 에코페미니즘은 점점 문제가 되어가는 기후위기, 자연해방, 이와 함께 같이 언급이 되는 여성해방이 합쳐졌다. 훗날 먼 미래를 책임지고 이끌어가야 하는 10대가 진지하게 바라봐야 할 문제들이다.

안형준(15세)

현대의 가장 큰 문제가 되는 것은 빈부격차와 성차별, 그리고 환경오염이다. 그중 빈부격차와 성차별은 인간의 노력으로 극복 가능하다고 생각한다. 하지만 인간의 노력으로도 해결할 수 없는 것이 환경오염이다. 해결할 수 없다기보단 해결하려면 너무나도 오랜 시간과 정성, 그리고 수많은 노력을 해야 한다. 그러나 마냥 넋 놓고 바라보기만 할 수는 없다. 그렇다면 이 책에 나오는 내가 할 수 있는 에코페미니즘을 실행해 보면 어떨까?

이 책의 파트 1 부분에서 가장 감명 깊게 읽은 부분은 김은희님의 글이다. 불타는 지구에서 에코페미니스트로 살아남기라는 부분인데 이 부분에선 에코페미니즘의 설명은 자세히 명시되어 있지는 않으나 자신이 에코페미니스트가 된 과정과 그 과정에 대한 설명이 잘 나와 있다. 김은희님의 파트를 읽는다면 나도 살면서 에코페미니스트가 될 이유가 어떤 것이 있을지를 찾게 될 것이다.

파트 4에서는 홍자경님의 글을 읽었다. 이 글은 새와 관련되어 있었다. 왜 에코페미니즘에 새가 나왔을까 곰곰이 생각해 보았다. 도시와 자연을 떨어뜨려 보는 사람들의 생각을 바꾸기 위해서 새라는 생물을 이용한 것 같았다. 도시에서 참새와 까마귀, 비둘기 등의 새소리를 신호등 소리와 차 소리와는 다르게 집중해 본다면 도시와 자연을 동시에 느껴볼 수 있을 것이다. 서로를 따로 보지 않고 함께라는 시각으로 본다면 원래의 아름다웠던 지구 환경으로 돌아갈 수 있지 않겠냐는 생각이 들었던 파트였다.

페미니즘이란 단어는 남자인 나에게는 그리 가깝지 않은 단어이다. 특히 최근 성차별 기사들이 인터넷에 올라올 때면 한쪽으로 치우친 극단의 사람들 때문에 호의적인 단어는 아니었다. 하지만 에코페미니즘은 여성의 사회적 참여도를 높여 남성과 여성의 지위를 높이고 환경의 문제도 해결하니 좋은 운동인 것 같다.

모든 성별은 평등하고 가치있다.

그림_남유주

남유주(15세)

일부 사람들은 페미니즘이 여성에 대한 긍정적인 차별이나 특혜를 조장하는 것으로 인식한다. 성별에 대해 동등한 조건이 필요하다고 주장하며, 특정 집단에 특혜를 주는 것은 부당하다고 생각하기 때문이다. 페미니즘에 대한 인식은 좋지 않아서 에코페미니즘도 당연히 페미니즘과 같은 뜻이라 생각했다. 내가 생각하는 페미니즘은 여성이 차별적 우대를 받는다고 느껴진다. 과거에는 남성이 집의 가장이었고, 여성은 집안일을 하는 게 당연했다. 과거에는 그랬지만 현재에는 남녀 모두 가장이고 다 함께 집안일을 한다. 하지만 이런 일들은 과거이고, 현재에는 '여성가족부', '여성 안심 귀갓길' 같은 여성들의 인권이 높아지는 추세이다. 평소에도 몇몇 사람들은 여성은 약하고 남성은 강하다는 생각을 한다. 과거에 여성의 인권이 보장되지 못했던 것은 역사적 사실이지만 과거는 과거일 뿐, 현재를 바라봐야 한다고 생각한다. 오히려 현재에는 남성들이 억압에 눌려져 남성들의 인권이 바닥으로 내려간 것 같다.

에코페미니즘에 대한 영상을 찾아보고 글을 보면서 무엇인지 알게 되었다. 평소 페미니즘에 대해 생각을 해본 적 없어서 영상과 글을 보더라도 쉽게 다가갈 수 없었다. 이런 에코페미니즘에 대해 글을 써야 한다고 생각하니 생각도 안 나고 정말 막막했다. 에코페미니즘을 더 깊게 알아가기 위해서 페미니즘의 정확한 뜻을 알아보고 여러 자료를 찾아봤다. 찾아봤을 때 에코페미니즘은 환경문제와 여성의 문제를 하나로 묶어서 다루는 이론이었다. 이 이론은 여성들이 자연환경과 더 깊은 관계를 맺고, 자연과 인간의 관계에서 여성이 담당하는 역할을 강조한다. 에코페미니즘은 여성과 자연이 공통으로 경험하는 경험을 지적하고, 극복하려는 노력을 제시한다. 에코페미니즘은 매우 흥미롭지만 실제로는 여러 가지 문제점이 있다. 예를 들어, 이론은 환경문제와 여성의 문제를 하나로 묶어서 다루기 때문에 환경문제나 여성 문제를 다루는 다른 이론들과의 갈등이 발생하기도 한다. 또한, 에코페미니즘을 실천하려는 여러 단체도 문제점이 있다. 일부 단체들은 인종이나 성별의 다양성을 고려하지 않고 여성 중심의 활동을 하다가 이를 비판하는 문제가 발생하기도 한다. 이러한 문제점들은 에코페미니즘에 대한 이론적인 검토와 함께 실천적인 측면에서의 논의와 문제점 파악이 필요하다.

조희경(13세)

현대 사회가 가지고 있는 많은 문제 중 하나는 기후와 환경문제다. 기후위기가 초래된 것은 산업혁명이 대량의 온실가스를 배출하는 석탄, 석유, 천연가스 사용을 촉진했기 때문이다. 그래서 지구 역사상 유례 없는 기온상승은 집중 폭설과 살인적인 한파와 폭염을 불러왔다. 한파와 폭염으로 인해 매년 인명피해, 재산 피해가 기하급수적으로 증가하여 감히 현대과학이 예상치 못할 정도로 우리의 생명과 재산을 담보로 하는 심각한 상황이 되었다. 지금 남극과 북극에서는 급속도로 빙하가 녹고 있다. 해수면 상승으로 인해 이미 남반구에 남태평양에 있는 투발루는 빙하가 녹음에 따라 서서히 물에 잠기고 있다. 투발루의 외무장관 사이먼 코페는 다리가 물에 잠긴 채 연설해야 하는 비극을 맞기도 했다. 이에 따라 전 세계가 자연히 물에 잠기며 인간은 서서히 멸종될 것이다. 기후위기와 환경오염은 전문가의 말에 따르면 약 20년 뒤인 2044년에는 지구에서 사람들이 살아가기에 힘든 환경이 만들어질 것이라고 한다. 이유는 지구의 골든 타임이 별로 안 남았고, 전문가들 또한 20년쯤 뒤에 망할 거 같다고 말했기 때문이다. 이것을 조사하면서 이 책을 읽고 머릿속에서는 기후위기의 위험성이 뇌에 박힐 정도로 분명하게 알아들을 수 있었지만 마음까지는 느낌이 오지 않았다. 기후위기에 따라 일어나는 일들의 예시를 뇌리에 박히게 설명해 놓는다면 더 좋은 책이 될 것이다.

박혜영 연구위원은 1인 가구의 외로움과 코로나19 팬데믹 시절의 교육방법에 대해 비판했다. 비대면 교육이 늘어날수록 사회성을 잃는다고 근거를 들었다. 또 옛날에는 있었지만 지금은 없는 마을 공유지에 대해 다루고 있다. 만약 오늘날에도 마을 공유지가 있다면 가난한 여성들이 공유지에서 생계를 꾸릴 수 있다. 그리고 그것이 시혜나 특혜가 아닌 자유민의 당연한 권리로서 사회적으로 보장된다면 취약한 처지에 놓인 여성이라도 좋은 삶을 살 수 있을 것이기 때문이다. 이 책의 3부 이미숙 연구위원이 쓰신 부분에서는 유방암, 정확히는 유방 절제술을 받고 난 이후의 변화에 대해 상세하게 쓰였다. 저자는 여성으로서 유방 복원 수술을 선택하지 않은 자신의 몸을 이야기하면서 치유의 과정에 대해 설명하고 있다. 치유의 과정에서 여성이 등장하지 않는 남성의 책 『모비딕』 연구에 이상하리만큼 몰입했다고 한다. 왜냐하면 이미숙 연구위원을 둘러싼 가슴 복원 수술, 한쪽 유방의 콤플렉스 등은 비슷한 처지에 놓인 동지들이 신비한 힘을 가진 흰 고래를 추격하는 과정이 저자에게 항암 투지를 불태울 수 있었다고 한다. 김현미 연구위원이 쓰신 부분은 기후위기로 인해 불타고 있는 지구 속에서 누군가는 도피를 꿈꾸기도 하지만 누군가는 지구 돌봄을 택하기도 한다. 에코페미니즘의 '바로 여기에서의 정치'는 지구를 다시 살만한 곳으로 만들기 위해 도피 욕구에서 벗어나 즉각적인 행동주의를 채택할 것을 촉구한다. 우린 기후위기가 너무 큰 재앙이라 어떤 감정을 느끼고 무엇을 실천할지 막막해한다. 두려움 때문에 기후위기와 생태위기를 무시하기도 한다. 그러나 이제는 기후위기에 대한 지식과 함께 감정의 이동을 경험해야 한다.

자본주의는 돈이 필요한 삶이다. 우리가 자본주의에 살면서 돈이 없고 가난해서 차별당할 수 있다. 그럴 때 우리가 연대의식을 가진다면 보다 나은 세계가 될 것 같다.

성준우(15세)

『우리는 지구를 떠나지 않는다』라는 책은 에코페미니즘을 연구하고 실천해 온 15인의 이야기이다. 매년 여름이나 겨울이 되면 특히 이상 기후 문제와 그 원인으로 환경오염에 관한 이야기를 학교나 TV에서 많이 듣게 된다. 나는 이상 기후라고 하는 말에 대해서 이상 기후가 무엇인지 실감하기 힘들다. 내가 경험하는 지금은 크게 무엇이 문제인지 느끼지 못하고 있기 때문이다. 그렇기에 다수의 사람이 문제라고 하는 환경문제는 내게는 관심 밖의 일이었다. 관심을 두고 있지 않았던 환경문제와 성차별의 문제, 자연과 인간 차별

문제는 감았던 눈을 떠 새로운 세상을 보는 것처럼 놀라웠고 심각했다. 『우리는 지구를 떠나지 않는다』는 환경문제가 얼마나 큰 문제이며 심지어 지구를 떠나야 할 단계까지 왔다고 말한다. 문제가 많은 이 지구를 떠날 수 없는 우리의 현실적 제약 때문에 책 제목은 결국 『우리는 지구를 떠나지 않는다』라고 말한다. 현재 지구는 온난화, 오존층 파괴, 생물 다양성 감소, 물 부족, 사막화 현상 등 많은 환경문제가 발생하고 있다. 이와 같은 많은 문제를 가진 지구에서 우리가 살아남으려면 어떻게 해야 할까?

책의 시작은 기후위기를 극복할 우리의 자세를 다짐 열 가지로 시작한다. 책은 총 4부로 구성되어 있는데 특히 지구를 살아가는 여성의 위치에서 이야기하는 1부 네 번째 이야기 주자, 정은아 작가의 이야기가 인상적이다. '정의로운 전환을 탈성장 돌봄 사회로 이끌기'라는 제목으로 타인의 고통은 나의 미래이며 정의로운 전환이란 무엇인지 생각하게 만든다. 그것은 '삶을 어떻게 살아야 하는가?'라는 질문이기도 하다. 연대하는 것, 공존의 삶을 살자는 글쓴이의 주장은 성장주의에 빠진 현대인들에게 설득력 있게 다가갈까?

인간 중심적 생태학은 지금까지 자연을 인간에 의해 채굴당하고 뺏기는 존재로 만들었다. 결국 자연은 망가질 대로 망가지고 이런 지구에서 살기 힘드니 지구를 떠나야 한다는 말이 나온다. 잠깐 지구를 파괴한 자는 누구인지, 그로 인한 피해자는 누구인지 살펴보자.

남반구와 북반구를 놓고 보면 선진국이 많이 있는 북반구에서 환경파괴 문제 원인이 발생한다. 남반구에서는 환경 파괴의 대다수 원인을 제공하지 않았지만, 다수가 피해를 보고 있다. 높아진 기온으로 인간이 살기 힘들게 되었지만, 선진국이 많은 북반구에서는 에어컨을 켠다. 북반구에 사는 나는 환경오염으로 세상이 살기 힘들어졌다지만 피부로 느끼기 힘들었다. 작년보다 여름이 조금 더 더워졌을 뿐, 에어컨을 켜면 해결되니깐.

가난한 아프리카 지역은 기후변화의 어려움을 직면하지만 누가 그 어려움을 해결해 줘야 할까?

3부 네 번째 이미숙 저자의 『모비-딕』의 고래와 여성의 몸'은 신선하다. 저자는 유방암에 걸려 유방 절제술을 받았다. 유방 절제술을 받고 복원 수술을 하는 일반 여성들과 다르게 저자는 복원 수술을 선택하지 않았다. 그리고 치유에 과정에서 『모비딕』이라는 책에 이상할 만큼 몰두했다고 한다. 『모비딕』은 허먼 멜빌의 유명한 소설이다. 『모비딕』은 포경자들이 작살을 겨누고 추격하는 바다 이야기다. 이 소설이 에코 페미니스트와 무슨 관련이 있는 것일까? 연결 짓기가 쉽지 않다. 저자 이미숙은 소설 『모비딕』에서 고래잡이들이 고래를 관습적으로 he가 아닌 she로 쓰는 것에 의문을 품었다. 『모비딕』은 이 책에서 남성 선원들에게 사냥, 즉 착취당한다. 선원들에게 죽임을 당하는 고래, 남성 중심 사회에서 착취당하는 여성과 똑같았다. 이 책에서 흰 고래를 여성주의 관점으로, 여신적 존재로 해석하는 대목에서 나는 놀라웠다. 전혀 생각해 보지 못했었고, 아는 것은 새롭게 볼 수 있는 힘이라는 것을 깨달았다.

이 책의 저자들인 에코 페미니스트들은 왜 삶의 불편을 감수하면서까지 에코 페미니스트로 살려는 것일까? 그것은 신념이기 때문일까? 필요를 알기 때문에 힘듦을 감수하는 삶을 선택한 그들. 나라면 그런 힘듦을 감수할 수 있을지 모르겠다. 그들의 신념을 나의 신념으로 삼기는 어렵지만 기회가 된다면 그런 신념을 가져보고 싶다. 어떤 어려움이 있더라도 신념이 그들을 잡아줄 것으로 생각한다.

제설하(15세)

최근 들어 겨울인데 춥기는커녕 오히려 따뜻하다. 사계절이 뚜렷하던 우리나라의 계절에서 봄과 가을이 점점 사라지고 있다. 먼 훗날의 이야기 같았던 기후위기가 이제는 쉽게 피부로 느낄 수 있을 정도로 심각해지고 있다.

『우리는 지구를 떠나지 않는다』는 에코페미니즘을 주제로 다루는 책이다. '에코페미니즘'은 페미니즘과 다르게 여성해방과 자연해방을 동시에 추구하는 이론이자 운동을 뜻한다. 그렇다면 왜 자연해방과 여성해방을 함께 다루는 것일까? 인간과 자연의 관계에서는 인간이 자연을, 남성과 여성의 관계에서는 남성이 여성을 일방적으로 억압한다. 억압과 착취의 대상으로 자연과 여성은 같은 위치에 있기 때문이다.

4부로 이루어진 『우리는 지구를 떠나지 않는다』는 주제마다 다양한 이야기들로 이루어져 있다. 독립된 15가지 이야기들이기 때문에 관심 있는 부분부터 자유롭게 읽어 볼 수 있다.

　1부인 '기후위기시대 에코페미니즘'은 점점 심각해지는 이상 기후 속에서 우리들이 해야 할 일을, 2부 '흙과 자급의 기쁨'에서는 사소할 수 있지만 흙이 우리에게 주는 행복에 관한 내용들을 다룬다. 3부는 '몸의 안팎을 통과하기'라는 제목으로 우리에게 말을 건다. 인간들의 편리함 삶을 위해 만들어 낸 플라스틱은 이제 썩지 않는 물건으로 많은 환경문제를 일으키게 되었다. 삶의 편리가 주는 게으른 삶에 익숙해진 인간은 파괴된 환경과 발전의 사탕발림 속에 노예로서의 삶을 살고 있지 않는지 생각해 봐야 한다. 기후변화는 우리에게 질문을 던진다. 이 모든 현재의 환경 속에서 '어떻게 공생할 것인가?' 이 질문 앞에서는 그 대상의 폭은 넓다. 우리는 서로를 희생시키려 해서는 안 된다. 모두가 배려하며 살아갈 수 있어야 공생이다. 공생의 길을 찾아내는 것이 우리가 해야 할 일이다. 4부는 인간과 비인간의 얽힘에 관한 내용이다. 현대인들은 '짝이 되는 동무'라는 뜻의 '반려'를 정서적으로 의지하고 가까이 두고 기르는 동물에게 붙여 반려동물이라는 단어를 만들어 냈다. 그만큼 반려동물은 우리 문화 속 깊이 들어와 있다. 반려동물과 함께 살아가는 삶에 있어서 우리는 일방적으로 우월한 위치에서 그들의 생명을 전적으로 책임지고 그들의 삶에 관여해서는 안 된다. 인간중심주의를 벗어나 그들의 생활 패턴에 맞춰주고 관심을 주며 서로가 서로에게 소중한 관계로 나아갈 수 있도록 노력해야 한다. 특히 4부는 우리가 친숙하게 경험하는 고양이를 등장시켜 인간과 비인간의 관계를 이해하기 쉽게 적은 것이 인상적이었다. 에코페미니스트의 다짐 중에 '우리는 비인간 존재가 함께 살아가는 도시를 만든다' 그리고 '우리는 소수자 및 비인간 존재와 연결되어 있음을 기억한다'라는 내용이 함께 이해되었기 때문이다.

에코페미니스트들은 인간과 인간의 관계뿐만 아니라 인간과 비인간의 관계도 중요하게 다룬다. 그렇기 때문에 인간이 살기 좋은 곳으로 만들기 위해 지구를 보호하자는 것이 아니라 존재하는 모든 것들은 공생해야 한다고 말한다. 『우리는 지구를 떠나지 않는다』에 나온 공생하기 위한 에코페미니스트들의 삶의 이야기를 읽으며 나는 어떤 삶을 살아가는 중인지 생각해 보았다. '에코페미니즘'이라는 단어는 이전 나의 시간 속에서 거론된 적이 단 한 번도 없었다. 가정의 울타리 속에서 보호받고 돌봄 받고 있는 나는 북반구와 남반구, 남성과 여성, 인간과 자연의 관계 속 착취와 억압이라는 관계 속에서 모르는 채로 착취하는 자리에 있지 않았는지 생각해 보았다. 결국 기후문제는 점점 심각해질 것이다. 그만큼 에코페미니즘은 나의 시간 속에서 이전과는 달리 익숙한 단어가 될 것이다. 지금 10대인 우리는 훗날 위기 속 지구에서 살게 될 우리이다. 이제 우리의 문제가 될 지구의 수많은 이야기의 해답은 어디에서 찾아야 할까? '공생'과 '돌봄'에서 우리는 실마리를 찾아야 하지 않을까?

오영수 소설에 나타난
생명지역주의의 한 모습

남송우(문학평론가)

1. 머리말

인류문명이 발전의 속도를 더해감에 따라 자연환경의 훼손 속도도 가속화되어 왔다. 이러한 결과 1970년대 이후 인류는 환경에 대한 인식을 새롭게 할 수밖에 없었고, 이로 인해 환경운동이 활발해졌다. 환경운동은 일반 대중들에게 생태의식을 확산시켜 왔으며, 이와 함께 생태문학 논의도 함께 이루어질 수밖에 없었다. 한국문학에서 소위 생태문학 논의는 1990년대 이후 구체화되기 시작했다. 1990년대 이후 단편적인 논의들이 다양하게 이루어졌으며, 1990년대 후반부터는 단행본과 학위 논문들이 다수 발표되기 시작했다.

그동안 발표된 한국 생태문학 논의의 주요 논저는 신덕룡의 『초록 생명의 길』(시와 사람사, 1997), 김욱동의 『문학생태학을 위하여』(민음사, 1998), 채수영의 『문학 생태학』(새미, 1997), 이남호의 『녹색을 위한 문학』(민음사,

1998), 송희복의 『생명문학과 존재의 심연』(좋은날, 1990), 신덕룡의 『환경 위기와 생태학적 상상력』(실천문학사, 1999), 임도한의 『한국현대 생태시 연구』(고려대학교 대학원 박사학위논문, 1999), 장정렬의 『생태주의 시학』(한국문화사, 2000), 송용구 편의 『에코토피아를 향한 생명시학』(시문학사, 2000), 신덕룡의 『생명시학의 전제』(소명출판사, 2002), 김욱동의 『생태학적 상상력』(나무심는 사람, 2003), 김용민의 『생태문학』(책세상, 2003) 김해옥의 『생태문학론』(새미, 2005), 이승준의 『한국 현대소설과 생태학』(작가, 2008), 남송우의 『생명 시학 터닦기』(부경대학교 출판부, 2010), 김용민의 『문학생태학』(연세대학교 대학출판문화원, 2014) 김옥성의 『한국 현대시와 종교 생태학』(박문사, 2017), 김옥성의 『한국 현대시와 불교 생태학』(푸른사상, 2022) 등이다.

그런데 이 논저들의 전반적인 내용은 생태문학의 연원, 생태문학에 대한 정의나 개념, 외국의 생태문학의 소개, 한국문학에서의 생태문학의 현황 등을 소개하는 내용이 주를 이루고 있다. 이러한 논의들은 한국생태문학의 발전을 위해서는 반드시 거쳐가야 할 과정들이다. 그러나 생태문학이 생태주의적 삶에 좀 더 가까이 다가서기 위해서는 지역적인 공간을 다루는 문학으로 나아가야 한다. 이는 생태파괴는 전지구적인 현실이지만, 이 현실을 극복하기 위한 실천은 지역적으로 이루어져야 한다는 명제와 맥을 같이 한다. 생태계 파괴를 극복하기 위해서는 소규모의 분권적, 자치적, 자급자족적, 근검·절약하는 생태공동체가 대안사회로 제시되고 있기 때문이다.

이러한 지역적 실천의 하나로 근래에 생태공동체의 삶을 실천하는 모임들이 많아지고 있으며, 그러한 삶의 근거로서 생명지역주의(bioregionalism)를 내세우고 있다. 생명지역주의에서 말하는 생명지역은 인간과 모든 동식물들의 삶의 최소 단위 터전이란 점에서, 현재의 생태위기를 극복할 수 있는 최선의 대안으로 논의되고 있다. 그러므로 생명지역주의는 생태문학이 나아가야 할 중요한 방향의 하나가 될 수 있다. 그래서 궁극적으로 생태공동체의 삶을 지향했다고 해석할 수 있는 오영수의 작품들은 이미 이러한 생명지역주의를 논의할 수 있는 근거를 제시해 주었다는 점에서 의미 있는 작품으로 새롭게 해석되어야 할 지점이다.

2. 생명지역주의의 특성

생명지역주의라는 용어를 처음 쓴 사람은 캐나다인 앨런 반 뉴커크(Allen Van Newkirk)로 알려져 있는데, 그는 1974년 「생명지역주의 : 인류문화의 생명지역적 전략을 향하여」라는 글을 국제자연 및 천연자원 보존 연맹> 기관지 <Environmental Conservation>에 발표했다. 이후 1975년부터는 생명지역주의와 관련된 이념들이 다양한 영역에서 나타나기 시작했다. 그 대표적인 것 중의 하나가 1975년에 출간된 어니스트 캘런바크(Ernest Callenbach)의 생명지역주의 소설 『에코토피아(Ecotopia)』이다. 이 소설은 미국연방에서 탈퇴하여 북캘리포니아, 오리건, 워싱턴 일대에 자리 잡은 어떤 가상적인 생태국가를 그리고 있다. 일 년 뒤인 1976년에는 생명지역주의 작가이자 운동

가로 활약 중인 데이비드 핸케(David Haenke)가 최초의 실제적인 생명지역
주의자들의 모임인 <오자크 공동체협의>의 구성계획을 수립하기 시작했다.

그러나 생명지역주의가 본격적으로 생태사상계에 널리 알려지게 된 계기
는 1985년에 발간된 세일(Sale)의 『땅의 거주자들(Dwellers in the land : The
Bioregional Vision)』이라는 책이다. 이 책은 그 후 10여 년 동안 생명지역주
의에 관한 거의 유일한 책으로 읽혔다. 세일에 따르면, 생명지역이란 인간에
의해 임의로 선이 그어진 것이 아니라, 식물상, 동물상, 수계(水系), 기후와 토
양, 지형 같은 자연조건 그리고 이런 조건에 따라 자연발생적으로 형성된 사
람들의 정착촌과 문화에 의해 구분되는 공간을 의미한다. 인위가 배제된, 그
곳의 생활양식과 풍토와 생물상으로 정의되는 지역이며, 법률이 아니라, 자
연에 의해 통치되는 지역을 일컫는다.

한편 버그(Peter Berg)와 대즈맨(Raymond Dasmann)에 의하면, 생명지역
은 토양, 하천유역, 기후, 토종 동식물 등에서 공통적인 특징을 지닌 지리적
영역이다. 그리고 생명지역은 지리적 영역이기도 하지만, 의식의 영역이기도
하다고 밝힌다. 즉 생명지역은 장소이기도 하지만, 그곳에서 어떻게 살아야
할 것인가 하는 이념이기도 하다는 말이다. 그래서 하나의 생명지역은 처음
에는 기후학, 자연지리학, 동식물지리학, 자연사 및 여타 기술적 자연과학을
활용하여 경계를 정할 수 있으나, 최후의, 최고의 경계는 그 속에서 사는 사
람들을 기준으로 정해진다. 여기서 그 속에 사는 사람들이란 그곳의 원주민
뿐만 아니라, 그들의 전통과 문화, 삶의 방식, 정착촌 등을 아울러 말하는데,
그것들은 그 생명지역의 생태적, 자연지리적 요소의 산물이므로 결국 생명

지역이란 인간과 모든 동식물들의 삶의 단위 터전이라고 정의할 수 있다.

　세일의 영향을 받은 대부분의 생명지역주의 운동가들은 생명지역이 인위적인 경계가 아닌, 정착촌들과 생태계의 자연적 경계로 구획되는 지역이라는 것을 강조한다. 또한 생명지역은 그곳의 생명공동체와 생태계의 통합성을 유지할 수 있고, 동물이동, 하천흐름, 영양분 및 폐기물 순환 같은 중요한 생태적 과정이 지탱될 수 있으며, 그곳 특산종의 충분한 서식지가 될 수 있고, 그곳 생물자원을 이해하고 관리하고 이용하는 인간의 공동체가 포함될 수 있도록 충분히 넓어야 하며, 반대로 주민들이 그곳을 고향으로 인식할 수 있을 정도로 충분히 작아야 한다고 말한다. 이 주장 속에는 생명공동체, 생태계의 통합성, 자연의 순환 등이 강조되고 있는데, 이것은 레오폴드의 토지윤리가 생명지역주의의 발전에 미친 영향 때문으로 본다.

　생명지역의 구체적인 경계나 규모는 일률적으로 말할 수 없지만, 어떤 강이나 큰 하천의 수계 전체를 하나의 생명지역으로 간주하는 것이 보통이다. 물을 생명의 근원으로 보기 때문이다. 그래서 생명지역주의자들은 수원과 수질에 대해 각별한 관심을 갖는다.

　생명지역주의자들은 역사적으로 인간의 경험은 인간공동체와 그것을 품고 있는 자연 간의 관계 속에서 이루어져 왔으며, 생명지역주의는 이런 관계를 재발견하고 복원하여 인간사회와 자연을 재결합하기 위한 노력이라고 말한다. 이런 의미에서 생명지역주의는 지리학을 매개로 하여 생태학과 인류학을 결합하려는 시도라고 할 수 있으며 달리 말하면, 인간생태학을 추구한다고도 할 수 있다. 그래서 생명지역주의는 생태계와 지역과 인간의 문화를 하나의 고리로 묶는 것이다.

그런데 이러한 생명지역주의적 삶을 위해서는 두 가지를 실천해야 하는 것으로 본다. 하나는 재정착(reinhabitation)이며, 다른 하나는 지역 자연체계의 복원이다. 재정착이란 땅을 삶의 터전으로 다시 보는 것이다. 즉 지금까지 남용으로 손상되고 파괴되어 온 땅을 삶의 터전으로 재인식하고 '그곳에서 살아가는(living -in -place)' 법을 배우는 과정으로 정의한다. 재정착은 그 땅 위 혹은 주변에서 일어나는 고유한 생태현상들을 깊이 인식함으로써 그곳의 원주민이 되는 것이다. 그곳에서 일어나는 일들을 이해하고 그곳의 생명을 더욱 풍성하게 할 뿐만 아니라 그곳의 생명부양체계를 복원하며 그 속에서 생태적으로 또한 사회적으로 지탱 가능한 삶의 양식을 실천하는 것이다. 달리 말하면, 어떤 장소에서 그 장소와 더불어 사는 법을 배우는 것이다.

그리고 자연체계의 복원이란 생명지역 단위에서 자연생태계의 활성을 유지하고 그곳의 경제와 사회가 지탱 가능하도록 하는 것이다. 생명지역의 경제는 환경을 착취하거나 개조하기보다는 마땅히 거기에 적응하려 노력하며, 자원뿐만 아니라 자연 전체의 보존을 추구한다. 경제의 목표는 성장이 아닌 지탱 가능성이다. 또한 분산과 자립을 추구한다. 생명지역주의는 생명지역 주민들의 필요를 자조적으로 해결하고자 하며, 그렇게 함으로써 세계 자본주의와의 지나친 연계로 인한 경제적 불안정과 의존성을 벗어나려 한다. 그렇다고 해서 경제적 고립이나 교역의 완전한 중단을 지향하는 것은 아니다. 오히려 지역내부의 경제적 네트워크를 활성화하고 강화하여 보다 튼튼한 바탕에서 다른 생명지역과 교역을 추구한다.

생명지역의 정치 역시 자연의 가르침을 따르는데 거대화, 집중화, 계층화, 획일화가 아니라 소형화, 분권화, 다양화를 지향한다. 그리고 민주, 자유, 평등, 정의 등의 보편적 가치의 획일적 적용이 아니라 자연의 법칙과 그 지역의 자연 특성에 부응하면서 다양한 형태로 각기 나름대로의 사회질서와 가치체계를 발전시키게 된다.

이렇게 생명지역주의는 생태학의 관점에서 그들의 전통과 지혜와 지식을 현대에 되살리고 또한 현대적 지식과 기술을 활용하여 생명지역의 자연과 생태계와 문화를 복구하고 보존하려는 삶의 실천이다.

3. 오영수 작품에서 엿보는 생명지역주의의 양상

오영수 소설에 나타나는 생명지역주의를 논하기 위해서는 지금까지 오영수 소설을 두고 생태학적 관점에서 어떤 논의들이 있었는지를 살펴볼 필요가 있다. 생명지역주의는 생태학에 토대를 둔 새로운 담론이기 때문이다. 논의에 값하는 몇 연구는 이정숙의 「오영수 소설의 가능성, 전후문학 그리고 생태소설」, 박영준의 「오영수 소설에 나타난 생태의식과 무의식적 자연 지향」, 임명진의 「작가 吳永壽의 생태적 想像力」 등이 있다. 이 세 편의 논의들을 검토하면서 오영수 소설에서 나타나는 생명지역주의의 양상을 살펴보고자 한다.

먼저 이정숙은 「오영수 소설의 가능성, 전후문학 그리고 생태소설」(구보학회 구보학보 8집, 2012)에서 오영수 소설의 생태소설의 가능성을 제기했다. 그는 오영수 소설이 내보이는 자연친화적인 작품에 나타나는 자연에로의 귀의, 도시문명에 대한 환멸 등을 통해서 시적 공동체나 유토피아 지향, 생명의식 등을 보여주고 있기에 생태학적 접근을 통한 새로운 해석이 가능하다고 보았다. 생태문학론 논의가 전혀 이루어지지 않은 1950, 60, 70년대에 발표된 오영수 소설이지만 생태의식의 차원에서 더더욱 가치가 있다고 해석한 것이다.

대개는 「메아리」나 「은냇골 이야기」의 사적 소유가 없는 원시공동체적 삶을 통해 흔히 유토피아를 말하거나 「잃어버린 도원」을 통해서 설화가 곁들여진 무릉도원의 이상향을 말하기도 한다고 밝힌다. 말하자면 작가의 성격과 관심사와 취향이 반영된 작품의 성향과 의식의 저변에서 근본적으로 드러나는 인정, 휴머니즘이 자연스럽게 융화되어 낙원이 그려진다고 볼 수 있는데 이 낙원의식이 지향하는 바와 생태소설이 지향하는 바가 일치한다는데 오영수 소설의 가치가 있다는 것이다. 특히 「오지에서 온 편지」에는 작가가 지향하는 생태주의적 삶의 태도가 자명하게 드러나고 있다고 보았다.

「오지에서 온 편지」의 다음 일절은 생명의식을 드러내 보임과 동시에 생명지역주의의 한 지향점을 읽어낼 수 있기 때문이다.

이십여 년 간의 내 서울 생활을 돌이켜 볼 때 그것은 직접, 간접, 전후좌우, 생명의 위협에 쫓기면서 생사의 곡예를 한 거지, 진정한 생활이 아니었다는 것을 여기에 와서 더욱 절실히 느꼈네. 여기의 내 생활을 패배와 도피를 합리화하기 위한 미화라고 했는데 내가 뭣 때문에 누구를 위한 합리며 미화겠는가. 도대체 패배니, 도피니, 합리니, 미화니 하는 따위 수식어들이 지금의 내게는 아무런 의미도 없는 씨까먹은 소리로밖에는 들리지 않는다. 다시 천명해 두지만 적어도 나는 내게 절대인 내 생명을 아끼고 지켜가기 위해 자연으로 돌아왔고, 자연에서 인간 본연의 삶을 추구하는 것뿐이다. --그러나 굳이 패배니, 도피니, 자가당착이니, 환상이니, 자기합리니, 미화니, 문화의 역행이니, 하고 몰아세운다면 나도 좀 할 말이 있다.(「오지에서 온 편지」부분)

생명을 위해 자연으로 돌아왔다는 언표는 자연과 생명이 하나로 연결되어 있음과 동시에 자연과 하나 됨에서만 인간 생명의 본연을 찾을 수 있다는 사유가 전제되어 있다. 그리고 이 작품에서는 서울을 탈출하여 자연으로 돌아와 자연에서 인간 본연의 삶을 추구하는 작가의 자세가 이 작품에서는 아주 구체적으로 제시되고 있다는 점은 생명지역주의를 구체적으로 실천하고 있음을 말한다. 즉 나는 땅을 목지로 내놓고, 나를 따라 함께 내려와 이웃에서 사는 재력이 있는 친구는 돈 백만 원을 내서 소를 사고, 이에 대한 관리는 마을 사람들이 하게 한다. 자연 속에서 지역 공동체를 일구는 삶을 구체화하고 있는 것이다. 즉 마을의 공동사업으로 목장을 만들어 소를 키우는 사업을 하게 되는데 수익을 보면 가구 단위로 균등하게 나누며 공동 이익을 추구하는 것이다. 이는 지역생명주의가 추구하는 긍극적인 지점의 한 양상이다. 어쩌면 한 지역에서 자연과 함께 생활공동체를 이루는 유토피아를 꿈꾸고 있는 모습이다. 이 지점에서 오영수의 작품 「오지에서 온 편지」는 생명지역주의를 향한 의지의 발현으로 읽을 수 있다.

다음으로 박영준은 「오영수 소설에 나타난 생태의식과 무의식적 자연 지향」(한민족문화연구 44집, 2013)에서 오영수 소설을 생태학적 관점에서 살피고 있다. 여기에서 「오지에서 온 편지」, 「머루」, 「화산댁이」, 「갯마을」 등을 다루고 있는데, 여기서는 「갯마을」을 생명지역주의의 관점에서 중점적으로 논의해 보고자 한다.

박영준은 「갯마을」에서 해순이 산골에서 바닷가 갯마을로 돌아올 수밖에 없었던 것은 산골은 해순에게 진정한 자연이 아니었다는 것이다. 해순에게 진정한 자연은 자신이 융합할 수 있는 바다여야 한다는 입장이다. 이 지점에서 박영준은 「갯마을」에 내재되어 있는 오영수의 생태의식의 원형을 발견할 수 있다고 해석한다. 작가 오영수에게 자연은 대긍정의 공간이 아니고, 자아가 융합할 수 있는 자연이 진정한 자연이란 것이다. 이는 자연과 융합한 삶을 긍정하는 생태주의의 시각과 연계되어 있다고 본다. 「갯마을」은 「오지에서 온 편지」 같은 목적성, 반문명의 정신은 없으나 생태주의적 가치가 훨씬 더 효과적으로 표현되어 있는 작품이라고 평가한다. 오영수 소설에 나타난 자연 지향적 성격은 작가의 생태주의적 이데올로기에 의한 목적론적 의식지향이 아니라 작가의 내면에서 자연스럽게 비롯된 무의식적 성향의 표출이라고 보고 있다.

「갯마을」에 나타나는 자연은 두 부류로 나뉘는데, 하나는 산골, 하나는 갯마을이다. 두 공간 다 자연 속의 공간이지만 산골에서 해순이 느끼는 답답함은 아래와 같이 나타나 있다.

상수도 징용으로 끌려가 버린 산골에는 견딜 수 없는 해순이었다. 오뉴월 콩밭에 들어서면 깝북 숨이 막혔다. 바랭이풀을 한골 뜯고 나면 손아귀에 맥이 탁 풀렸다. 그럴 때마다 눈앞에 훤히 바다가 틔어 왔다. 물옷을 입고 철벙 뛰어들면…… 해순이는 못 견디게 바다가 아쉽고 그리웠다. 고등어철 해순이는 그만 호미를 내던지고 산비탈로 올라갔다. 그러나 바다는 안 보였다. 해순이는 더욱 기를 쓰고 미칠 듯이 산 꼭대기로 기어 올랐다. 그래도 바다는 안 보였다.(「갯마을」 부분)

산골에서 홀로 된 해순이가 바다를 그리워하는 것은 첫 남편 성구에 대한 그리움 때문이다. 그래서 그녀는 답답증을 참지 못해 바다가 보일 것 같은 산 꼭대기로 올라간다. 산비탈로 올라가는 그녀의 머리 속에는 '고등어철' 첫 남편 성구가 출어에 나갔다가 돌아오지 못했던 계절이 떠오른다. 마을 사람들은 바다가 보고 싶어서 방황하는 그녀를 가리켜 '매구혼'에 들려 미쳤다고도 말한다. 이를 해결하기 위해서는 다시 바다로 가는 길밖에 없다. 남편 성구에 대한 그리움을 품은 채 바다에서 위로받던 그 시간으로 돌아가야 하는 것이다. 그것은 첫 남편 성구가 있던 고향 갯마을로 귀향하는 것이다. 여기서 중요한 것은 원래의 땅 고향으로의 회귀이다. 생명의 탯줄인 고향으로 회귀함으로써 산골에서의 삶의 답답함을 온전히 씻어내고 삶의 생명력을 회복할 수 있게 된 것이다.

오영수 작가가 「갯마을」에서 해순이가 산골에서 갯마을로 돌아오는 모습에 초점을 맞추고 있다는 점은 생명지역주의의 관점에서는 매우 의미심장한 부분이다. 생명지역주의에서 매우 소중하게 생각하는 개념은 재정착이란 점이다. 재정착이란 땅을 삶의 터전으로 다시 보는 것이다. 즉 지금까지 남용으로 손상되고 파괴되어 온 땅을 삶의 터전으로 재인식하고 '그곳에서 살아가는(living -in -place)' 법을 배우는 과정으로 정의한다. 재정착은 그 땅 위 혹은 주변에서 일어나는 고유한 생태현상들을 깊이 인식함으로써 그곳의 원주민이 되는 것이다. 그곳에서 일어나는 일들을 이해하고 그곳의 생명을 더욱 풍성하게 할 뿐만 아니라, 그곳의 생명부양체계를 복원하며 그 속에서 생태적으로 또한 사회적으로 지탱 가능한 삶의 양식을 실천하는 것이다. 달리 말하면, 어떤 장소에서 그 장소와 더불어 사는 법을 배우는 것이다. 산골도 자연이지만 해순이 돌아가는 바다는 고향으로서의 자연이라는 사실이 중요할 뿐 아니라, 재정착의 삶이 다시 시작되었다는 공간이란 점이 더욱 유의미한 부분이다. 갯마을을 떠났다가 다시 돌아와 재정착함으로써 생명지역주의의 한 가능성을 보여주고 있기 때문이다.

오영수 소설에 대한 또 다른 한 편의 생태문학적 연구는 임명진의 「작가 吳永壽의 생태적 想像力」(『한국언어문학』 第70輯, 2009)이다.

그는 오영수 소설을 생태학적 관점에서 바라보며, ①'자연에의 동화', ②'이웃 만들기' 그리고 ③'공동체 형성'의 단계로 분석하고 있다. 이를 오영수의 약 30여 년의 집필 기간과 관련시켜 보면, 대체로 시기적으로 ①→②→③의 순서를 거친 것으로 보인다고 보았다. 초기소설에서 자연 친화/동화가 매우 우세하고, 후기 소설에 '공동체' 문제가 집중된 점에서 그렇다는 것이다. 그러나 이 주제들은 변별화된 것이라기보다는 일정한 작가의식을 구현하는 방식에서 조금씩 다르게 표현된 것으로 보는 게 온당할 것이라고 판단한다.

이러한 작품의 흐름을 임명진은 생태학적 관점에서 초기에는 심층생태론 또는 도가적 세계관을 바탕으로 자연친화/동화를 꿈꾸었다면, 후기로 올수록 사회생태론 또는 아나키즘적 세계관으로 새로운 공동체 형성을 열망한 것으로 재해석할 수 있다고 보았다. 그렇다면 그의 일관된 작가의식은 생태론적 세계관이라고 할 수 있고, 다만 말년에 가까울수록 사회생태론으로 기울어져 갔다고 본다. 오영수의 소설은 이런 작가의식에 따라, 자연과 인간이 분리되지 않는 세계 속에 따뜻한 이웃들이 모듬살이를 하면서 서로 계급적 갈등이 없는 공동체를 꾸리는 일에 바쳐졌다는 것이다. 그 구체적인 작품으로 「은냇골 이야기」에 주목할 필요가 있다.

김가는 원래 경주 근방에서 머슴살이를 했으나 주인의 조카딸 덕이와 눈이 맞았고, 덕이가 임신을 하자 쫓겨나게 된다. 이를 기화로 둘이 살 곳을 찾아 은냇골로 들어온다. 박가는 형의 노름판에 뛰어들어 실수로 살인을 하게 되고 포리에 쫓기다 못해 은냇골로 들어온다. 이미 은냇골에는 양노인네 등 네 가호가 살고 있어서 모두 여섯 가호로 이웃을 이루게 된다. 그러나 어느 해 큰 흉년이 들자 김가와 박가와 옥례네를 제외한 세 집은 마을을 떠난다. 김가와 박가는 양식을 구하기 위하여 골짜기를 나와 백방으로 노력한다. 김가가 처이모의 도움으로 서 말의 밀기울을 구하여 다시 은냇골로 돌아왔을 때 덕이와 옥례는 굶주림으로 거의 죽기 전이었고 원래 지병이 있었던 옥례 남편은 이미 사망한 뒤였다. 덕이는 산후불순으로 정신병까지 얻은 채였다. 밀기울과 옥례가 모아둔 도토리와 칡뿌리로 세 사람은 한 집 안에서 근근히 겨울은 난다. 봄이 되자 다행히 덕이는 제정신을 찾고, 또 박가가 마을로 돌아온다. 홀아비인

박가와 홀어미인 옥례는 자연스럽게 가정을 이룬다. 사월 초순, 한창 진달래가 피고 산나물이 돋을 무렵해서 양 노인의 아들 내외가 돌아왔다. 양 노인의 며느리는 갓난 계집아이를 업었다. 계집아이가 그의 아버지를 닮았는지 박가를 닮았는지 아니면 김가를 닮았는지는 꼭이 할 수 없었다. 이 해 초가을에 옥례는 팔삭동이를 낳았다. 그 아이가 지금의 만이다. 만이는 아무래도 박가보다는 김가를 더 닮아갔다.(「은냇골 이야기」부분)

이렇게 대흉년을 보내고 난 다음 해 봄 은냇골에는 세 가구로 다시 이웃이 형성되었다. 그러나 이 이웃은 혈연적으로 얽힌 묘한 이웃이다. 박가의 아내 옥례가 낳은 '만이'는 김가의 핏줄이고, 또 양 노인의 며느리가 낳은 딸은 박가의 핏줄이어서 이 세 가구를 중심으로 한 은냇골 이웃들은 이리저리 핏줄로 얽히게 되었기 때문이다. 양 노인 생전부터 수십 년 사이에 은냇골에는 흉년, 설화 등으로 이웃이 붕괴될 위기가 여러 번 있었지만, 끝내 양 노인의 생각대로 이 마을은 핏줄의 얽힘으로써 마을과 이웃을 이어나가게 된 것이다. 이러한 이웃 공동체는 좀은 특별하지만 임명진은 이런 공동체는 유토피아적 이미지를 강하게 드러낸다고 보았다. 이는 자연동화, 훈훈한 이웃, 반계급은 이상사회 수립을 위한 조건들인데 오영수는 비록 허구적 장치인 소설의 형식을 빌기는 했지만 인간의 현실 세계 안에 이상사회를 수립할 수 있다고 본 점에서 도가(道家)나 아나키스트에 가깝다고 해석한다.

그러나 이는 앞선 『갯마을』에서 확인한 바 있는 생명지역주의적 삶을 보여주고 있다고 해석할 수 있다. 생명지역주의적 삶을 위해서는 재정착

(reinhabitation)이 필수적인데, 은냇골에 형성된 세 가구는 이를 실현하고 있기 때문이다. 재정착이란 땅을 삶의 터전으로 다시 보는 것이다. 즉 지금까지 남용으로 손상되고 파괴되어 온 땅을 삶의 터전으로 재인식하고 '그곳에서 살아가는(living -in -place)' 법을 배우는 과정으로 정의한다. 재정착은 그 땅 위 혹은 주변에서 일어나는 고유한 생태현상들을 깊이 인식함으로써 그곳의 원주민이 되는 것이다. 그곳에서 일어나는 일들을 이해하고 그곳의 생명을 더욱 풍성하게 할 뿐만 아니라 그곳의 생명부양체계를 복원하며 그 속에서 생태적으로 또한 사회적으로 지탱 가능한 삶의 양식을 실천하는 것이다. 달리 말하면 어떤 장소에서 그 장소와 더불어 사는 법을 배우는 것이다.

그러나 오영수 소설은 이상사회 수립의 당위성을 강조하는 데에서 크게 나아가지는 못한 것 같다고 임명진은 평가한다. 그러나 은냇골이란 자연 속에서 단순한 공동체가 아니라 혈연으로 이어진 공동체를 꾸리고 살아간다는 점에서는 지역생명주의의 실현의 한 양상이라고 볼 수 있다. 혈연은 생명의 본질을 이어나가는 또 다른 하나의 토대이기 때문이다.

4. 맺는말

오영수 소설이 지닌 자연친화적이고 순수서정성에 대한 평가는 이미 정평이 나 있다. 이러한 순수 자연친화적인 작품의 창작이 생태파괴가 현재와 같이 구체화되기 전 이미 발표되었다는 점에서 다양한 의미 부여가 가능하다.

생태파괴로 인한 기후 위기가 심각해진 현 상황을 극복할 대안을 문학 속에서 찾을 수 있다면, 그 하나의 가능성을 오영수 소설에서 엿볼 수 있기 때문이다. 문명화된 이 시대에 우리가 원시 자연 상태로 돌아갈 수는 없지만, 그렇게 살아가야 한다는 생명중심 사상을 부여잡아야 하는 명제의 당위성은 분명하다. 이 지점에서 생명지역주의는 하나의 대안이 될 수도 있을 것이다. 이런 차원에서 오영수 소설을 기존의 생태학적 관점을 비판적으로 살피면서 생명지역주의의 논의 가능성을 짚어보았다. 완벽한 생명지역주의의 모습을 온전히 확인하기는 힘들지만, 그 원형과 지향성만은 충분히 확인할 수 있었다. 이 점이 오영수 소설을 이 기후 위기 시대에 다시 재론해야 하는 필연적인 이유이기도 하다

청비 토론

간병살인에
대하여

—

남유주(15세), 안형준(15세)

—

형준 간병 살인을 조사해 본 결과, 우리 사회에서 간병을 해본 10명 중 3명은 자살까지 생각했다고 해. 간병이 쉬운 일은 아니지만 자신이 아끼고 사랑했던 가족까지 죽이게 된 이유는 뭘까?

유주 가족이 전문 간병인 대신 간병을 하는 이유가 비용 부담이 크기 때문이래. 간병을 위해 직장까지 그만두기도 하면 경제적 빈곤이 깊어지겠지. 장기간 간병으로 수면 부족과 체력 저하 등의 문제가 일어나기도 해 직장도 잃게 되었으니 사회적 교류가 단절되잖아. 피간병인의 치료 문제를 넘어한 삶의 기본인 의식주 및 인간적인 삶의 박탈이라고 봐. 장기간 점점 궁지에 몰리고 빠져나갈 길도 보이지 않는다면 간병인이 피간병인에게 범죄를 일으킬 가능성이 생길 수 있을 것 같아.

형준 나도 네 생각과 같아. 기사 하나를 보여 줄게.

자신도 말기암인데 가족의 간병까지 개인이 하는 일은 너무 가혹한 것 같아. 자료 조사를 해본 결과 간병 살인의 또 다른 원인은 병을 앓고 있는 부모가 자식들에게 짐이 되고 싶지 않아서래. 도시가스와 휴대전화가 끊기고 유통기한이 한참 지난 도시락을

노부부 덮친 비극…가족 옥죈 간병의 고통

80대 남성이 평생 함께한 아내를 숨지게 했습니다. 뇌졸중으로 거동이 불편한 아내를 직접 간호해 온 남성. 그 역시 고된 투병 생활을 이어 온 말기 암 환자였습니다. 몸이 아파 아내를 돌보기 힘든 데다, 자식에게 짐이 되고 싶지 않단 유서를 남긴 그는, 아내가 숨을 거둔 뒤 스스로 극단적 선택을 시도했습니다.

전주완산경찰서 관계자/음성 변조 : (할아버지가) 죽고 싶단 말을 자주 하니까. 할머니가 같이 죽자, 이야기했단 거죠. 원칙대로 수사는 해야죠. 안타깝네요, 안쓰럽고.

고통 끝에 돌보던 가족을 숨지게 하는, 이른바 '간병 살인' 전북에서도 남의 일이 아닙니다. 지난 2천19년, 군산에선 치매를 앓던 아내를 돌보던 80대 남편이 간병의 고통을 호소하는 유서를 남긴 채 아내를 숨지게 했고, 이듬해 완주에선 간병에 지친 60대 아내가 남편을 숨지게 하려 한 일도 있었습니다. 비슷한 일이 끊이지 않는 원인, 간병의 부담을 가족이 떠안을 수밖에 없는 구조 때문입니다.

돌봄이 필요한 노인 가운데 동거 가족의 돌봄을 받는 비중은 74.5%. 장기 요양보험 등 가족 밖의 공적 돌봄 서비스를 받는 경우는 29.8%에 불과합니다.

일본의 경우 '간병 살인' 건수를 따로 집계하는 반면, 한국에선 관련 통계조차 없는 게 현실. 치매나 중증 환자 돌봄이 지금처럼 가족에게 전가되다 보면 비극은 이어질 수밖에 없습니다.

김신열/전북대 사회복지학과 교수 : "돌봄의 1차적 책임을 사회나 국가가 지도록 하는 제도나 시스템이 갖춰지고 진행이 돼야 할 텐데. 장기 요양 서비스를 이용하는 데 본인이 부담해야 할 비용이 적지 않은 비용이거든요. 정책 결정권자의 의지가 굉장히 중요하다."

떠안은 고통이 범행과 비극으로 이어지는 오늘, 간병의 무게를 사회가 함께 나누는 건 더는 미뤄선 안 될 과제입니다.(안승길 기자, <뉴스광장 전주>, 2022. 02. 03.)

먹으며 생활을 이어 온 사람들이 더 이상 간병을 할 수 없는 어려운 상황에 놓이자 어쩔 수 없이 간병 살인을 한다고 해. 정말 안타까운 일이야.

유주 그래 정말 안타까운 일이야. 국가는 폭발적으로 늘어나는 고령 인구의 돌봄에 재정을 투입하고 윤리교육을 확대해야 해. 간병을 위한 지원 정책을 강화해야 하고, 간병인의 권리와 돌봄의 가치를 높여야 간병 살인 문제는 해결의 실마리를 발견할 수 있을 거야. 사회 제도가 미치지 못하는 곳에서 벌어지는 일은 시스템의 문제라고 생각해. 국가는 개인이 해결하기 힘든 일들을 맡아줘야 하잖아. 세상으로부터 고립된 채 간병의 고통을 홀로 감당하는 사람은 우리의 이웃이잖아. 그래서 국민인 우리에게도 책임이 있다고 생각해. 간병 살인이 여러 가지 면에서 안타깝지만 법을 어긴 것은 잘못이잖아.

형준 나도 이러한 간병 살인을 멈출 방법은 찾아보면 다양하다고 생각해. 현재 돌봄이 필요한 노인 가운데 동거 가족의 도움을 받는 비중은 약 74.5%고, 돌봄이 필요해서 가족 외의 공적 서비스를 받는 노인분들의 비중은 29.8%라고 해. 이 자료를 보면 도움을 가족에게 받는 비율보다 공적 서비스를 받는 노인분들의 수가 적은 것을 볼 수 있어. 비율을 바꾸려면 어떻게 해야 할까? 간단한 해결 방법은 봉사라고 생각해. 도움을 받아야 할 분들의 집에 찾아가는 방법이지. 단점은 24시간 내내 피간병인에게 붙어 있을 수는 없다는 점이야. 대안으로는 조금 특이한 AI간병이 있어. 이 AI간병의 장점은 엄청나. 자료 나눔 시간에 봤던 남양주의 병원에서 일어난 사건 기억해?

유주   그래 기억해. 78세의 노인에게 간병인이 폭언과 폭행을 일삼았던 사건 말하는 거지? 병실 사람들이 병원 측에 여러 번 간병인의 학대를 알렸지만, 병원에서는 몰랐다고 부인했다는 뉴스를 보고 화가 났어. 잘못한 사람은 있는데 아무도 그 일에 책임지지 않으려고 했어. 그런 것은 어른답지 않다고 생각해.

형준   우리는 그렇게 자라면 안 될 것 같아. 다시 간병 이야기를 해 보면 간병인들이 피간병인들에게 모든 신경을 집중하고 24시간 동안 고된 업무를 계속하다 보면 말과 행동이 거칠어질 수 있을 거야, 사람은 감정의 동물이니깐. 바로 이 점이 핵심이야. AI 간병이 전국적으로 확대되면 최소한 사람들이 해야 하는 반복적인 업무가 줄어서 간병인이 해야 할 일이 줄어드는 거야. 그리고 가장 큰 장점은 이 AI에는 레이더와 적외선이 달려있는데 심장박동과 호흡을 측정할 수 있어. 체온을 측정할 수 있는 적외선 기술이 적용된 센서를 이용하면, 환자의 개인정보 및 프라이버시를 보호하며 실시간으로 환자의 상태도 체크할 수 있어. 또 일정한 수치를 넘기게 된다면 알람을 울려 위험신호를 감지할 수 있는 기능도 있다고 해. AI간병을 야간시간에 둔다고 생각해 봐. 늦은 시간까지 간병할 필요가 없기 때문에 효율적으로 간병을 할 수 있을 것 같아.

유주   아무리 그렇다고 AI간병이 완벽할 수 있을까? 단점도 있지 않을까?

형준   그 질문 나올 줄 알았지. 그래서 단점도 조사해 왔지. AI간병도 막지 못하는 것이 있는데 바로 환자의 낙상이래. "안전을 확보하기 위해 불안전 요소를 제거하라." 하지만 AI는 사람이 아닌 만큼 불안전 요소를 제거하기엔 어려울 수 있어. 하지만 그

전에 사고를 예방할 수는 있어. 예를 들어 환자가 늦은 시간에 침대 밖에 있는데 심박수와 호흡이 비정상적이라면 알람을 울려 환자가 위험하다고 알릴 수 있어. 혹 밤에 주무시다가 임종을 하는 경우도 있는데, 이때도 레이더와 적외선 등으로 생체정보를 실시간으로 알 수 있어. 그래서 위급한 상황을 알릴 수 있을 거야. 그리고 환자의 수면 패턴을 분석해서 여러 가지 해법을 제공해 줄 수도 있대.

유주　들어보니 단점보다는 장점이 훨씬 많네. 하루빨리 AI간병 시스템이 도입되면 좋겠다.

형준　해마다 늘고 있는 간병 살인을 줄이고, 간병인의 삶의 질을 높이면서 피간병인의 안전을 위한 방법이 필요한 때야. 소 잃고 외양간 고치기보다 소 잃기 전에 외양간 고쳐야 하고, 소 잃은 후에라도 미래를 위해 외양간은 고쳐야 한다고 생각해.

유주　하하. 네 말에 뼈가 있네.

후쿠시마 오염수
해양 방류는 해도 된다

—

찬성측_ 남유주(15세) / 반대측_ 안서현(15세)

—

유주   후쿠시마 오염수 해양 방류는 해도 됩니다. 왜냐하면 우리에게 직접적으로 피해가 될 일이 없기 때문입니다. 오염수는 ALPS(다핵종제거설비)를 이용해서 걸러줍니다. 이때 걸러지지 않는 것이 삼중수소*와 탄소14라는 원소입니다. 이 중 논란이 되는 삼중수소가 체내로 들어오려면 직접 섭취해야 하는데, 방류되는 처리수를 우리가 직접 마실 일은 없습니다. 게다가 우리는 이미 자연적으로 방사선 물질이 포함된 음

———————

* 삼중수소 : 삼중수소는 수소의 방사성 동위원소이며, H-3 또는 H3로 표시한다. 수소 원자의 핵은 하나의 양성자로 이루어져 있지만, 삼중수소의 핵은 두 개의 중성자와 한 개의 양성자로 구성된다. 삼중수소의 핵은 불안정하여 방사성 붕괴 과정을 거쳐 안정화된다. 이 붕괴로 삼중수소 원자는 비 방사성인 헬륨 원자로 바뀌고, 그 과정에서 베타 입자 혹은 베타선으로 알려진 전리방사선을 방출한다.
삼중수소의 물리적 반감기는 12.3년이다. 삼중수소에 의해 방출되는 베타선은 평균 에너지는 약 6 keV이고 최대 에너지는 19 keV로 매우 약하다. 삼중수소에서 방출되는 베타선은 공기 중에서 약 6mm 정도만 이동할 수 있다. 삼중수소의 베타선은 인체조직을 투과하지 못하는데, 피부의 표층에서 모든 에너지를 소멸하기 때문이다. 따라서 상당량의 삼중수소가 인체 내부로 들어와 존재할 경우에만 삼중수소에 의해 방출되는 베타선이 인체 조직에 영향을 줄 수 있다.(https://atomic.snu.ac.kr/index.php/삼중수소의 특성)

식을 섭취하고 있습니다. 방사능 때문이라면 우리는 진작에 죽었을 것입니다. 후쿠시마 오염수를 방류하는 것에 대해 여러 연구를 했지만, 인체에 문제가 없었습니다. 그러므로 후쿠시마 오염수 해양방류는 문제가 되지 않습니다.

서현　후쿠시마 오염수 해양 방류는 하면 안 됩니다. 오염수 방류는 우리나라의 해양 생태계에 피해를 줍니다. 직접적인 결과를 가져오지 않더라도 오염수 해양 방류 이야기가 나오자마자 소금 사재기는 물론이고 바다에서 나는 어떤 것도 먹어서는 안 된다는 루머까지 퍼지고 있습니다. 실제 방류가 이루어지면 수산 관련 종사자의 피해와 해산물 소비를 우려하는 국민의 불안감이 더 커질 것입니다.

유주　제가 조사한 바에 따르면 삼중수소는 직접 섭취하지 않는다면 안전하다고 알고 있습니다. 이에 대한 의견은 어떠십니까?

서현　일본의 투명하지 못한 여과 과정과 그 오염수가 태평양으로 방류되었을 때 인간에게 암을 유발할 수 있는 방사선 원소들이 바다에 뿌려질 것입니다. 이에 대한 영향은 아직 제대로 연구된 적이 없습니다. 미국 사우스캐롤라이나 생물학 교수 티모시 무쏘 박사는 삼중수소의 유해성을 계속 주장하고 있습니다. 체내에 들어오면 다른 방사능 핵종보다 세포에 더 큰 손상을 입힐 것이라고 합니다. 투과력이 약한 저에너지로 몸을 통과하는 못 하지만 세포 내에 머물며 마치 공이 튕겨 다니듯이 세포에 연쇄적 손상을 일으킬 것이라 경고합니다. 확실한 연구도 되지 않은 상태에서 오염수 방류는 위험합니다. 바다 곳곳에 흩어졌을 때는 이미 손을 쓸 수 없을 것입니다.

자연을 훼손하고 복구하는 데 드는 비용보다 훼손되기 전에 보전하는 비용이 더 저렴하다는 사실은 이미 많은 사례에서 나왔습니다. 바다로 방류하여 손을 쓸 수 없는 상황보다 연구 결과가 확실히 나왔을 때 처리하는 것이 좋다고 생각합니다. 이에 대한 찬성측 의견은 어떠한지 궁금합니다.

유주　일본은 더 큰 피해를 막기 위한 조치로 원자로를 식히기 위해 물을 사용하였고 이미 그 양이 130만 톤에 이른다고 합니다. 이것이 일본만의 일일까요? 핵으로 전기를 만들고 있는 우리나라도 일어날 수 있는 일입니다. 일본은 독단적으로 방류하는 것이 아닌 IAEA(국제원자력기구)의 관리 아래 이루어지는 것입니다. 우리나라를 포함한 다른 핵발전을 사용하는 나라들도 원자로를 식힌 폐수를 국제기준에 맞춰 해양 방류하고 있습니다.

또한, 방류를 할 때 해양 방류와 대기 방류 중 관리가 힘든 대기 방류 대신 추적할 수 있는 해양 방류를 선택했다는 것은 추후 문제점을 해결해 나가자는 의도로 보입니다. 시간이 지나면 방사선 물질은 농도가 낮아지며 반감기를 가지면서 점차 사라질 것입니다. 그러나 저도 후쿠시마 오염수 방류의 안전성과 위험성은 여전히 논란의 여지가 있다고 생각합니다. 정확한 평가를 위하여 계속해서 모니터링과 연구가 이루어져야 하겠습니다.

성적이 인성보다
중요한가?

—

찬성측_ 안도현(12세) / 반대측_ 최연우(12세)

—

연우　저는 성적이 인성보다 중요하다고 생각합니다. 첫 번째 이유는 성적이 좋으면 자신이 원하는 일을 할 수 있습니다. 좋은 학교나 직장을 다닐 가능성이 높기 때문입니다. 반면 인성만 좋다면 좋은 학교나 직장을 다니는 것이 어렵습니다. 두 번째 이유는 성적이 좋으면 목표 있는 삶을 살 가능성이 높아 삶의 질이 좋아질 것입니다. 많은 시험을 치르면서 좋은 성적을 받는 것은 문제해결 능력이 높다는 것이고, 그 능력을 길러 더 큰 목표를 성취해 나가면 자기 삶에 만족이 높아질 것입니다.

도현　저는 성적이 인성보다 중요하다고 생각하지 않습니다. 먼저, 인성이 좋으면 좋은 친구들을 많이 사귈 수 있고, 친화력이 높아집니다. 친하게 지내다 보면 더 두터운 우정을 나눌 수 있으며 힘들면 서로 기대어 위로를 주고받을 수 있습니다. 두 번째, 인성이 좋으면 타인에게 예의 바르게 행동합니다. 사회생활을 할 때 예의 바른 사람이 조직 안에서 리더십이나 팀워크를 잘 발휘해서 더 인정받는 것을 볼 수 있습니다. 세 번째 성적에만 신경을 쓰다 보면 다른 사람에게 관심을 주지 않습니다. 이런 사람들은 개인주의로 성장할 수 있습니다. 개인주의적인 사람들은 타인에 대한 배려가 부족하여 사회생활 때 어려움을 겪을 수 있습니다.

연우 반대측 주장에 따르면 인성이 성적보다 중요하다고 하셨습니다. 예를 들어 의사가 있습니다. 인성은 좋은데 치료를 못 한다면 그 병원에 갈까요?

도현 저도 성적이 중요하지 않다는 말은 아닙니다. 다만 성적보다 인성에 중요성을 두어야 한다는 뜻입니다. 공부와 성적에만 신경을 쓰다 보면 친구들을 모두 경쟁상대로 생각하게 될 것입니다. 친구는 이겨야 하는 존재가 아닙니다. 친구란 오랜 시간을 같이 보낸 친한 사람입니다. 사람은 혼자 살아갈 수 없습니다. 함께 살아가는 사회에서는 오랫동안 같이 잘 살아가기 위해서 인성이 중요하다고 다시 한번 주장합니다. 찬성측에서는 함께 사는 사회에서 성적이 더 중요하다고 생각하십니까?

연우 저도 인성이 중요하다는 사실에는 동의합니다. 그러나 성적이 뒷받침되지 않는 인성은 함께 사는 사회에서 실질적인 도움이 되지 않습니다. 회사에 들어갈 실력이 되어야 좋은 인성도 빛을 발한다고 생각합니다. 그리고 성적이 좋다는 것에 대해서 시험 성적의 결과만을 보면 안 됩니다. 우리는 학생 신분입니다. 학생이 성적에 신경을 쓴다는 것은 하고 싶은 많은 것들이 있지만 자기 절제력이 있어서 조절한다는 것을 꼭 기억해 주십시오. 성적이 인성보다 중요하다는 것은 좋은 성적에는 노력과 우선순위를 생각하는 것이 포함된 다양한 능력이 함께 있다는 것을 말씀드립니다.

스마트폰은
학생에게 이로울까?

—

찬성측_ 장재인(11세) / 반대측_ 최연우(12세)

—

재인　저는 스마트폰은 학생에게 이롭다고 생각합니다. 첫 번째 이점은 도움이 필요할 때 전화로 도움을 요청할 수 있습니다. 두 번째, 통화 기능 외에 빠르게 시간을 확인할 수 있으며, 알람기능까지 가능합니다. 세 번째, 스마트폰 기능으로 건강을 확인할 수 있으며 중요한 정보를 남길 수 있습니다. 네 번째, 필요한 정보를 검색하고 원하는 물건을 주문할 수도 있습니다. 이처럼 우리에게 많은 도움을 주는 스마트폰은 이

> **스마트폰 중독 청소년만 늘었다… 40%가 과의존위험군**
> **과기정통부, 2022년 디지털 실태조사 결과 발표**
> 연령대별 과의존 위험군 비율을 살펴보면, 유·아동(만3~9세) 26.7%(-1.7%P), 성인(만20세~59세) 22.8%(-0.5%P), 60대 15.3%(-2.2%P)로 모두 전년 대비 감소했다. 하지만 청소년(만10~19세)만 40.1%(+3.1%P)로 전년 대비 상승했다.
> 청소년 과의존 위험군과 일반 사용자군을 대상으로 전년 대비 이용량이 증가한 콘텐츠를 조사했을 때, 과의존 위험군은 게임 및 영화·TV·동영상 이용량이 증가했다는 응답의 비율이 상대적으로 높았다.(이경탁 기자, <조선일보>, 2023. 03. 23.)

롭다고 생각합니다.

연우　저는 스마트폰은 학생에게 이롭지 않다고 생각합니다. 발표하신 것처럼 좋은 여러 가지 기능이 있음에도 불구하고 첫째 스마트폰은 학생들에게 게임이나 SNS에 중독될 수 있게 하며 이미 심각한 문제로 대두되었습니다. 둘째 시력이 나빠질 수 있습니다. 어두운 곳에서도 스마트폰은 쉽게 볼 수 있기 때문입니다. 셋째, 사람들과의 소통 능력이 줄어들 수 있습니다. 넷째, 성적이 나빠질 수도 있습니다. 다섯째, 매일 집에서 안 나가고 스마트폰으로 음식 배달을 시키다 보면 운동 부족으로 비만의 가능성도 커집니다. 여섯째, 걸어 다니면서 스마트폰을 하는 학생들은 사고의 위험도 있습니다.

재인　반대측 주장은 스마트폰의 단점이 아닌 스마트폰 중독에 관한 위험성이 아닌가요? 스마트폰을 쓴다고 모두 중독이 되는 것은 아니라고 생각합니다. 이에 대한 찬성측의 생각이 궁금합니다.

연우　맞습니다. 스마트폰을 쓴다고 모두 중독이 되는 것은 아닙니다. 그렇지만 학생들은 어른들과 달리 아직 뇌가 완전히 자라지 않았습니다. 그런 학생들에게 스마트폰을 준다면 중독으로 발전할 가능성이 높습니다. 저는 그 점에 관해서 이야기하고 싶었습니다. 인터넷에 '청소년 스마트폰 중독'으로 뉴스 검색만 해도 많은 기사들이 나옵니다. 그만큼 많은 청소년들이 위험에 노출된 것입니다. 조선일보 2023년 3월 23일 '스마트폰 중독 청소년만 늘었다'는 기사를 보면 청소년의 40% 정도가 과의존 위험군이라고 합니다. 이는 청소년의 스마트폰 중독에 관해 그냥 넘어갈 수 없는 문제라고 생각합니다. 그러므로 저는 스마트폰은 학생들에게 해롭다고 다시 주장합니다. 찬성측에 묻고 싶습니다. 학생들이 스마트폰의 장점만 가지고 잘 사용할 수 있을까요?

재인　요즘 같은 정보사회에서 스마트폰 없이 생활이 가능할까요? 학교나 학원 숙제들도 SNS를 이용하여 알려주고 제출하는 경우도 있습니다. 스마트폰의 중독이 두려워 사용하지 않는다면 구더기 무서워 장 못 담그는 일일 것입니다. 학생의 스마트폰 사용과는 조금 거리가 있지만 뉴스 기사 '스마트한 건강관리, 보건소서 모바일 헬스케어 신청했어요'에 따르면 보건소 자체 앱을 개발하여 국민의 건강을 지켜준다고 합니다. 다섯째, 단점으로 이야기하신 비만이 되는 확률이 높다는 점은 이 부분을 사용하면 그 해결책이 되리라 생각합니다. 스마트폰의 단점을 잘 알고 스스로 노력하여 이롭게 활용하도록 돕는 것이 중요하다고 주장하면서 토론을 마칩니다.

범죄자의 신상을
공개해야 할까?

—

찬성측_ 안도현(12세) / 반대측_ 장재인(11세)

—

도현　저는 범죄자의 신상을 공개해야 한다고 주장합니다. 범죄자의 신상을 공개해야 다른 사람들이 위험에서 피할 수 있습니다. 범죄인은 재범의 가능성이 높습니다. 법에서 정한 벌을 다 받고 사회에 나왔다 하더라도 위험한 범죄자들은 똑같은 죄를 지을 수 있습니다. 그런 위험에서 일반인들이 스스로를 보호할 수 있도록 범죄자의 신상을 공개해야 합니다.

재인　저는 범죄자의 신상을 공개하면 안 된다고 주장합니다. 재범의 우려가 높다고 하지만 모든 범죄자가 재범을 일으키는 것은 아닙니다. 무죄 추정의 원칙의 정신을 생각해 주시기 바랍니다. 신상이 공개된 범인은 감옥에서 벌을 다 받고 나오더라도 사회에서 힘들게 지내야 합니다. 그럴 경우 극심한 스트레스로 인해 다시 범죄를 일으키는 상황에 노출될 수 있습니다. 또한 범죄자의 가족이 피해를 볼 수도 있습니다. 직접 죄를 지은 사람보다 아무런 죄도 없는 가족이 함께 고통을 받아야 하는 것은 옳지 못하다고 생각합니다.

도현   대한민국 정책 브리핑의 기사에 따르면 우리나라 국민의 96.3%가 강력범죄자 신상 공개 확대가 필요하다고 말하고 있습니다. 이처럼 국민의 알 권리를 위해 범죄자의 신상 공개는 꼭 필요하다고 주장합니다.

재인   아주경제에 실린 장영수 고려대 법학전문대학원 교수님은 칼럼에서 '피의자(범죄자) 신상 공개에 따르는 여러 가지 문제점을 무시하고 피의자(범죄자) 신상 공개

국민 96.3%가 '강력범죄자 신상공개 확대 필요' 답변
정승윤 국민권익위원회의 부위원장 겸 사무처장은 19일 "전체 응답자의 96.3%인 국민 7,196명은 강력범죄자에 대한 신상 공개 확대가 필요하다고 답변했다"고 밝혔다. 이날 강력범죄자 신상 공개 확대 관련 브리핑에 나선 정 부위원장은 "국민권익위원회는 지난 6월 26일부터 7월 9일까지 국민생각함에서 강력범죄자 신상 공개 확대에 대한 국민 의견을 수렴했다"며 이같이 말했다. 또한 '머그샷'이라 불리는 강력범죄자의 최근 사진 공개와 관련해 "응답자의 95.5%인 7,134명은 범죄자의 동의와 상관없이 최근 사진을 공개해야 한다고 답변했다"고 덧붙였다.(국민권익위원회, 대한민국 정책브리핑, 2023. 07. 19. 일부 발췌)

[장영수 칼럼] 피의자 신상공개 확대에 반대하는 이유
범죄예방 효과를 위해 비례성을 무시한 채 형량을 늘리는 것이 정의롭지 못한 것과 마찬가지로 피의자 신상 공개에 따르는 여러 가지 문제점을 무시하고 피의자 신상 공개를 확대하는 것도 정의는 아니다. 응보적 정의가 무조건 틀렸다고 말하는 것은 아니다. 그러나 장발장처럼 빵을 훔친 것으로 수십 년 감옥에 가두는 것이 정의는 아니지 않은가?(<아주경제>, 2023. 06. 20.)

를 확대하는 것도 정의는 아니다.'라고 말씀하시면서 장발장의 예를 드셨습니다. 이미 죗값을 치르고 나온 사람에게 평생 고통을 안겨주는 것은 '다시 사회로 돌아오지 마라.'라는 사형선고와 다르지 않다고 생각합니다.

국립공원 케이블카 설치를 확대해야 할까?

—

찬성측_ 장재인(11세) / 반대측_ 조희경(13세)

—

재인   저는 국립공원에 케이블카를 설치해야 한다고 생각합니다. 먼저 노인이나 장애를 가진 계시는 분들은 등산하기가 힘듭니다. 케이블카를 타면 힘들지 않은 등산이 가능해 남녀노소 모두 자연을 즐길 수 있습니다. 두 번째, 걷는 데 시간이 오래 걸리지 않기 때문에 멀리서 오는 관광객들이 많아질 수도 있습니다. 그렇게 된다면 주변 음식점이나 상점들이 돈을 많이 벌 수 있습니다. 세 번째, 등산하느라 힘들어서 잘 못 보던 경치도 케이블카를 타면 마음껏 볼 수 있습니다. 네 번째, 걸어서 등산하면 산짐승을 만날 수 있고 노약자들이 발을 헛딛거나 미끄러지는 사고의 위험이 있습니다. 국립공원은 아니지만 얼마 전 금정구 서동 인근에 멧돼지가 출몰하였다는 안전문자가 있었습니다. 케이블카는 안전한 산행을 할 수 있게 해 줍니다.

희경   저는 국립공원에 케이블카를 설치하는 것에 반대합니다. 첫 번째 자연을 지키려고 만든 국립공원에 케이블카 설치를 위해 나무를 베는 것은 공원 설립 목적에 맞지 않다고 생각합니다. 두 번째, 비용도 많이 들고 완전히 안전하지 않습니다. 안전사고의 위험은 늘 있습니다. 이동 수단일 뿐입니다. 세 번째, 걸어서 가면 중간중간 아름다운 경관을 자세하게 보고 감상할 수 있지만 케이블카는 이동 수단으로 빠른 수송만을 하므로 자연의 아름다움을 천천히 볼 수 없습니다. 네 번째, 우리가 직접 걸어서 간다면 산 정상이 도착했을 때 많은 성취감과 뿌듯함을 느끼게 해 주겠지만 케이블카는 그저 정상에 도착하면 끝이므로 아무런 감흥이 없습니다.

재인　광주 CBS 방송 인터뷰에 따르면 광주대 박종찬 교수는 '케이블카가 환경을 훼손한다고 하지만 그것은 사실 확인이 안 된 이야기'라고 말합니다. 교수님의 말씀을 요약해 보면 "국내에서는 여기에 대한 보고서가 하나도 없습니다. 만약에 문제가 됐었다면 벌써 깊이 있는 연구들이 많이 있었을 거예요. 문제에 대해서 그런데 수십 년 동안 우리나라에서 케이블카가 환경파괴를 한다는 기초적인 연구조차도 하지 않고 있습니다. 실제로 케이블카가 환경 문제를 일으키지 않거나 아니면 일으키더라도 극

무등산 케이블카 설치, "환경훼손 근거 없어" vs "국립공원 보호해야"
- 광주대 호텔관광경영학부 박종찬 교수
국토 64% 산지, 산악관광 활성화 요구 높아…적절한 이용 및 효율적 관리 중요
케이블카로 인한 환경 훼손 근거 없고 긍정적 효과 많아
환경 논리로 막기 어려워…종합적 고려와 여론 수렴해야
- 광주환경운동연합 이경희 사무처장
국립공원, 국토 4%…멸종위기 야생동식물 70% 이상 서식
케이블카 운영 수익 낮아, 과도한 편의시설 설치 불가피해
무등산 접근성 이미 뛰어나 케이블카 설치 불필요

(조성우 PD, <광주 CBS>, 2023. 07. 05.)

청소년 비평의 세계

히 미미해서 굳이 그런 것들을 걱정하지 않아도 된다는 방증이 아닐까 싶습니다"라고 이야기합니다. 제가 생각해도 승강장과 탑이 있는 곳 이외에는 환경파괴는 아닐 것 같은데, 이에 대한 의견이 궁금합니다.

희경 경남도민일보의 기사입니다. 최송현 부산대학교 조경학과 교수는 '국립공원에 케이블카를 두면 시점이나 종점 정류장 등 1차 개발로 생태가 훼손되고, 케이블카 이용 탐방객 대부분 동시에 조망점에 몰리는 까닭에 2차 훼손까지 발생한다'고 합니다. 환경파괴에 대한 기초적인 연구가 이루어지지 않았다는 찬성측의 근거는 맞지 않다고 보입니다. 케이블카 설치로 국립공원이 몸살을 앓고 있고 생태를 훼손하면 되돌리기 어렵다고 합니다. 있을 때 소중함을 알고 지켜야 된다고 말하고 싶습니다.

> **국립공원 케이블카 종점 주변 훼손 '심각'**
> 최송현 부산대학교 조경학과 교수는 6일 경남도민일보에 "설악산이나 지리산 아고산대 훼손이 일어나면 나중에 출입을 막는다고 회복한다는 보장이 없다"고 우려했다. 최 교수는 "비나 바람이 잦아 침식 속도가 회복 속도보다 빠를 테고, 나지(발가벗은 땅)가 계속 넓어지면 물길이 생겨 산사태나 홍수를 일으킬지도 모른다"고 말했다. 현재 케이블카가 있는 국립공원은 설악산(권금성), 내장산(내장사지구), 덕유산(설천지구)이다. 아고산대를 차치해도 실제 종점과 탐방로 중심으로 모두 훼손이 심각하다. 국립공원에 케이블카를 두면 시점이나 종점 정류장 등 1차 개발로 생태가 훼손되고, 케이블카 이용 탐방객 대부분 동시에 조망점에 몰리는 까닭에 2차 훼손까지 발생한다는 의미다. 반면, 케이블카 찬성측은 등반객 발길이 잦은 등산로와 주변 지역 훼손을 케이블카가 분산한다고 주장한다. 이에 최 교수는 "보호지역 관리 목적으로 케이블카를 설치하되 등산로를 폐쇄한다면 오히려 나을지도 모르겠으나 관광용은 보호지역을 유명무실화할 것"이라고 반박했다. (최환석 기자, <경남도민일보>, 2023. 03. 06.)

인터넷 실명제를
해야 할까?

—

찬성측_ 최연우(12세) / 반대측_ 장재인(11세)

—

연우　저는 인터넷 실명제를 찬성합니다. 인터넷 실명제를 도입하면 자신의 선택에 책임지는 바람직한 문화가 조성될 것입니다. 우리는 길에서 모르는 사람을 보고 욕을 하지 않습니다. 그러나 인터넷에서는 익명성 뒤에 숨어서 게임하다가 감정이 상하면 쉽게 욕을 합니다. 또한 사이버 범죄 예방에 도움이 됩니다. 다크웹과 같은 불법 거래 사이트를 만들어 익명성 뒤에 숨어서 범죄를 저지르는 사람들이 있습니다. 그러나 실명제를 도입하면 자신의 존재가 확실한 곳에서 남을 속이는 것은 쉽지 않습니다. 실명제 도입으로 인터넷의 부정적인 면이 사라져 좋은 인터넷 환경을 만들 수 있을 것입니다.

재인　저는 인터넷 실명제를 반대합니다. 먼저 실명제를 도입하면 표현의 자유가 없어집니다. 중요한 사항을 결정할 때를 상상해 봅시다. 자신의 위치가 낮은 사람들은 윗사람들 눈치를 보며 할 말을 제대로 하지 못할 것입니다. 자유로운 의사 표현을 못해 소통이 안 되는 사회가 될 것입니다. 두 번째 이유는 개인정보 유출의 가능성이 커집니다. 나쁜 목적을 가진 해커들이 마음먹고 한 사이트를 해킹한다면 개인정보가 유출되어, 또 다른 피해로 이어질 가능성이 있습니다.

연우　표현의 자유가 없어진다는 말은 이해하기 힘듭니다. 꼭 익명성 뒤에 숨어야 자유롭게 표현할 수 있습니까? 자신의 이름을 걸고 당당하게 표현하는 사회가 올바른 사회라고 생각합니다. 익명성 뒤에 숨어서 표현하는 것보다 자신의 이름을 걸고 당당하게 의견을 내세우는 것이 더욱 믿을만하지 않을까요?

재인　물론 앞으로 그런 사회가 되어야 한다고 생각합니다. 그렇지만 아직은 아니라고 생각합니다. 우리와 같은 학생들은 친구나 부모님에게 하기 힘든 이야기들도 있습니다. 그럴 때 익명성은 도움이 됩니다.

인간의 본성은
선할까, 악할까?

—

인간의 본성은 선하다_ 장재인(11세) / 인간의 본성은 악하다_ 최연우(12세)

—

재인 저는 인간의 본성이 선하다고 생각합니다. 우리는 태어나서 아무것도 모르는 상태입니다. 아기가 태어날 때는 순백색입니다. 그리고 우리는 사람이 다친 것을 보면 도와주고 싶은 마음이 듭니다. 이러한 부분에서 우리의 본성은 선하다고 생각합니다.

연우 아기가 태어나면 본성이 착하다고 했습니다. 하지만 아기는 자기가 힘든 일이나 마음에 안 드는 일이 있으면 울고 조금 더 자라면 고함을 치고 심지어 물건을 던집니다. 그리고 사람이 다쳐도 도와주는 사람과 그러지 않은 사람도 있습니다. 이러한 경우도 정말 본성이 선하다고 볼 수 있을까요?

재인 아기는 악해서 울고 던지고 하는 것이 아닙니다. 유일하게 표현하는 방법이 우는 것뿐이라 그러는 겁니다. 그리고 다친 사람을 그냥 지나치는 경우도 악해서가 아니라 끝까지 책임 질 용기가 없어서라고 생각합니다.

연우 인간의 본성은 악하다고 말하고 싶습니다. 우리는 학교에서 경쟁을 합니다. 경쟁을 할 때 수단과 방법을 가리지 않고 무조건 이겨야 한다고 생각하는 사람들도 있습니다. 정말 마음이 선하다면 이럴 수 있을까요? 이기고 싶은 인간의 욕심은 끝이 없기 때문에 본성은 악하다고 말하고 싶습니다.

재인 욕심이 끝이 없고 악한 방법을 쓰면서 경쟁에 이기려는 것은 본성이 악해서가 아닙니다. 정말 악하다면 우리가 사는 곳은 자신이 하고 싶은 것만 해서 난장판이 될 것입니다. 하지만 선을 지키는 많은 사람들 때문에 우리는 안전하게 살아갈 수 있습니다. 그래서 악한게 아니라 선해서 선을 지키면서 경쟁을 하는 것이라고 생각합니다.

연우 누군가를 이겨야 한다는 생각이 악한 것입니다. 자신의 목표를 위해 나쁜 방법을 사용하는데 이것이 선하다고 할 수 있습니까? 그리고 욕심과 이기심, 이것은 인간이 악하다는 증거라고 생각합니다.

임진왜란은
우리가 이긴 전쟁인가?*

—

찬성측_ 주재현(15세), 제설하(15세) / 반대측_ 안형준(15세), 정승원(14세)

—

재현   토론에 앞서 찬성측은 논제의 3가지 단어를 정의 내리겠습니다. 첫 번째 단어는 '임진왜란'입니다. 『이순신, 하나가 되어 죽을힘을 다해 싸웠습니다』(저자 김종대)의 책 속 표현 빌자면, '임진왜란'은 임진년인 1592년 4월 13일, 일본이 부산을 거쳐 조선땅을 침략한 7년간의 전쟁입니다. 두 번째 단어는 '이기다'입니다. '이기다'는 '내기나 시합, 싸움 따위에서 재주나 힘을 겨루어 우위를 차지하다.'입니다. 세 번째 단어는 '전쟁'입니다. '전쟁'은 국가 간의 무력을 사용하여 충돌하는 현상 또는 행위를 말합니다.

찬성측은 임진왜란은 우리가 이긴 전쟁이라고 주장합니다.

첫째, 일본은 전쟁 목적 중 하나인 명나라를 치는 것을 달성하지 못했습니다. 김종대

* 이 글은 2023년 10월 개최된 해운대인문학독서토론대회의 본선과 결선을 재구성하였습니다.

<토론도서> - 『비요(秘窯)』, 2021, 푸른사상, 강남주
　　　　　 - 『이순신, 하나가 되어 죽을힘을 다해 싸웠습니다』, 2022, 가디언, 김종대

청소년 비평의 세계

저자의 이순신 책(p101)에 의하면 '임진왜란에서 노린 도요토미의 본래 야망은 조선이 아니라 명나라를 치는 데 있었다. 그런 그가 먼저 조선을 치려 한 것은 조선이 무너지지 않으면 명을 칠 수 없는 반면에, 조선이 무너지기만 하면 내친걸음에 그대로 명나라 대륙을 쉽게 삼킬 수 있으리라 판단했기 때문이다. 그래서 그는 명을 치기 위한 길을 빌리려 한다라는 명분을 내걸고 조선을 침략해 온 것이다'라고 쓰여 있습니다. 이를 근거로 일본은 목적을 달성하지 못했기 때문에 조선은 승리했다고 주장합니다. 둘째, 임진왜란 이후의 일본의 상황을 살펴보겠습니다. 노량해전 이후 일본군은 조선 땅에서 물러나게 됩니다. 그 이후 조선과 일본과의 모든 교역이 중단되었습니다. 임진왜란 이후 일본은 선진문화를 받아들이기 위해 조선과의 재교류를 요청했습니다. 하지만 조선이 이를 거부합니다. 힘의 원리에서 보면 약자의 요청을 강자는 거부할 수 있습니다. 조선은 일본의 요청을 9년 동안 거절합니다. 강자였기에 약자의 요청을 거절할 수 있었던 것입니다. 그러므로 임진왜란은 조선이 힘의 우위에 있었기 때문에 우리가 이긴 전쟁이라 주장합니다.

승원　조선은 임진왜란으로 인해 영토의 2/3가 황폐해지고 일본 6개의 특수부대를 짜서 체계적으로 조선의 모든 자원을 약탈해 갔습니다. 그럼에도 불구하고 조선에는 일본과 교류할 선진 기술이 있었을까요?

재현　조선은 명과 가까이 있었기 때문에 명의 선진 문물을 일본으로 전하는 주요 교역국이었습니다. 그렇기에 조선은 일본에 충분히 전할 것이 있었다고 생각합니다.

승원　명나라가 가지고 있던 선진 기술을 습득하기 위해서였지, 조선이 가진 선진 기술을 습득하기 위해서는 아니었습니다.

재현　명나라의 물건을 얻기 위해서 일본은 조선을 쳐서 명나라에 가려고 했습니다. 그렇게 따지면 임진왜란은 일어나지 말았어야 했습니다. 애초에 일본은 명나라로 바로 진출했으면 되었기 때문입니다. 명나라의 문물을 조선이 충분히 가지고 있었기 때문에 일본이 조선을 먼저 쳤다고 볼 수 있습니다.

승원　일본은 조선을 쳤고 조선이 가지고 있던 많은 문화와 기술 그리고 무기들을 훔쳐 갔습니다. 일본은 강해졌고 조선은 약해졌습니다. 그러므로 임진왜란은 조선이 진 전쟁입니다.

재현　그렇게 생각하지 않습니다. 『비요』 책에 의하면 일본은 조선의 사기장과 도자기 등을 훔쳐 갔다고 합니다. 9년 동안 무역을 요청한 데에는 충분한 이유가 있고 조선은 그 자원을 가지고 있었다고 생각합니다.

형준　'임진왜란은 이긴 전쟁이 아니다'라고 주장을 하는 반대측입니다. 임진왜란 당시 해전에서 이순신 장군은 조선군을 승리로 이끌었고, 의병들의 활약으로 보급로까지 차단되어 지상군까지 승리하게 됩니다. 하지만 이외에 임진왜란으로 인해 발생한 조선의 막대한 피해와 부정적 영향까지 더불어 생각해 본 결과 저희 반대팀은 임진왜란이 이긴 전쟁이 아니라고 주장합니다.

여기에 덧붙여 추가로 용어를 정리하고자 합니다. 전쟁이란 무력으로 인한 전쟁뿐만 아니라 문화적인 약탈도 전쟁의 범위에 들어가야 한다고 정의하고자 합니다. 조선은 임진왜란으로 인해 문화적인 자원을 많이 잃게 되었습니다. 『징비록』과 『선조수정실록』에 따르면 임진왜란으로 인해 경복궁, 창덕궁, 창경궁 3궁이 방화로 없어졌다고 기록하고 있습니다. 또한 고려실록을 비롯한 수많은 사료가 대거 소실되었습니다.

또한 강남주 저자의 『비요』의 내용에서 도요토미 히데요시의 재침 목적이 명시되어 있습니다. '학식이 높은 학자, 뛰어난 사기장, 각종 문화재, 소와 말 등 쓸 만한 가축, 금은보화, 각종 무기 심지어는 조선의 활자, 불경과 불상, 불화까지 가는 곳 어디서나 보이는 족족 쓸어오라는 것이 특별 임무의 내용이었다'고 적혀있습니다. 일본은 이 목적에 따라 우리나라의 각종 문화적으로 뛰어나거나 쓸모 있는 것들은 모조리 쓸어 갔습니다.

흔히 전쟁에서 이겼다는 의미는 아군의 피해를 최소화하고 적의 피해를 최대화하여 전쟁을 끝내는 것이라고 정의합니다. 하지만 설령 군사적으로 승리하였을지라도 막대한 인적, 물적 손실을 보았다면 그 승리는 온전한 승리는 아닐 것입니다. 『신편한국사 30』에 따르면 임진왜란을 기점으로 하여 조선의 인구와 토지 변화를 비교해 보았을 때, 조선의 승전에도 불구하고 국토가 황폐해지고 막대한 인명피해를 보았음을 확인할 수 있습니다. 또한 KCI자료에 따르면 임진왜란 전까지만 해도 150만 결에 달했던 경작지가 임진왜란 후에 30만 결로 대폭 줄어들었다고 합니다. 이것으로 보아 조선의 경제력이 임진왜란으로 인해 큰 타격을 입은 것을 알 수 있습니다. 이처럼 전쟁의 승패는 그 당시 전쟁에서 이긴 것만이 아닌 종합적인 평가가 이루어져야 한다고 생각합니다. 이에 따라 저희 팀은 임진왜란은 이긴 전쟁이 아니라고 주장합니다.

재현　반대측에서는 전쟁의 승패를 전쟁 후의 피해만을 두고 논하는 것으로 보아도 되겠습니까?

형준　『비요』와 『이순신 하나가 되어 죽을힘을 다해 싸웠습니다』 두 권의 책에 백성들의 삶이 나와 있습니다. 정말 고통받고 황폐해졌던 삶을 임진왜란의 승패로 봐야 하는 것 아닐까요?

재현　반대측은 전쟁의 피해만을 논하신 것이 맞습니다. 하지만 피해만 있었던 것은 아닙니다. 이순신 장군이 많은 해전과 지상전의 승리는 전쟁의 승리를 증명하는 확실한 증거입니다. 그러므로 전쟁의 승패를 전쟁 후의 피해나 백성들의 생활로 전쟁의 승패를 논하는 것은 옳지 못하다고 생각합니다.

형준　최대 40만 명이 넘는 포로들과 10만 명이 넘는 사기장들이 잡혀갔습니다. 임진왜란의 총 7년의 기간 동안 문화재 약탈을 비롯한 엄청난 피해가 있었습니다.

설하　논제, 임진왜란은 우리가 이긴 전쟁인가의 대한 찬성측 두 번째 입론을 시작하겠습니다.

임진왜란 당시 조선은 해상을 중심으로 빠르게 일본의 보급로를 차단함으로써 전쟁의 우위에 있었으므로 이긴 전쟁이었습니다. 전쟁에서 적의 공격보다 더 무서운 것은 배고픔입니다. 현대의 전쟁은 최첨단 무기와 각종 통신위성 장비를 갖추는 일이 가장 중요하겠지만, 제1차 세계대전까지만 해도 군대에서 가장 큰 문제는 병사들을 먹이는 일이었습니다. 임진왜란 당시 각국의 군대들이 아무리 철저하게 전쟁 준비를 한다 해도 군대를 먹이고 지탱하는 방법은 현지 징발뿐이었습니다. 따라서 전쟁을 수행하는 곳에서 물자와 식량을 구할 수 있느냐 없느냐가 전쟁의 승패를 갈랐습니다. 이때 나타난 민족의 영웅이 이순신 장군이었습니다. 조선 수군은 5월 초 옥포해전을 시작으로 7월 한산도대첩으로 바다를 완전히 장악했습니다. 이 때문에 일본군은 곧바로 서울로 진격한 육군에게 군량과 군수물자 등을 제때 보급하지 못하였습니다. 도요토미가 야심 차게 준비한 수륙병진 작전을 어그러뜨린 것입니다. 여기에 더 이상 일본 수군이 서쪽으로 가지 못하게 막아 전라도 곡창지대를 지킬 수 있었습니다.

조운이란 말을 들어보았을 것입니다. 세금으로 걷은 곡식을, 배를 이용해 서울로 옮기는 것을 말합니다. 당시 바닷길은 오늘날의 고속도로 역할을 했다고 볼 수 있습니다. 그런데 만약 수군이 승리를 거두지 못하고 전라도를 잃었다면 승리하지 못했을 것입니다. 이순신 장군과 수군의 승리로 보급로를 차단함으로써 임진왜란은 승리한 전쟁이라고 주장합니다.

승원　보급로를 차단해서 이긴 전쟁이라고 하셨습니다. 일본군은 조선의 백성들을 수탈하고 강간까지 했습니다. 먹을 것은 없고 백성들은 굶주렸습니다. 심지어 포로로 잡혀간 백성들은 며칠씩 굶기도 했습니다. 우리 모두는 전쟁이 백성들의 삶을 완전히 파괴한다는 사실을 잘 알고 있습니다. 그러나 전쟁사에서는 영웅의 대활약에 집중하는 면이 있습니다. 백성들은 먹을 것을 수탈당하고 약탈당했습니다. 심지어 지원군으로 온 명나라군에게도 약탈당했습니다. 보급로를 차단당한 일본군보다 우리 백성들이 더 배고픔과 굶주림을 겪었을 것입니다. 그 부분을 간과하고 이겼다는 것에만 치중하는 것이 안타깝습니다.

설하　논제는 임진왜란은 우리가 이긴 전쟁인가입니다. 반대측 주장은 백성들의 고통에 치중한 점은 논제에 벗어났습니다. 입론에서 말했듯이 전라도 곡창지대를 일본군에게서 지켜냈기 때문에 그 지역 백성들을 지켜낼 수 있었습니다. 저도 굶주린 백성들은 안타깝습니다. 그렇지만 그 상황에서는 나라까지 빼앗긴 고통을 백성들에게 더한다면 어떨지 그리고 명나라가 조선에 들어와서 백성들에게 피해를 줬다고 하셨습니다. 안타까운 사실입니다. 하지만 명나라가 오지 않았으면 조명연합군이 탄생할 수 있었을까요? 조선을 지켜낼 수 있었을까요?

승원　논제, 임진왜란은 우리가 이긴 전쟁인가의 대한 반대측 두 번째 입론을 시작하겠습니다.

임진왜란으로 인해 명나라의 막대한 국력 소모가 이루어지면서, 임진왜란의 여파는 곧 만주족의 흥기로 이어졌습니다. 1627년 2월 23일부터 4월 18일까지(음력 : 1월 8일부터 3월 3일까지) 후금(청나라)이 조선을 침입해서 일어난 전쟁인 정묘호란을 시작으로 만주족은 급속히 강성해져 병자호란(1637년 1월 3일부터 1637년 2월 24일까지)을 일으켰으며, 이를 통해 조선은 명나라에서 분리되었습니다. 사대교린 관계였던 명나라가 사라지고 병자호란 후 삼전도의 굴욕을 겪게 됩니다. 이것으로 보아 단편적으로 일본에 의한 침략은 막았으니 승리라고 하는 것은 긴 역사적 흐름으로 보았을 때 옳지 못한 결론이라고 생각합니다.

또한 임진왜란에서 이순신 장군을 잃었다는 것은 진 것과 다름이 없다고 생각합니다. 이순신 장군은 전 세계를 살펴보아도 23전 전승이라는 손꼽히는 수준의 전훈을 남긴 최고의 명장 중 한 분입니다. 김종대 저자의 책(p85)에 의하면 '나라의 소중함을 일깨워 애국심을 고취했고, 실전 같은 군사훈련과 수속 대원 간의 격의 없는 소통을 통해 부대를 하나로 묶었다. 그들의 힘을 필승의 신념하에 결집함으로써 정신력을 사전에 극대화했다. 이 정신 무장이 없었다면 열 배도 넘는 적과 싸울 때 어찌 한 번도 동요함이 없이 전병사가 하나로 똘똘 뭉쳐 전승의 기적을 이룰 수 있었겠는가. 그 점을 생각하면 이 준비야말로 이순신만이 할 수 있는 최고의 전쟁 대비책이라 할 수 있다.'고 적혀 있습니다. 이러한 성웅을 잃은 임진왜란은 진 전쟁이 아니고 무엇이겠습니까? 이순신 장군은 노량해전으로 전사했다고 알려져 있습니다. 하지만 그 전의 상황으로 봤을 때 원균에 의한 백의종군, 선조의 고문, 왜군의 이간질 등 모든 것 하나 도와주지 않는 상황의 연속에서 노량해전에서 살아왔다고 하더라도 오래 살진 못하였을 것을 예상할 수 있습니다. 지켜도 모자란 장군이건만 사지로 내몰아 죽음을 방조한 조선은 결코 이긴 것이라 할 수 없습니다. 이순신 장군과 같은 아니, 이순신 장군만 살아계셨어도 이후 일어났던 정묘호란과 병자호란의 굴욕적인 패배는 없지 않았을까 생각해 봅니다. (이순신 장군이 살아계셔서 지켰다기보다는 방어책을 잘 세워두었을 것으로 예상함) 이로써 임진왜란은 이긴 전쟁이 아니라고 주장합니다.

설하　이순신 장군이 위대한 영웅인 것은 인정합니다. 그러나 그 단 한 명의 죽음으로 전쟁의 승패를 논하기에는 무리가 있습니다. 이순신 장군께서는 위중한 상황에서도 조선군의 사기가 꺾일까 두려워 자기 죽음을 알리지 말라고 하셨습니다. 그런 분을 이용하여 임진왜란이 졌다고 주장하는 반대측은 이순신 장군의 명예에 악영향을 주지 않을까요?

승원　저는 후손의 한 사람으로서 이순신 장군을 잃었다는 것은 조선의 패배와 같다고 생각합니다. 그 이후 정묘호란과 병자호란으로 조선은 엄청난 피해를 입었습니다. 앞의 입론에서도 주장했지만 이순신 장군께서 살아계셨다면 멀리 보아 그 이후의 나라의 안정까지 손을 쓰지 않았을까 생각해 봅니다.

형준　최선의 승리는 적이 넘보지 못하도록 하는 데서 찾아야 할 것이고, 차선의 승리는 우리의 피해를 최소화하여 이기는 데서 찾아야 할 것입니다. 따라서 임진왜란을 이긴 전쟁으로 보는 관점은 사실을 심각하게 왜곡한 것이며, 왜적으로부터 국민을 보호하는 임무를 방기한 정권에게 면죄부를 주는 것에 지나지 않습니다.

이처럼 임진왜란으로 인해 조선은 인적, 물적, 문화적, 경제적으로 큰 타격을 입었으므로 임진왜란이 조선의 완전한 승리는 아니라고 주장하는 저희 팀이 이겼다고 확신합니다.

재현 장기와 체스를 한 번쯤은 둬봤을 것입니다. 졸이 얼마나 죽었던지 왕이 살아있으면 그 경기는 이긴 경기입니다. 49대 51이든지 20대 80이든지 결국 이기고 지는 것은 선조의 살아있음과 국토에서 왜적을 몰아냈으므로 임진왜란은 이긴 전쟁이라고 주장합니다.

승원 임진왜란은 이긴 것이 아닌 피해만 있을 뿐이었습니다. 백성을 위하지 않고 자신의 안위를 위해서만 서로를 물고 뜯고 싸운 정치인만 있습니다. 또한 임진왜란 전 200년 동안 전쟁 없이 살아온 우리의 안일함이 전쟁의 피해를 키웠습니다. 현재 우리나라는 6.25 이후 전쟁이 없습니다. 하지만 분단국가임을 잊어서는 안 됩니다. 세계 곳곳에서 자국의 이익을 위해서 전쟁을 일으키고 있습니다. 임진왜란 때의 피해를 교훈 삼아 감히 덤빌 수 없는 국력을 기르는 것이 중요하다고 생각합니다. 정치인들의 반대를 위한 반대가 아닌 힘을 모아야 할 때입니다. 서인과 동인처럼 싸우다간 또 다시 백성들만 피해를 보는 전쟁터가 될지도 모른다는 생각을 해야 합니다. 임진왜란의 피해를 잊지 말고 우리가 이기지 않았다는 마음으로 항상 안팎으로 예의주시 해야 한다고 말하고 싶습니다.

설하 400년이나 지난 임진왜란에서 조선이 이겼다는 것이 왜 중요한가에 대해 한 번 이야기해 보고자 합니다. 이기는 것은 습관입니다. 책 제목도 있습니다. 이러한 임진왜란과 같은 승리가 없었다면 우리가 일본의 식민지가 되었을 때에도 무기력하게 바라만 보고 있었을지 모릅니다. 그러나 우리에게는 승리의 역사인 임진왜란이 있었습니다. 일제강점기 그때 그 독립투사들은 임진왜란을 떠올리며 이겨냈을지도 모릅니다.

역사는 역사적 사실뿐만이 아닙니다. 지금을 살아가는 우리에게도 힘을 줍니다. 우리는 임진왜란 때 온 백성이 똘똘 뭉쳐서 적을 무찔렀습니다. 그런 민족적 특성을 가지고 나라가 어려울 때 더욱 뭉쳐서 고난을 극복했습니다. IMF 때 금 모으기 행사가 가장 가까운 예일 수 있겠습니다. 그렇게 빠르게 구제금융에서 빠져나온 나라가 유일하다고 세계에서 입을 모으고 있습니다. 이것은 우리의 민족성이라고 생각합니다.

지금도 국제정세는 시끄럽고 전쟁터로 변한 주변 국가도 있습니다. 이럴 때일수록 임진왜란 당시 온 백성이 하나 되어 이겨낸 것을 생각하며 국민 모두 하나 되어 또다시 우리나라가 전쟁터가 되는 역사의 반복을 막아야 할 것입니다.

청비 칼럼

청소년에게 비평이란

안형준(15세)

비평이란 무엇일까? 비평의 사전적 의미는 사물의 옳고 그름, 아름다움과 추함 따위를 분석하여 가치를 논하는 것이다. 오래전부터 비평은 사랑받지 못하는 일종의 문학 세계에서는 따돌림을 당하는 장르였다. 왜 그런 것일까? 사람들은 흔히 비평이라고 하면 어려운 것들로 여기는 경우가 대다수이다. 하지만 이러한 생각들에는 오해가 있는데, 바로 비평이란 엄청나게 어려운 것이 아니라는 것이다.

비평은 평가하는 것이고 그것은 누군가의 판단이 전제된다. 무언가를 판단하는 것이 쉬울 때도 있지만 비평은 큰 장애물이 앞에 놓인 것처럼 어렵다. 여러 가지 평가를 종합적으로 해야 하니 어려운 작업이 맞다. 그러나 꼭 전문가만이 할 수 있는 것은 아니다. 전문 비평가도 있지만 일반 독자들은 모두 비평가가 되어야 한다. 읽기의 과정에서 쓰기는 자연스럽게 생겨난다. 읽고 쓰는 것이 하나의 연결 상에 있는 것처럼 비평은 쓰기의 과정에 색을 더하는 것이다. 읽고 쓰는, 배움과 성장의 과정에서 비평은 자연스럽게 생겨나는 것이다.

나에게 비평은 과연 어떤 의미를 줄 수 있을까? 문학만이 아니더라도 영화, 미술, 무용 등 다양한 활동은 인간의 경험과 표현이다. 비평은 표현을 해석하는 과정이고 소통하게 만든다.

현대 사회의 단절을 해결하는 방법은 소통이다. 비평은 하나의 열쇠이다. 그 열쇠를 가지기 위해서 나는 비평을 배운다.

조선통신사

안서현(15세)

조선통신사는 일본 열도에 파견된 사신에게 붙은 이름으로 고려 시대에도 존재한 것으로 보이나, 임진왜란 이전에는 회례사, 보빙사, 경치관 등의 명칭을 사용했다. 당시 통신사는 파견하는 외교사절로, 왜구의 단속 요청, 대장경의 증정 등을 주 임무로 삼았다. 조선과 일본의 교류는 1510년 중종 5년 발생한 삼포왜란을 계기로 세종 이후 파견되던 왕래는 사절 끊겼으나 선조 때 도요토미의 요청으로 다시 파견하게 되었다. 1590년 일본의 교토에 파견된 통신사는 일본을 통일한 도요토미의 조선 침공을 탐지할 목적으로 파견된 중요한 특사였다. 통신사는 1590년 3월 6일에 출발하여 1591년 2월 21일 일본에서 귀환했다. 귀환 후 그들의 보고는 각각 다른 주장으로 나뉘었으며 서인이었던 정사 황윤길과 동인이었던 서장관 허성은 침략할 것이라 주장하였고 동인이었던 김성일은 침략의 징조가 없었다고 주장하였다.

임진왜란 후 조선은 일본과의 외교를 끊었으나, 도요토미를 대신하여 들어선 도쿠가와가 조선과의 국교 재개를 요청해 왔다. 조선은 막부의 사정도 알아보고, 왜란 때 끌려간 포로들을 쇄환 하기 위해 일본의 요청을 받아들여 1607년에 강화를 맺었다. 그에 따라 1607년부터 1624년까지 3회에 걸쳐 사명당 유정을 비롯한 사절을 회답 겸 쇄환사라는 이름으로 파견된 이들의 주임무는 일본과의 강화와 그 조건 이행의 확인, 일본의 내정 탐색, 조선인 포로와 유민 송환 등이었다. 그 뒤 조·일 국교는 형식상 조선이 한 단계 높은 위치에서 진행되었으며 일본 사신의 서울 입경은 허락하지 않고 동래의 왜관에서 실무를 보고 돌아가게 하였다. 일본은 조선의 예조참판이나 참의에게 일본 국왕의 친서를 보내와 사신 파견을 요청해 오는 것이 관례였으며 이에 따라 일본은 60여 차에 걸쳐 차왜를 보냈으나, 조선은 1607년부터 1811년에 이르기까지 12회에 걸쳐 일본에 통신사를 파견하여 약 250년간 평화 관계를 지속했다. 통신사의 정사는 참의급에서 선발되었으나 일본에 가서는 자위 또는 수상과 동격의 대우를 받았다.

조선통신사는 한일문화 교류에 큰 역할을 담당했다. 임진왜란을 겪은 후에도 또다시 외교관계가 이어지면서 양국은 문화 교류에 큰 흔적을 남겼다. 현재 소원해진 양국 간의 관계 회복을 위해서는 21세기의 새로운 조선통신사가 필요하다. 나는 청소년 민간교류가 우선시되어야 한다고 생각한다. 한일 양국 청소년 만남의 기회를 제안하고 싶다. 어른들의 정치적인 이해와는 다르게 역사의 앙금을 걷어내고 청소년의 만남부터 교류하는 것이 이해의 시작이 될 것이다.

우리나라 역사 속에 숨겨진 나라 가야

안형준(15세)

    우리나라의 역사를 배울 때 삼국시대를 주로 배운다. 하지만 역사 속에는 드러나지 않은 많은 나라가 있다. 내가 어릴 때 살던 김해는 옛 가야의 땅이다. 고구려, 백제, 신라, 조선은 입에 익숙하지만 가야, 발해와 마한 변한 진한에 대한 이름은 역사책에서 잘 볼 수가 없다. 게다가 가야는 금관가야, 대가야 등 있지만 역사책에서 비중이 작다 보니 시험 칠 때 꼭 외워야 하겠느냐는 생각이 자주 들고는 했었다. 살고 있는 고장이었지만 가야에 대해서 정확하게 알지 못했고 가야의 첫 번째 왕 김수로의 강림 신화로 구지가가 있다는 것만 알았다. 하나의 나라는 그 나라의 땅이 크든 작든, 힘이 세든 약하든 나라로서 존재했고 어떻게 변화했는지 밝혀야 한다. 우리는 그곳에 살던 누군가의 후손이기 때문이다. 뿌리를 안다는 것은 중요하다. 나의 조상을 안다는 것 외에 흥망성쇠의 비밀을 알 수 있기 때문이다.

    가야사의 연구는 조선의 후기 때부터 시작되었다. 우리가 익히 아는 조선의 실학자 정약용은 가야지명을 고찰했다. 그리고 정약용은 가야를 해양 국가로 성장했다고 이해했다. 가야사를 내재적 발전이라는 관점으로 본 연구였다. 아쉽게도 학문의 전통을 이어지지 못했다. 이런 관점으로 가야사를 계속 연구했다면 어떤 결과가 나왔을까? 새로운 해양사가 적힐 수도 있지 않을까? 그렇다면 왜 학문의 전통이 이어지지 않았냐고 물을 수 있다. 가야사는 우리나라 사람이 아닌 일본인에 의해서, 정치적 목적으로 연구되었다. 식민사관 아래 임나일본부설(가야에는 일본부라는 기관을 두어 6세기 중엽까지 직접 지배하였다는 설)이 등장하였고 그 결과 가야사는 고대한일관계사로 연결되었다. 이 고대 한일관계사는 일본 식민사관의 대표적 이론 중의 하나인데 일본인과 한국인이 같은 뿌리에서 태어났다는 일선동조론과 함께 일본이 36년간 식민 통치를 합리화하는 수단으로 쓰였다. 일본인에 의한 가야사 연구는 불행 그 자체였다고 봐도 무방한 수준이다. 앞서 보았듯이 가야사 연구를 할 당시에는 가야 주체의 발전이라는 중요한 과정을 연구하지 않았다. 가야가 일본 왕권의 지배 아래에 있었다는 임나일본부설을 설명하기에 바빴다. 그 결과 한국사 연구자들에 의한 가야사 연구까지 한동안 올바른 방향으로 나아가지 못했다.

김부식이 삼국사기를 지을 때 열전에라도 가야사에 대한 기록을 남겨 놓았으면 싶은 대목이다. 기록에 남아 있지 않다는 것이 가야사 연구에 걸림돌이 되었다. 보다 더 후대의 사서인 삼국유사만 하더라도 김수로왕의 가야역사를 대략 적어 놓은 것을 보면 김부식 당대에도 가야역사가 적힌 사서가 있었던 것 같다. 하지만 아쉽게도 그곳이 삼국사기에 반영이 안 된 것이다. 그나마 일연이 삼국유사에 대략적인 내용을 적어 놓았는데 1대 김수로만 자세히 적혀있고 그 뒤는 재위연대만 적혀있다. "자세한 것은 이 책을 보라"고만 하고 가락국기가 현존하지 않는 것이 가야사 연구의 가장 큰 걸림돌이 되어 연구가 어렵게 되었다.

해방 이후의 한국사 연구는 일제 식민사관을 극복하는 것이 중요한 과제였고, 가야사 역시 우리가 주체가 되어서 연구해야 하는 것 중 하나였다. 해방 이후 우리의 가야 연구는 임나일본부설을 부정하는 쪽에만 얽매일 수밖에 없었다. 이 일 때문에 가야사 발전의 주제적이고 능동적인 발전을 연구하며 밝힐 수 없었고, 오히려 가야사 연구를 기피하는 요인이 되기도 하였다.

우리가 일본으로부터 해방된 후에는 남북한이 함께 가야사 연구를 시작하였다. 일본의 식민사관에 의한 가야사 연구인 임나일본부설을 극복해 내는 과정이었다고 볼 수 있다. 북한의 학자인 김석형은 분국설이라는 설을 주장하였다. 이 뜻은 임나일본부는 한반도의 가야지역과는 아무런 관련이 없으며 5세기 중·후엽에 야마토정권이 서부 일본 지역을 통합하는 과정에서 가야계 분국인 임나국에 설치한 통치기관으로 이해하였다. 남한 학자인 천관우는 백제군사령부 설이라는 설을 내렸다. 이 뜻은 가야는 일본의 지배 아래에 있었던 것이 아니라 백제의 지배 아래에 있었던 나라라는 것이다. 이런 설이 나와서 전 세계 사람들이 새로운 가능성을 알 수 있게 되어서 기뻤다.

1980년대 이후부터는 가야사를 연구하는 방향이 수정됐다. 가야를 주체로 하는 가야사 연구가 드디어 시작된 것이다. 고고 자료의 축적인 일본서기에 대한 재해석의 계기가 되었으며 또 한편으로는 1995년에는 지방자치제들이 지역의 실시도 가야사 연구에 기여하였다. 가야역사가 숨 쉬고 있는 지방자치단체들이 지역의 역사와 문화를 통하여 지역의 정체성과 관광자원을 확보하고자 하였기 때문에 가야사 연구가 더욱더 활성화되었다. 이러한 노력과 연구 결과로 가야사회의 발전 과정이 연대기적으로 재구성될 수 있었다. 이제는 가야사가 신화 속의 나라가 아닌 한국의 고대 삼국에 나란히 발을 맞추어 실존했던 역사적 사실로 다시금 자리매김하게 되었다. 이 글을 통해 우리는 다시금 다른 나라가 우리의 역사를 함부로 손을 대어서 원래 가야 할 길이 아닌 다른 길로 가게 해서는 안 된다는 것을 밝히고 싶다. 가야사의 조사가 제대로 진행되어 삼국시대와 함께 어깨를 나란히 하는 가야를 꿈꾼다. 역사는 자료만으로 검증된다. 어떤 나라의 의도를 위해 역사가 왜곡되어서도 안 되고 새로운 숨겨진 사료들이 많이 발견되어 더 정확한 역사가 적혀야 한다. 그래야 우리는 역사의 흐름을 보고 내일을 알 수 있기 때문이다.

부산 엑스포 유치보다 시급한 것

남유주(15세)

 2030 부산 엑스포를 개최하게 된다면 세계적으로 많은 관광객들과 사람들이 방문할 것이고 더 넓은 부산이 형성될 것이다. 부산의 겉모습은 많아 변할 것이지만 부산 시민의 삶의 질까지 바꾼다고 할 수 있을까?

 그동안 여러 가지 행사를 통해서 부산의 겉은 바뀐다고 하더라도 시민들의 의식 수준이 바뀌었다고 말할 수는 없다. CCTV 없는 곳의 쓰레기 무단투기는 여전하고, 지하철의 임산부 전용석에도 사람들이 앉아 있는 모습은 흔하다.

 부산 엑스포는 단순히 대규모 이벤트가 아닌 지역 주민들의 시민 정신을 높이는 계기가 되어야 할 것이다. 이를 위해서는 교육이 우선되어야 한다. 싱가포르는 아시아권 중에서도 높은 경제 수준은 물론 시민의식과 준법정신, 부패지수(CPI), 성평등지수(GDI), 글로벌화 지수 등의 측면에서 세계 최고의 수준을 보인다. 싱가포르의 국민이 높은 시민의식을 가지게 된 데는 국가 형성 초기부터 확립된 법치주의와 시민교육에서 기인한 바가 크다고 한다. 전 부산대 양삼석 교수의 논문 <싱가포르의 시민교육을 통해 본 한국의 시민교육 방안>에 따르면 시민교육 방안으로는 첫째 국제화 시대에 부응하는 시민교육 체제의 구축, 둘째 지속 가능한 가치관 교육의 운용, 셋째 국가의 투명도 제고를 위한 제도의 확립, 넷째 인성 중시의 사회 분위기 조성, 다섯째 법치의 확립, 여섯째 다문화 정책의 재검토, 일곱째 타자에 대한 이해도 제고를 위한 사회적 인식의 확산, 여덟째 사회화 과정 초기부터의 가치관 교육, 아홉째 자선과 봉사활동의 활성화 등이라고 한다.

부산 엑스포 유치에만 급급하여 이러한 중요한 교육을 빠뜨리고 가는 것은 아닌지 생각해 봐야 할 시기가 아닐까? 교육은 단기간에 이루어지지 않는다. 시민의식의 수준을 높이기 위해 지도자들의 지도력과 국가 차원의 제도 확립은 물론이고 가정, 학교, 사회, 매스컴 등에서 다양하게 이루어져야 할 것이다.

기쁨과 슬픔의 곡선(부산 발전사)

안형준(15세)

1945년 한국은 일본의 무조건 항복선언으로 광복을 맞게 되었다. 광복의 기쁨도 잠시였다. 왠지 모를 싸늘한 기운이 부산항에서 맴돌고 있었다. 대한민국은 우리나라 학생들과 청년으로 똘똘 뭉친 치안대가 결성되었다. 미군정시대가 들어오고부터는 다양한 변화가 일어났다. 미군들은 부산에 남아서 잔류 중인 일본군들을 무장 해제시켰다. 광복 직후인 1945년 9월 7일 이후로 미군정청이 공포한 <미군정 포고 1호>에 의해 근거, 서울과 인천에서 20:00에서 다음날 05:00까지 야간통행금지가 실시되었으며, 한국전쟁 이후 전국으로 확대되었다. 그리고 여성 인권을 강화하고자 하는 노력도 있었다.

하지만 아픔도 있었다. 부산은 경제적으로 큰 위기를 맞았는데 일제 강점기 시절 일본의 수탈정책과 광복 직후의 일본인 귀국으로 인한 자본이나 기술 빈곤 등으로 인하여 부산 시내 공장들의 생산이나 가동들이 중단 상태였기 때문이다. 한편 대한민국은 대한민국의 정부가 수립됨으로써 미군정이

종료되었고 드디어 부산도 부산시로 인정받게 되었다. 이렇게 순탄할 줄 알았던 대한민국이 분단의 아픔을 겪게 된다. 한국전쟁이라는 뼈아픈 역사 때문이다. 어느 정도 대한민국이 정치적 안정을 취하기 시작할 때쯤 전쟁이 시작되었다. 전쟁의 4년이라는 기간 동안 부산은 대한민국의 임시수도였기 때문에 경제·사회·정치·문화적으로도 중심지가 되었다. 전쟁이 발발하자 수도권은 말할 것도 없고 부산 대부분의 학교도 휴교에 들어갔다. 학교는 주로 병원이나 군대용 시설로 많이 사용되었다. 학생들은 낡은 천막을 치고 그 아래 열악한 환경에서 수업을 듣게 되었다. 여러 가지 문제점들도 많았는데 예를 들면 피난민들이 너무 한꺼번에 많이 몰려들어 주거환경이 엉망이 되었고, 극심한 굶주림에 죽는 사람들도 늘어났다. 먹을 것이 부족했던 시기였지만 돼지국밥과 밀면, 꿀꿀이죽 등 다양한 음식들이 만들어진 계기가 되기도 했다. 한국전쟁 이후 부산의 변화는 다양했다. 부산은 부산 특별시로 승격될 뻔했으나 서울특별시에 5표 차이로 실패되고 말았다.

부산은 한국전쟁으로 인해 경제가 발달하였다. 그 이유는 부산이 전쟁 중 유일하게 안전지대였다는 점, 주요한 필수품들은 주로 부산항으로 들어왔다는 점, 고철 대량 수입으로 인한 금속공업 발달 등이 있다. 한국전쟁 이후 중앙정부는 미국의 원조를 기반에 두고 경제부흥 3개년 계획을 수립하였다. 주로 섬유산업이 주로 두각을 나타내었는데, 그로 인해 부산의 서면, 부전동, 전포동 인근에서 직물 생산 공장이 밀집되었다. 한국전쟁 당시에 지원되던 원조원료 등을 바탕으로 한 사업도 발달하였다. 그 산업의 이름은 삼백산업이다. 이 삼백산업을 통해 건립된 유명한 회사들도 있다. 제일제당, 극동제분,

조선제분, 신한제분 공장들을 예로 들 수 있겠다. 화학공업 중 고무업계 쪽이 발달하게 되었는데, 동양, 태화, 국제고무 등이 새롭게 신흥자본으로 성장하게 되었다. 또한 유지공업 쪽에서는 평화유지, 월성유지, 동방유지, 영남유지 등 다양하게 설립되었다. 한국전쟁으로 인해 국내 산업생산이 저조하게 되었는데, 이때 우리 삶에 꼭 필요한 생필품을 조달하는 무역업과 유통업이 발달하게 되었다. 현재 한국을 대표하는 재벌기업들이 부산에서 기반을 구축하였는데, 대표적인 기업들을 예로 들자면 삼성그룹의 이병철, LG그룹의 구인회, 한국유리의 최태섭, 태창그룹의 백남일, 대한그룹의 설경동, 동양그룹의 이야기들을 대표적인 기업들이라고 할 수 있겠다. 이 기업들은 한국전쟁 당시 무역업으로 벌어들인 자본으로 귀속기업체를 불하받아 원조자금 및 특혜, 특혜 금융 등으로 자본의 축적할 수 있었다.

1960년대 부산경제는 외국 물자의 도움으로부터 한 발짝씩 멀어지게 되었다. 그리하여 이 시기에는 자동차 및 전자제품 등 중공업 사업으로 발전하였다. 부산 자동차 공장의 선두 기업의 신진공업사가 부산진 공장으로 설비를 늘려나가 성장하였고, 연지동에 있는 럭키화학은 주로 비닐시트와 필름들을 주로 생산하였고, PVC 파이프, 비닐장판 등을 만들면서 성장해 나갔다. 1962년도에는 금성사가 온천동에 생산 공장을 확장하는 등 다양하게 발전하였다.

부산은 여러 가지 수난을 겪으며 발전해 온 도시이다. 이렇게 부산의 숨어 있던 역사를 보았다면 겉모습의 아름다움만을 보지 않고 더 깊이 사랑하는 마음을 가질 수 있게 될 것이다.

인터넷이 우리 삶에 끼친 영향

장재인(11세)

인터넷은 우리 삶에 많은 영향을 준다. 그 영향 중에서는 좋은 것이 있고 나쁜 것도 있다. 인터넷의 장점으로는 포털 사이트로 검색하면 궁금한 것은 웬만해서 다 찾을 수 있다. 그리고 가지고 싶은 것은 즉석에서 구매할 수 있다. 멀리 떨어져 있는 사람과 문자, 카톡 또는 다른 기능으로 빠르게 소통할 수 있다. 영상통화로 얼굴을 보고 서로 대화할 수도 있고 많은 사람들과 회의나 수업도 함께 할 수 있다. 사람이 하기 어려운 복잡한 계산식이나 일도 빠르게 처리할 수 있다. 이처럼 인터넷은 편하고 좋은 점이 많다.

하지만 인터넷의 단점도 있다. 예를 들어 인터넷 중고 거래는 제품의 질이 떨어지는 상품을 좋은 제품인 양 속여서 파는 경우도 있다. 실물을 보지 못하고 사진과 설명만 보고 사는데 막상 물품을 받아보면 사진과 다르거나 성능이 떨어지는 경우도 있다. 사기 광고로 사람을 협박해서 돈이나 물건 따위를 요구하는 경우도 있다. 불법으로 정보 인터넷 앱을 복사해서 사람들에게 퍼트리거나 해킹으로 개인정보를 훔치는 일도 있다. 그리고 거래가 금지된 것을 몰래 사고팔거나 사이버 폭력, 타인이 쓴 글 그대로 가져오기, 게임 중독 등 나쁜 점에 사용되기도 한다. 인터넷의 문제점 중 하나가 잔인하거나 난폭한 게임을 하는 것이다. 이런 게임은 많이 할수록 가상 세계와 현실 세계를 구분하기 어렵고, 범죄를 일으키는 경우도 있다. 성격에 문제가 생길 수도 있다. 이런 정신적인 것 외에 시력을 떨어뜨리는 것도 문제이다. 위의 나열한 예시들을 보면 인터넷은 장점보다 단점이 많다. 하지만 단점이 많아서 인터넷을 그만둘 수는 없다.

과학 기술의 발달로 인터넷이 발명되었다. 인터넷으로 인간의 생활은 더욱더 편리해졌다. 나는 편리한 인터넷을 좋은 용도로 쓰자고 말하고 싶다. 우리가 인터넷을 잘 사용하기 위해서 갖춰야 할 것이 무엇인지 알고 과학 기술이 만들어 낸 인터넷을 계속 잘 사용해서 좋은 세상을 만들었으면 한다.

가치사전

감 사
겸 손
공 평
믿 음
배 려
보 람
사 랑
성 실
신 중
약 속
양 심
예 의
용 기
인 내
자신감
자 립
정 성
정 의
정 직
존 중
책 임
친 절
행 복

안도현
성실 : 해야 할 일을 열심히 하는 것
약속 : 한번 한 말은 꼭 지키는 것
예의 : 다른 사람에게 도덕적인 행동을 하는 것
자신감 : 많은 사람들 앞에서 용기를 내서 발표하는 것

이한슬
감사 : 다른 사람이 배려를 해서 내가 고마워하는 마음
정성 : 누군가 책을 찢었을 때 내가 책을 붙일 때의 마음
책임 : 친구가 노트북을 나에게 맡겼을 때의 마음
친절 : 전학생이 온다고 해서 그 아이에게 잘 대해주는 마음

장재인
공평 : 친구와 난롯불을 쬐고 있을 때 혼자가 아닌 함께 쬐는 것
신중 : 도자기를 깼을 때 엄마에게 할 말을 생각할 때
용기 : 수업 시간에 교실을 탈출해서 컴퓨터실에서 당당하게 게임을 하는 것
정직 : 엄마의 화장품을 가지고 놀다가 립스틱을 망가뜨리고 나서 엄마에게 이야
기하는 것

최연우
믿음 : 설날에 용돈을 받아 엄마에게 맡겨두고 나중에 받을 것이라고 생각하는
마음
배려 : 대중교통에서 할아버지나 할머니께 내 자리를 양보할 때
인내 : 월요일부터 금요일까지 버티는 것
행복 : 월요일부터 금요일까지의 학교생활과 학원을 모두 마치고 금요일 저녁부
터 일요일까지 신나게 게임하는 것

조희경
겸손 : 자랑하지 않는 마음. 지나친 겸손은 좋지 않다
배려 : 에스컬레이터에서 바쁜 사람을 위해 한 쪽으로 서는 것
인내 : 하기 싫은 마음이 있더라도 끝까지 해보는 것. 참고 견디는 마음
존중 : 상대의 눈을 보고, 귀를 쫑긋하고, 고개를 끄덕이며 이야기를 들어주는 것

청소년 비평의 세계

안서현

사랑 : 누군가에게 관심을 주는 것. 부모님이 나를 돌봐주거나 내가 동생
을 챙겨주는 마음

자립 : 부모의 곁을 떠나 스스로 생활하고 생계를 이어나가는 것. 나 자신
의 힘으로 앞으로 나아가는 것

정성 : 어떤 일이 주어졌을 때 그 일을 열심히 하는 것. 원하는 일을 진심
으로 한다는 것. 누군가를 돌보는 것도 포함된다

정의 : 도덕적으로 올바른 일을 하는 것. 누군가를 도와주거나 아니면 그
런 분야의 진로에서 일하는 것

안형준

양심 : 마음에 거리낌이 없고 떳떳함

성실 : 어떤 일을 정성을 다하여 열심히 하는 태도

용기 : 불의에 나서는 행동 외에 두려운 마음을 이겨내는 힘

친절 : 마음에서 우러나는 상냥한 행동. 타인을 생각하는 행동

김건우

정직 : 바르고 곧은 마음. 하늘을 우러러 한 점 부끄럼이 없는 마음. 정직
에는 때론 용기가 필요하다

자신감 : 나에 대한 믿음과 기대

보람 : 어떤 일을 했을 때의 넘치는 기쁨과 만족감

믿음 : 의심 없는 마음. 사랑과 자비가 바탕이 되는 마음. 신에 대해 변치
않는 마음

성준우

감사 : 비 오는 날 우산을 들고 나를 마중 나와 주는 엄마에 대한 마음

약속 : 자기가 말한 것을 지키는 것

책임 : 내 어깨에 지워진 무게. 나이가 들수록 무거워지는 특징이 있다

행복 : 늦잠을 자도 되는 날의 마음

청비端 리뷰

_ 안 도 현
_ 장 재 인
_ 최 연 우
_ 최 희 정
_ 조 희 경
_ 남 유 주
_ 성 준 우
_ 안 서 현
_ 안 형 준
_ 제 설 하
_ 장 인 서

안도현(12세)

『한나 아렌트가 들려주는 전체주의 이야기』

신학기가 되면 새로운 선생님과 친구들이 한 반이 되어 지낼 한 해에 기대감이 높아진다. 호곤이는 반장이 되고 싶어 하는 초등학생이다. 호곤이 반은 투표로 반장을 뽑는데 3, 4월은 한 표 차이로 반장이 안 되어서 5월에는 기대하고 있었다. 그런데 선생님께서 일방적으로 5월 달은 스승의 날이라서 선생님이 지목한 사람을 반장으로 뽑는다고 말씀하셨다. 나는 이 부분을 읽으면서 아이들의 의견을 묻지 않고 선생님 혼자 결정을 내리는 것이 독재자처럼 느껴졌다. 권력을 가진 사람이 혼자 생각으로 결정을 내리는 것은 민주적이지 않다는 생각이 들었다. 선생님께서 그렇게 결정하셨지만 부당하다는 생각이 들면 선생님께 건의하고 회의를 해야 하는데 이 부분에서 그냥 넘어가는 것이 마음에 들지 않았다. 호곤이는 자기가 반장이 되고 싶은 마음이 있어서 속이 너무 보이기 때문에 선생님께 말씀 못 드린 것 같았다. 선생님은 왕따 승진이를 반장으로 뽑았다. 친구들은 싫어했다. 호곤이와 친구들은 학교를 마치고 별난 아카시아 나무라는 아지트로 가서 승진이를 어떻게 할지 대책을 마련했다. 호곤이는 아지트를 뒤로 한 채 집으로 향했다. 집에 오자 호곤이의 엄마가 2차 세계대전에 관한 영화를 보면서 울고 있었다. 호곤이는 2차 세계대전과 유대인이 궁금해서 아빠에게 물어보았다. 아빠는 유대인 한나 아렌트에 대해 이야기해 주셨다. 한나 아렌트는 유대인이고 정치 철학자

한나 아렌트(1906~1975)
독일 태생의 유대인 정치 철학자. 1, 2차 세계대전을 겪으며 미국으로 망명하였다. 나치즘, 파시즘, 스탈린주의 등 전체주의를 분석·비판하였으며 사회적 악과 폭력의 본질에 대해 깊이 연구하였다. 『전체주의의 기원』, 『인간의 조건』, 『예루살렘의 아이히만』을 썼다.

인데 미국으로 갔다고 얘기하시면서 유대인이 2차 세계대전에서 왜 피해를 보았는지 설명해 주셨다.

학교에서 승진이를 보았는데 5월인데도 두꺼운 스웨터를 입고 있었다. 점심시간이 끝나자 특별 수업으로 호곤이의 아빠가 오셔서 정치와 관련된 주제로 첫 번째

수업을 해 주셨다. 학급 회의가 있던 날, 승진이는 말을 더듬으면서 학급 회의를 시작했고 주제를 말하는데 호곤이의 친구가 답답한 듯 대신 주제를 말해 주었다. 학교가 끝나자 또다시 호곤이와 친구들은 별난 아카시아 나무로 향했다. 호곤이와 친구들은 마음에 들지 않는 승진이를 혼내주기로 했다. 호곤이의 아빠가 수업하는 두 번째 날에는 아이히만과 2차 세계대전에 있었던 일을 말씀해 주셨다. 유대인들이 똑똑해서 공격받았다든가, 부자여서 미움을 받아 피해를 보게 되었다는 것은 잘못 알고 있는 것이라고 하셨다. 유대인들

이 공격받았던 것은 자신들의 이야기를 하지 않았기 때문이라고 하셨다. 모여서 자신들의 입장과 주장을 펼칠 수 있는 정치모임을 만들어야 했는데 그렇게 하지 않았기 때문에 2차 세계대전의 피해자가 되었다고 하셨다. 자신의 입장을 목소리로 내지 않으면 자신을 보호할 수 없다는 말씀이 마음에 크게 남았다. 승진이를 혼내 주기로 한 날 호곤이는 자신의 행동이 잘못된 행동이라고 생각하게 되었다. 하지만 승진이에게 미안하다고 말할 용기는 없었다.

승진이가 호곤이에게 자신의 집으로 가서 삼겹살을 먹자고 했다. 승진이는 집에 오자마자 자신의 엄마에게 갔다. 장애가 있는 승진이 엄마는 이야기를 천천히 해야 알아들으셨다. 승진이의 아빠는 삼겹살 대신 승진이 엄마를 위해서 패랭이 꽃을 들고 오셨다. 저녁은 삼겹살 대신 두부 요리를 먹었다.

왕따였던 승진이는 말을 더듬지 않고 점점 잘 말할 수 있게 되었다. 농구를 할 때 승진이가 발이 빠르고 슛 감각이 좋기 때문에 승진이를 자신들의 편으로 하려고 싸우기도 했다. 이 책을 읽으면서 2차 세계대전에 대해서 자세히 알게 되었고 자기 생각과 입장을 잘 표현하기 위해서는 우리들을 위한 정치모임이 있어야 한다는 것을 새롭게 배웠다.

『토요일의 심리클럽』

"마음은 빙산과 같다. 커다란 얼음덩어리의 일부만이 물 위로 노출된 채 떠다닌다."-지그문트 프로이트

누구나 한 번쯤은 보았을 그림이 한 장 나온다. 물 위로 보이는 빙산과 물 아래 숨겨져 있는 거대한 빙산이 그려진 것이다. 지그문트 프로이트는 마음을 빙산이라고 했다. 우리의 행동으로 드러난 것은 작지만 그 행동을 하게 되는 이유는 보이지 않는 커다란 빙산처럼 크다는 말이 인상적이었다. 나도 모르는 내 행동의 이유를 알게 된다니 너무 재미있는 책이라는 생각이 들었다.

안나는 중학생이 되어서도 장래의 꿈이 없었다. 학교에서 심리실험 동아리 모집 포스터를 보고 여기서 꿈을 찾기로 했다. 네 명의 학생이 모였다. 선생님과 함께 모임을 정했는데 토요일의 심리클럽이다.

나도 용한 점쟁이가 될 수 있는 바넘효과, 타고난 고집쟁이 확증편향, 이번만큼은 틀림없어 도박사의 오류, 한정판매니까 갖고 싶다는 희귀성의 법칙, 하나가 좋으면 다 좋다는 후광효과, 그동안 쏟아부은 돈이 얼만데 매몰 비용의 오류 등 궁금하고 몰랐던 것들을 많이 알 수 있는 흥미진진한 내용들이 아주 많이 나온다.

시험 기간이 되면 친구들은 벼락치기를 했다는 이야기를 많이 하는데 왜 자꾸 벼락치기를 하게 되는지 계획의 오류 부분도 학생들은 관심이 갈 수밖에 없다. 그리고 말 좀 잘 들으라는 부모님의 잔소리나 선생님의 말씀과 달리 제목에는 말 잘 듣는 학생이 되지 말자는 권위에 대한 복종 이야기가 나오는데 우리가 배우던 것과 제목이 달라서 궁금증이 생겼다. 지난 세월호 사건 때 침몰하는 배에서 가만히 앉아 있던 학생들은 많이 죽었다. 이 사건을 통해 말을 잘 듣는 것이 좋은 것만은 아니라는 것을 알게 되었다. 하지만 언제 말을 잘 들어야 하고 언제 말을 안 들어야 하는지 안나처럼 나도 아직 잘 몰라서 이해하기 어렵고 혼란스럽기도 하다.

　사람들이 내가 생각하는 것보다 나를 신경 쓰지 않는다는 책 속 이야기는 그동안 다른 사람들이 나를 어떻게 볼까 생각했던 많은 사람들에게 그렇지 않다는 것을 알려줘서 시원했다. 안나도 자신이 하고 싶은 장래의 일을 누구와 비교하지 않고 스스로 잘할 수 있는 것을 찾아서 꿈을 키워나갔으면 좋겠다. 안나는 글을 잘 적으니까 내가 볼 때 작가가 되어도 좋을 것 같다. 하지만 안나의 선택을 존중해야겠지?

장재인(11세)

알베르 카뮈의 『페스트』를 읽고

14XX년 바닷가 쪽 마을에 오랑이라는 항구 도시가 있었다. 어느 날 베르나르 류가 일하고 있는 병원에서 쥐가 발견되었다. 쥐는 온몸이 피투성이였다. 쥐는 류 쪽으로 달려오더니 피를 토하며 쓰러졌다. 수위는 어떤 망할 녀석들이 매번 쥐를 놓고 가는 것이 틀림없다고 하고는 내내 죽은 쥐를 들고 계단 앞을 서성거렸다. 그 후, 수위는 목과 사타구니에 염증이 생기고 입에 부스럼이 생겼다. 수위는 계속해서 피를 토해냈다. 얼마 후 수위는 구급차 안에서 죽었다. 수위의 갑작스러운 죽음에 이어 죽은 쥐가 무더기로 나타나기 시작했다. 뉴스에서 "오늘은 6,231마리의 쥐를 수거하였습니다"라고 하자 시민들의 불안은 극에 다다랐다. 당국에서는 이 사실

을 알면서도 아무런 대처도 하지 않았다. 시민들은 당국의 무능함을 비난하였다. 그에 이어 갑자기 목과 사타구니에 염증이 생기고 입에 부스럼이 돋는 환자가 늘어났다. 이런 증세가 발견되는 사람이 한두 명이 아니었다. 이 병은 20년 전에 파리에서 한 번 발생한 적이 있으며 페스트인 게 분명했다. 하지만 당국에서는 이 무시무시한 질병이 다가온 참혹한 현실을 강력하게 거부하고 있었다. 류는 이 병이 장티푸스와 비슷하지만, 페스트와도 같은 증상을 보이고 있고, 설사 페스트가 아니더라도 그와 비슷한 조처를 해야 한다고 했다. 하지만 페스트는 순식간에 퍼져 나갔고 도시는 폐쇄되고 말았다. 당국에서 지급해 주는 혈청으로 간신히 버텨 나가고 있었지만 사태가 계속 이렇게 이어진다면 도시는 얼마 못 가 끝장이 나고 말 것이었다. 장례 절차는 빼먹은 지 오래고, 이제는 수치심도 생각하지 않고 여자와 남자를 한 군데에 모두 쏟아 버렸다. 오통 판사의 아들이 페스트에 감염되었다. 류는 카스텔의 혈청을 아이에게 실험해 보기로 했다. 하지만 효과는 나타나지 않았고, 결국 아이는 죽고 말았다. 그 뒤로 류는 타루와 친구 관계를 맺지만 타루는 곧 페스트로 죽고 파늘루 신부는 알 수 없는 병으로 세상을 떠나고 만다. 그 뒤로 카스텔의 혈청은 많은 성공을 거두게 된다. 쥐들이 또다시 나타나고 있었다. 죽은 쥐가 아니라 살아 있는 쥐였다. 그 말은 페스트가 물러가고 있다는 신호였다. 그날 밤, 불꽃이 하늘을 수놓았다. 사람들의 함성이 더욱 크게 들려왔다. 하지만 페스트는 물러가지 않았다. 페스트는 아직 옷장 속에서, 창고 속에서, 어쩌면 헌 종이 한 갈피에서 강해질 날만을 기다리며 잠들어 있을 것이다.

　내가 이 책 속의 인물이라면 정말 끔찍할 것이다. 이웃들이 죽고, 친구들이 죽고, 친척들이 죽고, 식구들이 죽고, 결국 나도 죽을 것이다. 모두가 죽는 것보다 비극적인 것은 없을 것이다. 왜냐하면 희망을 품은 사람이 방법을 찾아줘야 하는데 그렇게 할 사람이 한 명도 남아있지 않은 것은 절망적이고 끔찍하다.

그리고 내가 페스트에 걸린다면 이건 상상할 수도 없이 괴로울 것이다. 내가 죽는다는 사실 때문이 아니라 나에게 소중했던 사람들, 나를 소중하게 여겼던 사람들을 다시는 보지 못한다는 생각은 너무 우울하다. 세상의 모든 슬픔이 내 것이 될 것만 같다. 나는 괜찮은데 내 가족이 페스트에 걸린다면. 내가 사랑하는 가족들이 아프고 괴롭다가 결국 죽는 것은 내가 죽는 것보다 더욱 상상하고 싶지 않다. 아침에 일어나서 인사할 가족이 없고 힘들 때 위로가 되는 가족의 숨결을 느낄 수 없다는 것은 행복이 사라져 버리는 것이다. 사람은 외롭다고 생각하면 결국 그 생각만으로 죽을 수 있을 것 같다.

내가 살아온 세상은 따뜻하고 행복하지만 차갑고 잔인한 면도 있다. 반대로 세상은 차갑고 잔인하지만 따뜻하고 행복한 면도 있다. 페스트는 잔인하고 참혹한 역사지만 페스트가 전해주는 중요한 뜻이 있다. 나는 그 뜻이 세상엔 좋은 일과 재앙이 더불어 있으니 커다란 행복만 찾지 말고 일상 속의 작은 행복을 얻으라는 뜻인 것 같다.

『몬스터 바이러스 도시』

『몬스터 바이러스 도시』는 절망적인 일에도 굴하지 않고 이겨나가는 방법을 배울 수 있는 책이다.

개발된 녹슨 시와는 달리 기스카누 마을은 척박한 곳이다. 이곳에 사는 레아는 점점 시력을 잃어간다. 바위산 동굴의 모슬 할머니를 만나러 갔다가 녹슨 시에서 온 버드라는 남자아이를 만나게 된다. 모슬 할머니는 레아에게 묻는다. "오늘 본 것 중에 아름다운 것이 있었느냐? 네 마음을 기쁘게 하는 소리가 있었냐? 움직이는 것 중에서 네 마음을 사로잡는 것이 있었느냐?" 세 가지 질문을 읽으면서 톨스토이의 세 가지 질문이 생각났다. 3이란 숫자는 대단한 숫자라는 생각이 들었다. 가위바위보를 할 때도 삼세번, 세울 수 있는 가장 작은 다각형도 삼각형, 톨스토이의 세 가지 중요한 것을 묻는 말도 셋. 모슬 할머니의 질문은 시력을 잃어가는 레아에게 본 것을 묻는다. 점점 앞이 안 보이는 레아는 오늘 본 것을 떠올려 볼 것이다. 그래서 본 것들을 기억저장소에 많이 쌓아두게 될 것이다. 다음은 듣는 것에 대한 질문이다. 그리고 마음에 관한 질문을 한다. 이 세 가지 질문은 레아에게 앞으로 시력을 잃게 된 후에 아름답고 기쁜 것을 찾아 행복하게 만드는 방법을 알려 준다고 생각한다.

레아는 할머니를 찾아간 곳에서 NMV에 감염된 소년 버드를 만나게 된다. NMV(Nanism Monster Virus)는 난쟁이증 몬스터 바이러스다. 이름 그대로 몸은 작아지고 얼굴이 괴물처럼 변하는 병으로 아이들에게만 발병하는 전

염병이다. 골격이 뒤틀리고 얼굴이 흉측하게 일그러진 아이들은 지하 깊숙이 자리한 보안실로 옮겨진다. 녹슨 시에서 사라졌다고 생각한 병이 다시 발생했다. 연구진들이 소집되고 비밀리에 연구를 진행하지만 녹슨 시 관료들은 바이러스 연구가 녹슨 시 개발에 걸림돌이 될 것으로 판단하고 연구를 종료시켰다. 그로부터 십이 년 뒤, 최첨단을 달리는 빛의 도시 녹슨 시에 사라진 줄로만 알았던 괴바이러스가 다시 출현하게 된 것이다. 버드는 모슬 할머니의 충고로 레아와 함께 자신의 시간을 찾는 여행을 떠난다. 여행 도중 만난 녹슨 시 1호를 설계한 건축학자 카멜을 만난 버드는 꿈을 갖게 되고 정상적인 몸으로 돌아오게 된다. 녹슨 시에 살 때와 비교해서 레아와 여행하며 달라진 점은 졸리면 자고, 놀고 싶으면 놀면서 자유와 편안함을 가진 것이다. 레아는 병이 낫지 않는다. 그렇지만 레아의 말에 의하면 녹슨 시의 아이들이 걸린 병은 자기 시간을 잃은 아이들이 병에 걸린 것이었다.

가장 인상 깊었던 내용은 레아가 꿈속에서 나무가 되는 장면이다. 작았던 나무가 성장해서 푸른 나무가 되어 동물들을 돌보고, 햇빛과 달빛을 받는 부분이다. 이 장면은 앞을 보지는 못하지만 더 많은 것들을 볼 수 있는 레아가 세상을 품는 거대하고 편안하고 아늑한 존재인 나무가 되었다는 생각이 들어서이다. 사람들은 최첨단 세상이 좋다고 생각하지만 그 세상 때문에 시간을 잃고 병이 생기는 것은 안 좋은 일이다. 나쁜 일이 벌어져서 힘든 상황이 되었지만, 희망을 품고 이겨내는 것이 감동적이었다. 어떤 일에 절망하기보다 그런 일이 생겨도 굴하지 않고 이겨나가는 방법을 찾아보는 사람이 많아지면 좋겠다.

최연우(12세)

『강남사장님』

지훈이는 아버지의 사업이 망해서 강남에 있던 좋은 집에서 쫓겨나게 된다. 방 하나인 곳에서 가족이 다 같이 생활하게 되는데 아버지는 돈을 벌기 위해 집을 떠나고 어머니는 일을 하시느라 매일 밤늦게나 집에 들어오신다. 열두 살 지훈이는 동생을 어린이집에서 데리고 오고 돌보는 책임을 지게 되는데 가족을 위해서 초등학생 지훈이는 아르바이트를 구한다. 백만 구독자가 있는 고양이 유튜브 스타 '강남'의 아르바이트 직원으로 뽑힌다. 주로 하는 일은 유튜브 영상 편집과 사장님 '강남냥'의 채널 관리다. 지훈이는 고양이 동영상을 찍는 것뿐만 아니라 고양이 사장님 똥 치우기, 마사지, 털 관리하기, 간식 등을 드리는 일도 한다. 많은 일을 하지만 지훈이는 집으로 돌아오면 하루가 뿌듯하고 즐거웠다. 누가 시켜서 하게 된 일이 아니고 언젠가는 다시 강남에 있는 집으로 돌아가 아빠와 함께 살 것을 생각하면 행복했다.

하지만 몇 주 후 평소와 같이 아르바이트를 하러 가는데, 고양이 사장님 집에 다른 사람이 이사를 오는 것을 보았다. 실장님이 고양이 사장님의 집을 몰래 팔아 돈을 몽땅 가지고 도망간 것이었다. 고양이 사장님은 인간은 은혜도 모른다고 마구 화를 냈다. 실장님의 배신은 주변 사람들의 생활에도 손해를 끼치게 된다. 자신만의 이익을 위해서 다른 사람을 생각하지 않는 것은 그 일이 결국 부메랑이 되어서 돌아오기 전까지 잘못을 뉘우치지 못할 것이다. 그것이 벌써 벌을 받는 것으로 생각한다. 이후 지훈이는 '김 피디와 할배'라는 유튜브를 개설해 새롭게 시작했다. 3개월 후 실장님은 빈털터리가 되어 고양이 사장님과 지훈이를 다시 찾아왔다. 지훈이는 반대했지만 사장님은 다시 찾아온 실장님을 기쁘게 받아 주셨다. 지훈이도 결국 허락했고 실장님도 함께 일하게 되었다. 얼마 후 '김 피디와 할배'는 길고양이들에게 밥을 주는 캣대디를 찾아 인터뷰를 했다. 마스크를 쓰고 길고양이에게 밥을 주는 남자를 인터뷰하는데 지훈이는 이 사람이 아빠라고 느끼게 된다. 사업 빚 때문에 집을 나간 아빠를 그동안 용서하지 못했는데 마음속으로 아빠를 용서하게 된다. 아빠가 함께 하지 못하지만 지금 지훈이는 스스로 할 수 있는 일을 생각하고 가족이 함께 살기 위한 일들을 계속할 것이라고 더욱 다짐한다. 그리고 아빠가 다시 가족의 품으로 돌아올 것이라고 믿고 기다리기로 한다.

『편의점 가는 기분』

 길을 가다 보면 손쉽게 찾아볼 수 있는 가게가 편의점이다. 학교 가는 길에도, 학원 가는 길에도 편의점은 몇 개씩 있다. '편의점' 하면 떠오르는 책이 두 권 있다. 『불편한 편의점』과 『편의점 가는 기분』이다. 『불편한 편의점』은 홈리스 노숙자 독고 씨가 편의점에서 아르바이트하게 된다. 그리고 다양한 사람들과 만나고 그 사람들에게 좋은 변화를 준다.

 『편의점 가는 기분』은 야간에 편의점에서 아르바이트를 하는 열여덟 살 소년이 주인공이다. 초등학교, 중학교, 고등학교를 졸업하면 취직을 하든지 대학교를 간다. 고등학교는 대부분 졸업한다. 주인공 '나'는 고등학교를 자퇴했다. 나는 외할아버지가 운영하는 편의점에서 일을 한다. 나의 엄마는 16살에 나를 낳았는데 엄마는 자신도 사람다운 삶을 살고 싶다고 집을 나가버렸다. 그래서 나는 외할아버지와 외할머니와 함께 산다.

 사람답게 사는 것은 어떻게 사는 것일까? 사람답게 살고 싶어서 자신이 낳은 아이를 부모님께 맡기고 집을 나가는 것은 어떻게 살고 싶다는 것일까? 아무리 곰곰이 생각해 보아도 사람답게 살기 위해서 주인공의 엄마가 한 행동을 이해할 수 없다. 이기적인 선택이라고 생각된다.

 꼬마 수지는 보일러가 고장 난 추운 집에서 정신이 없는 엄마를 데리고 따뜻한 곳을 찾아 편의점으로 온다. 꼬마 수지의 아빠는 중국 상하이에서 사기를 당해 사기꾼을 쫓고 있다. 어른인 나의 엄마는 자신만의 사람다운 삶을 위해서 가족을 버리는데 꼬마 수지의 행동과 비교가 된다. 주인공은 아르바이트를 하면서 장애를 가진 수지를 만난다. 오토바이를 잃어버린 혹과 세상 모든 것을 다 아는 것 같은 알바 누나와 새벽마다 동네를 돌아다니며 고양이들의 밥을 챙겨주는 캣맘 아줌마가 나온다. 수지가 실종되어 수지를 찾는 과정에서 나는 다양한 사람들을 만나서 사연을 듣게 된다.

편의점이 있는 우리 동네가 재개발로 인해서 겪게 되는 일들은 가난과 소외에 대해서 생각해 보게 되는데 사람이 살아가면서 정말 중요한 것은 무엇인지, 소중한 것을 지킨다는 것은 어떤 것인지 생각해 보게 한다.

내가 만약 주인공처럼 편의점에서 새벽에 알바한다면 재미있을 것 같다. 하지만 학교를 그만두는 것은 하지 못할 것 같다. 처음에는 신난다는 생각이 들지만 심심하고 지루하고 무서워질 것 같다. 우리 집 옆, 편의점에는 다양한 사람들이 드나드는 곳이라는 것을 처음으로 생각해 보았다. 내가 필요해서 무엇을 사기 위해서 가는 편의점이었는데 편의점 입장에서 생각해 보니깐 새로운 것들이 보였다. 편의점은 아무나 문을 열고 들어오니깐 편의점도 밤늦은 시간에는 무섭지 않을까?라는 생각이 들었다. 책의 마지막은 주인공인 내가 수지와 함께 스쿠터를 타고 국도를 달리며 우주의 소리를 이야기한다. 지구에 사는 우리는 지구에서 일어나는 여러 가지 사건들 속에서 살아간다. 우리는 눈을 들어 하늘을 바라볼 수 있다. 밤하늘에는 별들이 있다. 과학이 발달해서 달나라도 갈 수 있고 별나라도 갈 수 있다. 하지만 부자들만 갈 수 있다. 우리는 몸은 갈 수 없지만 마음은 갈 수 있다. 편의점 가는 길은 세상에서 겪을 수 있는 여러 가지 이야기가 줄지어 있는 곳이다. 사건들이 늘어선 곳이다.

"세상엔 그보다 훨씬 두려운 일도 아무렇지 않게 일어나."

"바닥으로 꺼졌다 해도 망했다 해도 삶이 다 끝난 건 아니더라고요. 삶의 모습은 하나가 아닌데 꼭 한 가지 방식으로만 살아야 할 것처럼 달려왔던 것 같아요."

"이 방식의 삶이 망한다는 건, 다른 세상의 문이 열리는 거예요."

책 속의 말처럼 세상을 잘 산다는 것은 여러 가지 문이 있다는 것을 알고 이 문을 열어서 길이 없으면 다른 문을 열어볼 수 있는 것이다.

최희정(10세)

『작은 아씨들』

크리스마스 전날 메그, 조, 베스, 에이미까지 네 명의 자매는 크리스마스 선물을 받지 못했다. 남자들은 전쟁터에서 나가서 고생하는데 집에 남겨진 우리만 즐겁게 돈을 쓰면 안 된다고 어머니께서 말씀하셨기 때문이다. 네 자매의 아버지는 미국 내전-남북전쟁에 참가해서 어머니와 네 명의 딸만 함께 살고 있다. 남북전쟁은 노예제를 인정하지 않는 곳과 노예제를 인정하는 남쪽이 벌인 전쟁이다. 크리스마스 날 아침 절약하는 어머니는 자매들에게 책을 선물해 주셨다. 어머니는 책이 가장 소중하다고 생각하신 모양이다. 책을 선물 받아 기쁜 자매들은 준비한 음식과 장작을 가난한 이웃인 훔멜씨의 집에 나누어 주며 크리스마스를 보냈다. 아무리 가난하지만 더 가난한 사람들과 가진 것을 나누는 것에 마음이 따뜻해졌다. 눈이 오던 날, 눈을 치우던 조는 건너편 창가에서 자신을 바라보고 있던 로리를 발견한다. 조는 그의 집에 놀러 가서 로리와 로리의 할아버지 로런스 씨와 좋은 이웃이 된다. 한편 소설 쓰는 것에 관심이 많았던 조는 남몰래 자신의 단편 소설 두 편을 신문사에 보내고 신문사의 전화를 기다린다. 조의 소설이 신문에 실리게 되자 기뻐 눈물을 흘린다. 조의 가족들과 이웃들은 서로 좋은 일을 같이 기뻐하고 힘든 일을 돕는다. 전쟁터에 계시는 아버지가 위독하다는 내용의 전보가 집에 도착한다. 조는 아버지를 위해 긴 머리를 잘라 받은 25달러를 어머니께 드린다. 어머니는 로리의 가정교사인 브룩씨와 급히 아버지가 계신 곳으로 간다. 며칠 후 어머니의 간호 덕에 아버지의 몸이 좋아지고 있다는 소식이 전해진다. 그러나 가난한 훔멜씨의 아이들을 돌보던 베스가 성홍열에 걸려 혼수상태에 빠진다. 어머니 없이 베스와 자매들은 서로를 돌보게 된다. 설상가상으로 아버지의 병환이 다시 심해져서 어머니가 예정보다 늦게 돌아올 것 같다는 다급한 소식이 도착한다. 다행히 아버지의 병세가 점점 좋아져서 어머니가 집으로 돌아오고 베스도 긴 혼수상태에서 깨어난다. 이 부분을 읽으면서 너무 걱정되었다. 몇 주가 지나 아버지가 새해 초에 돌아온다는 소식에 베스도 점점 건강이 좋아진다. 새해 초 아버지가 집으로 돌아오셨다. 집안에는 행복이 가득 차기 시작했다.

　작은 아씨들은 네 명의 아가씨인데 첫째 마거릿은 가정교사로 일하고 제일 어른스럽다. 둘째는 조세핀인데 조라고 부른다. 이웃집에 가서 친구를 사귀고 머리카락을 자르고 소설을 신문사에 내는 것을 보면 활달한 성격이다.

셋째는 엘리자베스인데 베스라고 부른다. 피아노를 좋아해서 이웃집 할아버지에게 피아노 선물을 받는다. 가난한 이웃을 사랑하고 돌보는 부끄러움이 많은 소녀이다. 넷째는 에이미인데 고집스럽지만, 막내기 때문에 그런 것 같다. 작은 아씨들을 읽으며 가족과 이웃의 소중함을 알게 되었다. 또한 조가 아버지를 위해 머리카락을 잘라 후원하는 모습과 자매들이 가난한 훔멜씨를 돕는 모습이 큰 감동이었다.

『톰 소여의 모험』

　　부모님을 일찍 여읜 톰 소여는 폴리 이모랑 산다. 톰은 말썽꾸러기에 개구쟁이였다. 폴리 이모와 동생 시드, 친구들을 계속 놀리고 골탕 먹였다. 꾀를 부려서 친구들을 속인 톰은 자신이 해야 할 페인트칠을 친구들에게 시키기도 한다. 톰은 목사님의 설교를 듣는 것을 매우 싫어했다. 톰은 가만히 앉아있는 것을 못 하는 것 같다. 톰은 설교 도중 딱정벌레를 가지고 놀다가 들키기도 한다. 어느 날 톰은 이웃에 사는 베키에게 관심을 두기 시작한다. 베키는 피터즈버그에 새로 이사 온 소녀다. 톰은 베키의 관심을 끌기 위해 친구들에게 성경 구절을 잘 말하면 받는 표와 톰이 가진 흰 구슬, 핀과 물물교환을 한다. 하지만 목사님에게 들켜버리고 만다. 다행히 베키와 톰은 친하게 지낸다. 해적이 꿈이었던 톰은 허클베리 핀이라는 친구가 있다. 허클베리 핀도 부모님과 같이 살지 않는다. 주정뱅이 팹 핀의 아들이지만 아버지가 부랑자라서 떠돌아다닌다. 13살 허클베리 핀은 혼자 산다. 그래서 톰과 허클베리 핀은 더 친하게 지내는 것 같다.

단짝 친구인 톰과 허클베리 핀은 죽은 고양이를 들고 공동묘지로 간다. 그곳에서 우연히 머프 포터와 함께 온 인디언 조가 의사 로빈슨을 살해하는 장면을 목격한다. 살인 사건을 목격하다니 톰의 그때 마음은 어땠을까? 내가 그 자리에 있었으면 많이 겁이 나서 숨도 못 쉬고 얼어붙었을 것 같다. 살인을 한 인디언 조는 머프 포터 영감에게 살인죄를 씌우려고 한다. 목격한 것을 들키지도 않았는데 톰과 허클베리는 겁이 나서 이 사실을 비밀로 하자고 약속한다. 마을 사람들은 결국 머프 포터를 체포한다. 톰과 허클베리는 사실을 말하지 않기로 약속했고 인디언 조는 무서운 사람이기 때문에 사실을 밝히면 톰과 허클베리를 괴롭힐 것으로 생각했다. 하지만 톰과 허클베리는 양심의 가책으로 잠을 이루지 못한다. 다행히 톰과 허클베리는 양심을 선택하기로 한다. 인디언 조에게 괴롭힘을 당하더라도 억울한 사람을 구하기로 결심한다. 톰이 재판에서 사실을 말하고 머프 포터를 구한다. 결국 인디언 조는 도망 다니다가 동굴에서 굶어 죽는다. 만약 톰과 허클베리가 사실대로 말하지 않았다면 억울한 사람이 감옥에 갔을 것이다. 이 사실을 생각하면 어떤 사건은 잘못 조사될 수도 있다는 것을 알게 되었다.

톰과 친구들은 함께 뗏목을 타고 강을 따라 내려가 해적이 되기로 한다. 톰과 친구들은 잭슨 섬에 도착해 신나게 놀고 있을 때 마을에서는 아이들이 물에 빠져 죽은 줄 알고 시체를 찾고 있었다. 자신들 때문에 걱정할 식구들이 궁금했던 톰은 마을에 몰래 숨어들었다가 자신을 잃은 줄 알고 슬퍼하는 폴리 이모를 보고 아이들과 함께 집으로 돌아온다. 그들이 돌아온 날이 그들의 장례식을 치르던 날이었다. 어른들이 아이들을 찾는 시간도 너무 짧았고 장례를 치르는 것도 충격이었다. 해적 놀이를 위해서 친구들과 뗏목을 타고 나갈 수 있다는 것은 상상만으로 너무 재미있다. 모험심이 대단한 친구들이라고 생각한다. 공동묘지도 가고 잭슨 섬까지 가다니 나도 그런 모험을 한번 해보고 싶다. 혼자서는 할 수 없으니깐 친구를 잘 사귀어야겠다. 허클베리 핀을 처음에는 나쁜 아이라고 생각했는데 책을 읽으면서 허클베리 핀의 순수하고 착한 마음에 관해서 관심이 갔다. 허클베리 핀의 모험에 대한 책도 있으니 꼭 찾아서 읽어볼 것이다.

조희경(13세)

『프린세스 아카데미』

　어린이 동화책의 왕자 공주가 연상되는 제목은 책을 덥석 펼치고 싶지 않았다. 그러나 책 띠지에 빼곡히 적힌 수상 경력이 증명하듯 책을 덮을 땐 흐뭇한 웃음을 지을 수 있는 책이다.

　미리는 댄랜드 왕국 보호령인 에스켈 산의 대리석 채석장 마을에서 살고 있는 열네 살 된 소녀다. 나이보다 작고 가냘픈 미리는 마을 또래의 다른 아이들처럼 채석장에 나가 아빠를 돕고 싶지만, 그것을 허락하지 않는 아버지를 보며 자신이 보잘것없기 때문이라고 자책한다. 채석장에 나가는 대신 집안일과 염소를 돌보며 외로움을 달래지만 미리의 마음은 허전하기만 하다. 그러던 어느 날 왕의 사절이 나타나 에스켈 산의 소녀 중에서 왕자비를 뽑을 거라는 소식을 전한다. 그에 따라 왕자비 기준에 적합한 스무 명의 소녀는 왕

그림_제승하

자비가 될 교육을 받기 위해 집을 떠나 프린세스 아카데미로 향한다. 소녀들의 교육을 맡은 올라나 선생은 가난하고 배우지 못한 산 소녀들을 무시하고 때때로 모욕적인 말을 내뱉으며 자신의 교육방침에 절대복종할 것을 강요하며 그 규칙을 조금만 어겨도 벽장에 가두거나 집으로의 휴가를 없애는 등 혹독한 체벌을 가해 소녀들을 더욱 긴장하게 만든다. 올라나 선생의 매서운 교육 속에서 소녀들은 글자를 읽고 쓰는 법부터 시작해 왕자비가 갖춰야 할 기본 소양인 역사, 정치, 외교, 경제 등의 학문을 배우고 사교댄스나 궁중 예절이나 대화법을 익혀나간다. 가난하고 산속에서 교육의 혜택을 받지 못했던 소녀들은 글을 배우면서 책을 읽을 수 있게 되고 경제나 역사 분야 등의 책을 읽으면서 지식을 흡수하고 미처 알지 못했던 새로운 세상을 향해 눈을 뜨게 된다. 프린세스 아카데미는 교육을 통해 소녀들에게 새로운 세계의 문을 열어준 계기가 되어준 것이다. 경제에 관한 책을 읽으며 미리는 에스켈 산의 대리석 가치를 알게 되고, 그 지식을 이용해 겨울이면 마을에 식량을 싣고 올라와 헐값에 대리석과 바꾸어 가던 상인들에게 공정한 거래를 요구해 전보다 많은 이익을 얻을 수 있게 된다. 또한 수업 시간에 배운 외교의 법칙을 이용해 그동안 소녀들을 무시하고 함부로 대하던 올라나 선생에게 새로운 협상안을 제시해 자신들의 의견을 관

청소년 비평의 세계

철하는 쾌거를 이룩하기도 한다. 미리를 비롯한 스무 명의 소녀는 프린세스 아카데미를 통해 각자 변화되고 성장한다. 그리고 이 책을 읽는 독자들 또한 그러하다.

『프린세스 아카데미』는 제목 그대로 '왕자비 교육 학교'가 주요 무대다. 집 안일과 채석장 일을 도우며 비슷한 하루하루를 보내던 소녀들은 프린세스 아카데미의 교육을 통해 또 다른 세상을 만난다. 소녀들은 올라나 선생의 부당한 처사에 맞설 수 있는 용기와 도둑이라는 뜻밖의 난관을 침착하게 헤쳐 낼 지혜를 얻게 되고, 무엇보다 왕자비라는 공동의 목표를 향해 경쟁하지만 비난과 야유를 넘어 서로를 향해 용서와 포용, 관심과 사랑을 베푸는 방법을 배우게 된다. 친구들과 잘 어울리지 못하는 소심한 소녀 미리는 프린세스 아카데미에서 벌어지는 여러 가지 사건들을 겪으면서 잘못된 일에 대항해 자기 생각을 또렷하게 말하고 또래의 친구들을 통솔하는 리더십을 발휘하는 등 그동안 자신조차 몰랐던 새로운 모습을 발견한다. 또한 채석장행을 허락지 않았던 이유를 통해 자신을 향한 아버지의 깊은 사랑을 깨달았고 산 아래 소녀라는 이유로 따돌렸던 브리타에 대한 편견을 걷어내면서 진정한 우정을 나눌 수 있었으며 좋아하던 페더와의 사랑도 확인하게 된다. 미리 뿐만 아니라 브리타와 에사, 카르다 등도 프린세스 아카데미를 마치고 그전보다 한 뼘 더 성숙해진 모습으로 돌아온다.

『프린세스 아카데미』는 '왕자비 간택'이라는 목표로 시작되는 이야기지만 흔한 신데렐라류의 전개로 흐르지 않는 똑똑함을 보여준다. 소녀들이 선망하는 대상인 왕자와 왕자비는 산 소녀들의 삶을 변화시키기 위한 하나의 계기로 작용할 뿐이다. 그래서 마지막에 왕자가 등장하나 그 비중은 그리 크지 않다. 비현실적 존재인 왕자는 오히려 소녀들에게 현실적인 꿈을 깨닫게 만들어 주는 역할을 한다. 이처럼 작가 섀넌 헤일은 프린세스 아카데미를 거치면서 진정한 자아를 발견해 나가는 소녀들의 내면에 초점을 맞춘다. 또한 이 책은 미리를 비롯한 스무 명의 소녀가 가족의 소중함과 배움의 기쁨, 자신의 꿈을 깨달아가는 과정과 모험을 재미있게 그려내고 있다. 이야기의 짜임새는 흠잡을 데 없고, 극의 재미나 긴장감 또한 훌륭하다. 에스켈 사람들에게만 통하는 '채석장의 말'이라는 판타지적 요소는 이야기를 더욱 흥미진진하게 만든다. 더불어 왕자를 통해 신분 상승하려는 신데렐라가 아니라 배움과 노력을 통해 자기 삶을 만들어가려는 소녀들의 모습을 보여줌으로써 독자들에게 스스로 개척하는 삶이 아름답다는 것을 설득력 있게 전달한다.

주인공 미리의 생각에 공감하며 재미를 느끼기에는 소년보다는 소녀들이 더 재미있게 읽을 수 있는 부분이 많을 것 같다. 300여 쪽에 달하는 두께에서 십 대 소녀들이 엮어가는 우정, 사랑, 용기를 한꺼번에 만날 수 있는 소녀 전용 책인 것 같다.

『15소년 표류기』

『80일간의 세계 일주』를 쓴 쥘 베른의 작품이다. 여름방학을 맞이한 소년들이 배를 타고 여행을 하다가 폭풍우를 만나서 무인도에 도착해서 겪는 모험소설이다.

체어맨 학교에 다니던 14명의 소년들은 배를 타고 방학 동안 여행을 하기로 했다. 하지만 신인 선원 한 명 모코만 있는 상태에서 배가 갑자기 출항하기 시작했다. 바다 한가운데에서 아이들은 폭풍우를 만났다. 2주쯤 뒤에 어떤 섬에 도착을 하게 된다. 그 섬에는 마땅히 잘 곳이 없어서 아이들은 한동안은 배에서 자기로 했다. 아이들을 소개하자면 웹, 웨콕스, 서비스, 드니팬은 영국태생이다. 브리앙과 브리앙의 동생인 자르는 프랑스 태생이다. 브리앙은 정의감이 있고 여러 소년들이 믿고 있다. 고든은 고아이고 제일 나이가 많은 미국 소년이다. 백스터는 손재주가 많다. 영국태생이다. 브리앙과 다른 아이들이 섬을 정찰하는 중 프랑수아 보드앙이라는 사람이 만든 동굴과 오두막집을 보게 된다. 아이들은 그곳에서 지내기로 하여 배에서 필요한 물건을 모두 옮겨 놓았다. 자크는 섬에 표류하기 전에는 개구쟁이였지만 표류한 뒤로는 우울한 소년이

> 쥘 베른(1828 ~ 1905)
> 19세기 프랑스의 소설가. 법률을 공부하다 문학으로 들어섰다. 여행을 좋아하여 많은 여행가, 지리학자와 교류하였으며 공상과학소설의 선구자로 『해저 2만리』, 『80일간의 세계일주』를 썼다.

되었다. 아이들은 이 섬의 이름을 체어맨 학교에서 따와서 체어맨 섬이라고 짓고 다른 곳도 이름을 지었다. 무인도에서 소년들은 규칙을 정한다. 임기를 정해서 대통령을 뽑기로 하는데 고든이 첫 번째 대통령이 되었다. 첫 번째 대통령이 되면 할 일이 많을 텐데 아이들이 고든을 브리앙보다 더 믿고 도와줘야 한다고 생각한다. 하지만 소년들은 엄격한 고든과는 달리 아이들을 부드럽게 타일러 주는 브리앙을 더 좋아한다. 얼마 지나지 않아 체어맨 섬에 지독

한 추위가 찾아오는데 아이들은 밖에서 눈싸움하거나 너무 추우면 실내에서 할 수 있는 놀이를 하였다. 지독한 추위가 물러나자 어느덧 크리스마스가 다가왔다. 이날은 특별히 놀기만 했다. 일만 하고 걱정만 하면서 지냈다면 소년들은 훨씬 빨리 포기하고 슬퍼서 죽을 수도 있었을 것이다. 하지만 소년들은 법을 정하고 서로 돕고 함께 놀면서 그들만의 생존을 해 나간다.

브리앙은 자크와 같이 이야기할 기회를 엿보고 있었는데 때마침 기회가 찾아왔고 자크에게 위험한 일을 자주 시켰다. 그중 큰 사건은 스케이트를 타던 중 드니팬 일행이 사라지자 브리앙은 스케이트를 잘 타는 자크에게 찾으라고 보냈는데 드니팬 일행은 돌아오고 자크는 곰에 쫓기게 되었다. 두 번째 대통령은 브리앙이 당선되었다. 하지만 드니팬 일행은 브리앙이 대통령이 되자 마음에 안 들어서 섬 다른 곳에 산다고 하고 떠났다. 우연히 브리앙이 섬에 악당이 들어온 것을 알고 드니팬을 찾으러 갔다가 드니팬이 동물과 싸우는 것을 보고 브리앙이 구해주자 화해를 하게 된다. 집을 떠났던 드니팬과 브리앙은 같이 오두막집으로 돌아온다.

무인도 해변에서 발견된 사람들은 배신당한 선원들에게 공격당한 상태였다. 소년들은 배의 위치와 상황을 알고 배를 수리하고 섬을 빠져나오게 된다. 섬에서 표류한 지 2년이 지나서였다.

『15소년 표류기』에서 가장 인상적인 것은 소년들이 무인도에 도착하고 나서 섬을 정찰한 것이다. 위험하다고 해서 가만히 앉아 있기만 하지 않고 자신들이 처한 환경을 자세히 알아보는 것이 크게 와닿았다. 그 결과 50년 전에 표류해 온 프랑스인이 살았던 동굴을 발견하게 된다. 동굴은 몸을 피할 수 있는 곳이고 보호할 수 있는 곳이다. 안전한 장소를 얻게 되어서 소년들은 그다음을 생각해 볼 수 있었다. 책 속에서 소년들이 위험에서 서로 협력하는 용기를 내고 지혜를 모으는 것에 감탄을 자아냈다. 나 혼자라면 어떻게 했을까? 게리 폴슨의 『손도끼』라는 작품은 무인도에 표류한 소년 브라이언이 손도끼 하나만 가지고 생존하는 이야기다. 두 이야기 모두 생존 모험 이야기인데 『15소년 표류기』는 집단이 함께 살아가는 이야기라서 사회를 구성하고 살아가는 우리 생활을 더 잘 살펴볼 수 있을 것 같다. 사회 속에서 규칙을 지키고 협력하는 것은 중요하다는 사실을 말이다.

남유주(15세)

『오늘부터 나는 세계 시민입니다』

　나의 소속은 남창희 허주영 부부의 3녀 중 막내이고 금양중학교 학생이며 부산시 청소년이며 대한민국 국민이다. 우리는 자신의 소속을 어디까지 확장해서 생각해 보았을까? 시민은 민주사회에서 자신의 권리와 의무를 지고 주체적으로 공공정책 결정에 참여하는 사람이다. 세계 시민은 세계에서 나의 권리와 의무를 다하고 세계를 위한 정책 결정에 참여하는 사람이다.

　이 책은 17개의 SDGs를 쉽고 흥미롭게 설명하고 있다. 한국의 시민이 세계 시민으로 성장하기 위해서 필요한 기본적인 것들을 이야기해 준다. 유엔이 지정한 다양한 세계 기념일을 시작으로 SDGs를 설명한다. 휴대폰이 보급되기 전 매년 연말에는 새해를 준비하기 위해 달력을 준비했다. 달력에는 130개가 넘는 유엔 기념일이 숨어 있다. 가족의 생일은 달력에서 막강한 기념일의 위력을 가지고 있다. 세계 시민이라면 유엔 기념일 또한 누구나 기억해야 하는 날이다. 이날은 전 세계 시민들이 우리가 안고 있는 문제 해결을 위해 연대하는 날이다. 백지장도 맞들면 낫다는데 전 세계 시민이 함께 한다면 못할 일이 어딨겠는가!

　달력 위에 펼쳐진 유엔 기념일마다 세계 이슈의 모습을 만날 수 있다. 많은 일들이 상대적으로 일어난다. 여성을 조롱하는 말들이 나오자, 남성을 깎아내리는 단어도 생겼다. 남녀를 똑같은 무게로 인식해야 할지, 사회적 맥락을 반영해 여성을 약자로 바라볼 것인지는 의견이 나뉘고 있다. 사회적 약자에는 여성, 아동, 노인, 장애인, 이주민, 난민, 성 소수자 등이 있는데 이 중에서 논란이 되는 것은 여성이다. 세대가 바뀌면서 남아선호사상이 줄어들고, 일하는 여성이 늘어났으며, 남녀교육 수준도 비슷해졌다. 민주주의에서는 다수의 의견에 무게가 실린다. 다수의 횡포를 보완하기 위한 것이 표현의 자유이다. 민주주의와 표현의 자유에 관해 이야기한 사상가, 존 스튜어트 밀은 '인간은 오류를 범할 수 있기 때문에 누구나 자유롭게 의견을 말할 수 있도록 해야 한다'고 주장했다. 사회적 통념이나 상식에 반한다고 해서 표현하는 것을 막아버린다면 사회는 발전할 수 없다는 것이다. 표현의 자유는 사회·경제적으로 힘이 없는 소수의 의견이 묵살당하지 않도록 한다. 성평등은 남녀가 서로 존중하는 태도에서부터 시작해야 한다. 상대의 동의 없이 신체적으로 접촉하지 말아야 하며, 범죄 피해에 노출됐어도 나를 도와줄 누군가가 있다는 믿음을 가질 수 있는 사회를 만들어야 한다. 그렇지 않으면 세대가 바뀌어도 여성은 범죄의 대상이 될 수밖에 없다. 여성의 인권을 신장하는 것이 남성의 인권을 침해한다는 것은 아니다. 한쪽의 우월성을 가르는 싸움이 아니라 서로를 혐오하지 않고 연대하는 방향으로 나아가야 한다.

이 책의 서술은 남녀의 입장을 모두 고려한 균형 있는 서술로 서로가 혐오하게 된 것의 원인을 사회적 보장 제도의 미비로 본다. 경험해 보지 않은 입장을 이해한다는 것이 어렵지만 남성, 여성이 서로를 미워하지 않고 모두 함께 잘 살 수 있는 세상을 만드는 것에 합의하여 앞으로 나아갔으면 좋겠다. 초등교사 집단에서 남교사는 소수자다. 합의나 양해의 과정 없이 남교사이기에 기피 학년, 기피 학급, 기피 업무를 맡게 된 경험이 보고되는데 교육의 현장에서 우선되어야 한다.

이 책을 읽으면 행동 이전에 '생각'을 한 번 더 할 수 있게 된다. 2015년 유엔은 '누구도 소외되지 않게 한다'는 핵심 원칙에 따라 지속가능 발전 목표를 발표했다. 2030년까지 전 세계가 함께 이루어야 할 SDGs에는 경제 성장에 관한 목표 외에도 양성평등 실현, 양질의 일자리 확대, 도시의 안정적인 주거권 보장, 공정무역 증가와 같은 사회 통합에 관련된 목표는 물론이고 깨끗하고 재사용이 가능한 에너지 확대, 육지와 해양 자원 보존, 기후 변화 대응을 포함한 환경 이슈가 포함되어 있다. 포용적인 정책과 제도를 위한 거버넌스도 주요한 축으로 부각되었다. 유엔에서 발표한 지속 가능 발전 목표를 설명해 주며, 유엔이 지정한 세계기념일에 관해 이야기하고 있다.

지속 가능한 세상을 만들어 가는 것을 위해 우리가 알고 생각해야 할 것들이다. 때로는 '이렇게까지 해야 한다고'하고 생각이 들 수도 있겠지만 이런 개념들을 아는 것과 모르는 것에는 큰 차이가 있다. 아는 사람은 '세계 시민'이라 칭할 수 있다. 세계의 문제에 대해 한 명의 우리가 세계시민으로서 살려고 노력할 때 세상은 변할 것이다. 한 명의 시작으로 역사가 바뀌었던 것을 우리는 역사 속에서 볼 수 있다. 지속 가능한 세상을 만드는 일은 우리의 미래를 가꾸는 일이다. 세상을 지금보다 더 풍요롭고 정의롭게 변화시키는 일은 나의 변화에서부터 시작된다. 내가 바뀌면 오늘이 바뀌고, 내일이 바뀌면 미래가 바뀐다.

성준우 (15세)

『위기의 지구, 물러설 곳 없는 인간』

자연재해가 뭘까? 사전에서는 폭풍, 홍수, 해일, 지진, 산사태 등 자연현상으로 인명 피해, 재산 손실 및 시설물의 피해가 발생해 사람에게 영향을 주는 것이라 한다. 만약 사람에게 영향을 주지 않는다면 그저 자연현상에 지나지 않는다.

이런 자연재해는 영화 소재로도 많이 사용된다. 사람들은 자신과 관련된 것에 관심이 많기 때문이다. 자연재해를 다루는 한국영화 중에 대표작으로 <해운대>가 있다. 자연재해를 소재로 사용하며 인간에게 행사하는 자연의 영향력과 공포심을 보여준다. 이런 자연재해를 발생시키는 원동력은 무엇일까? 그 힘의 근원은 크게 지질 순환, 구조순환, 암석 순환 등이 있다. 지구의 껍질이라 할 수 있는 부분인 지각 지각은 크게 해양지각과 대륙지각으로 나넌다. 해양지각은 대륙지각보다 밀도가 높아 두 지각이 서로 만날 때 해양지각이 대륙지각 밑으로 파고드는 형태를 보이게 된다. 이렇게 외핵 내핵 더 밑으로 파고들수록 밀도가 점점 더 높아진다. 그래서 이런 내부 구조 안에서 맨틀이 대류에 의한 이동을 한다는 것이 밝혀졌다. 이것을 지질 순환이라고 하고 다음으로 하와이처럼 고정된 위치에서 마그마를 분출하는 곳을 열점이라고 하는데 이때 수면 아래에 있는 것을 해산이라고 한다. 이런 해산들은 일렬로 정렬된 모습을 띠는데 열점이 고정되어 있어도 판이 움직일 때 해산도 함께 움직이게 된다. 이걸 바로 구조순환이라고 한다. 다음으로 암석 순환은 화강암이 풍화 침식 작용으로 퇴적암이 되고 다시 화성암이나 퇴적암이 깊은 곳에 있으면 고열로 변성암이 된다. 이것을 암석 순환이라고 한다.

　그렇다면 이런 자연재해를 예방할 방법은 없을까? 어느 정도 조절은 가능하겠지만 대부분의 자연재해는 우리의 통제 밖에 있다. 따라서 자연재해를 줄이기 위한 최선은 그 자연재해에 대해 제대로 파악하는 것이다. 특히 지진과 같은 자연재해는 미리 파악하고 사람들을 대피시키는 등의 대비가 가능

수렴경계(대륙판-해양판)
대륙판과 해양판이 만나는 경계

하지 않기 때문에 미리 갖춰진 정보로 최대한의 대비를 해야 한다.

　지금까지 자연재해의 개념을 이해했다면 이젠 구체적 사례를 통해 태풍, 지진, 쓰나미의 실체를 살펴보자. 태풍은 가운데 부분의 최대 풍속에 따라 강도를 소·중·대·초대형으로 분류한다. 이처럼 크기와 강도는 다른 개념이라 큰 태풍이라도 풍속이 약하면 초대형이 될 수 없다는 것이다. 일반적으로 강한 태풍일 경우 인명 피해가 크다고 본다. 우리나라에 큰 피해를 줬던 2003년 태풍 매미는 순간 풍속이 초속 60미터였던 것을 미루어 보면 실로 엄청난 바람이었다는 것을 알 수 있다. 역시 인명 피해 또한 엄청났고 우리나라에서 잊을 수 없는 자연재해가 되었다.

　또 지진 해일이다. 쓰나미라고도 불리는 지진 해일은 바닷속에서 발생하는 만큼 거대한 파도를 일으켜 육지에서의 지진 못지않은 큰 피해를 발생시킨다. 지진 해일은 천해파에 해당하는 만큼 깊은 수심이다. 실제로 인도네시아에서는 강한 지진 해일이 발생하였다. 하지만 어느 소녀에 의해 미리 예방되었다. 소녀는 수업 시간에 큰 지진 해일이 오기 전에는 해안선으로부터 멀어진다는 것을 배웠다. 이것을 기억해 풍파가 해안선이 육지로부터 멀어지는 것을 알았고 호텔 측에 미리 말해 많은 인명 피해를 줄였다. 이렇게 자연재해를 잘 파악하면 강한 자연재해도 예방할 수 있다는 것을 다시 한번 알 수 있다. 이렇게 지진 해일과 태풍의 구체적인 사례까지도 알아보았다.

　우리는 두 발을 지구에 디디고 살고 있지만 내가 서 있는 곳과 내가 팔 벌린 곳을 벗어나서는 직접 알 수가 없다. 그래서 책을 읽고 영상을 보며 배운다. 과학도 내가 전부 연구하지 않고도 과학자들이 연구한 것들을 교실에서 배우고 현재를 살고 미래를 위해 다시 연구한다. 우리는 물려받고 쓰고 물려준다. 그렇기 때문에 중간 역할을 하는 우리는 잘 배워야 하고 잘 써야 하고, 좋은 것을 후손들에게 줘야 한다. 그러기 위해서 위기의 지구에서 물러설 곳 없는 인간인 우리는 더욱 미래 지구 환경에 대해서 생각해야 한다. 인류가 공존과 지역 간 발전을 하기 위해서는 그 답이 해양관측 중심의 자연과학 연구와 교육에 있다는 남성현 교수님의 글을 우리는 집중해야 한다. 지구와 인간이 모두 공존하려면 우리는 움직여야 한다. 관심을 환경문제로 옮겨야 하고, 먼저 연구한 과학자들의 행보에 관심을 가져야 한다. 우리가 우리의 문제에 무감각하면 앞으로 당면할 많은 문제들을 해결할 수 없게 된다.

기후변화, 자연재해, 미세먼지, 자원부족의 문제만 하더라도 우리는 어느 것에 전문가가 되어야 한다. 즉 환경 문제에 대한 인식을 높여야 한다. 그것이 지금의 우리 학생이 취해야 하는 태도이다.

『변신』

가족들을 책임지는 그레고르가 벌레로 변하자 생기는 이야기. 그레고르가 벌레로 변하자, 가족들의 태도 변화는 우리의 가족관계를 다시 보게 한다.

제목인 『변신』은 사람이 다른 사람으로 변신하는 내용이라고 생각하며 읽었다. 하지만 책을 읽으며 주인공 그레고르가 벌레로 변신하여 생기는 이야기인 것을 알게 되었다. 제목만큼이나 이 책의 줄거리도 흥미롭다.

어느 날 아침 그레고르가 자고 일어나는 것부터 시작된다. 그레고르는 평소와 다른 기분을 느끼고 그는 자신이 벌레가 되어 버렸다는 것을 알아버렸다. 가족의 생계를 책임지고 일하던 그가 한순간에 벌레로 변하면서 더 이상 일을 할 수 없게 되었다. 꿈이고 싶었지만, 다시 자고 일어나도 그의 몸은 다시 인간으로 변하지 않았다. 그는 부모가 사장에게 진 빚을 5~6년 동안 갚아야 하는데 그 몸으로는 더 이상 일할 수 없었다. 벌레로 변한 그에게 가족들은 처음에는 음식을 주고 조금이라도 그를 신경 쓴다. 하지만 그가 계속 직장에 나가지 않게 되자 생계가 막막해진 가족들은 일을 해야 했다. 평소에는 그가 벌어오던 돈으로 사치스럽게 살았던 가족이지만 돈을 벌기 시작한다. 직장을 가지게 된 아버지는 굽었던 허리는 펴지고 어머니도 못 하던 바느질을 하며 어떻게든 돈을 벌기 시작하였다. 그레고르가 벌레로 변한 뒤 점점 시간이 지날수록 돈을 벌어오지 못하게 되자 가족들은 그에 대한 관심은 줄어들었다. 그리고 그를 대하는 태도도 바뀐다.

그레고르는 왜 갑자기 벌레가 된 것일까? 가족들은 똑같은 장소에서 똑같은 음식을 먹었다. 가족과 고레고르의 다른 점에서 변신의 이유를 찾아야 한다. 그렇다면 일하는 그레고르와 일하지 않는 가족이라는 차이점이 있다. 책임을 지는 자와 책임에서 벗어난 자. 가족을 위해 자신을 희생하는 사람과 누군가의 희생을 당연하다고 생각하는 사람으로 나눠서 생각해 볼 수 있다. 가족이라면 보통 사랑하는 집단이라고 생각하지만 그레고르의 가족 구성원은 일반적인 사랑의 관계를 찾아볼 수 없다. 가족으로부터 인정받지 못하고 계속되는 희생은 결국 한 사람을 벌레로 만들어 버렸다. 가족이 그렇게 만든 것일까, 그레고르 자신이 그렇게 만든 것일까? 스스로 자신의 변한 모습을 본 그레고르는 어떤 생각을 했을까? 이 문제를 가족들은 의논하지 않는다. 가족 모두의 문제로 인식하지 못한다. 그들에게는 돈을 벌어다 줄 사람이 부재한 것이 문제였을 뿐이다. 아들이 변한 것이 문제가 되지 않았고 오빠가 변한 것을 문제로 삼지 않는다. 그레고르는 가족 구성원으로 있지 않았다. 다만 돈을 벌어다 주는 존재였고 그 자리는 누구로 갈아치우면 문제가 없었다. 그의 집에 하숙생들이 들어오게 되면서 가족들의 태도는 더욱 악화되었다. 집에 들어온 하숙생들은 그의 존재를 눈치채고 바로 집에서 나가는 일이 생긴 것이다. 그 사건 이후로 그레고르가 험담을 알아듣는다며 자제하였던 가족들은 점점 그에 대한 험담을 시작하였고 그가 없어져야 한다는 얘기까지 한다. 결국 그는 음식도 잘 먹지 못하고 상처받은 몸으로 죽게 되고 가정부는 이 소식을 가족들에게 기쁜 듯이 전한다. 가족들도 기뻐하고 여행을 떠난다.

　사람이 벌레로 변하는 내용은 말이 되지 않는다. 돈을 벌어오는 그레고르가 벌레로 변하자 가족들은 일을 한다. 결국 일을 할 수 있었는데도 그레고르에게만 힘든 일을 맡기고 모르는 척한 것이다. 가족들은 일을 하면서 일 하는 것이 힘들다는 것을 알지만 그레고르의 그동안 힘들었던 것을 이해하지 못한다. 그레고르의 속마음은 벌레로 변해서 가족들에게 동정받고 싶었을지도 모른다. 막상 나에게 이런 일이 생긴다면 나와 내 가족은 어떻게 행동할까?

안서현(15세)

『만년』 중에서

- 「어복기」

「어복기」는 다자이 오사무의 『만년』에 실린 15개의 단편 중 하나이다. 10페이지 정도의 짧은 이야기이다. 원래 「어복기」란 중국의 짧은 이야기 모음집의 제목이다. 잉어를 잘 그리던 중이 큰 병에 걸리고 그 혼이 잉어가 되어 비와코를 즐기는데 다자이 오사무는 이 이야기를 읽고 물고기가 되고 싶어 했다. 그는 우울했고 그를 괴롭히던 사람들을 생각하며 비웃어주려 했지만 그러지 못했다. 오사무에게 물고기는 어떤 존재였을까? 다자이 오사무의 「어복기」는 한 산골 소녀 스와의 변신 이야기이다. 스와는 산에서 아버지와 살고 있다. 스와는 열매를 팔고 아버지는 찻집을 운영한다. 평소 멍하니 용소 옆에 서 있는 스와는 그날도 멍하니 서 있었다. 언젠가 아버지가 스와를 안고 숯가마를 지키면서 들려준 이야기가 떠올랐다. 추석이 지나 찻집을 거두자 아버지는 네댓새 걸려 숯을 짊어지고 마을로 나갔다. 아버지를 기다리다 지친 스와는 짚이불을 덮고 화롯가에서 잠이 들었다. 스와는 밖에 눈이 오는 것을 보고는 폭포가

다자이 오사무(1909년 ~ 1948)
일본 쇼와 시대의 소설가. 일본의 2차대전 패망 후 기성문학에 대해 비판적 시각을 유지했고 뛰어난 소설을 발표하며 독자들의 마음을 사로잡았다. 『만년』 『인간실격』 『앵도:버찌』를 썼다.

있는 곳으로 향했다. 스와는 미친 듯 울부짖는 겨울 숲 좁은 틈새로 아버지를 낮게 부르고 폭포로 뛰어들었다. 스와가 정신을 차렸을 때 물속에 있는 붕어로 변해 있었다. 스와는 처음에는 구렁이로 변신한 줄 알았다. 오두막으로 돌아갈 수 없다는 걸 알았을 때 '잘됐어.'라고 혼잣말을 한다.

깊은 산속에서 숯장수 아버지와 살아가던 스와가 아버지를 찾아 나서다 폭포에 빠져서 물고기가 되는 이야기에서 자신이 집으로 돌아갈 수 없게 되었을 때 '잘됐어.'라는 말은 무슨 뜻일까? 힘든 삶을 스스로는 포기할 수 없었지만 이제 더 이상 집이라는 곳으로 갈 수 없는 형편이 된 것에 안도하는 것일까? 또 다른 모습으로 바뀐 스와는 이전까지와는 다른 삶을 살게 된다. 물밖이 아니라 물속에서. 이전에 관계했던 세상과는 단절이 일어난다. 스와는 땅에서의 삶이 막다른 벽처럼 느껴졌을 수도 있다. 산을 벗어나지 못하는 생활, 가족의 실에 매인 삶. 하지만 물속의 삶은 어디든 갈 수 있다. 가족을 찾아 헤매지 않아도 된다. 책임에서 벗어난 자유로운 삶. 스와이자 다자무인 붕어는 다른 세상에서 자신이 원하던 꿈을 꾸고 있을까?

스와는 붕어로 변신하며 끝나는 간략한 줄거리의 「어복기」는 변신 후 이야

기가 더 이상 전개되지 않고 그 뒤 이야기를 생각하게 만드는 작품이라 기억에 오래 남았다.

- 「추억」

『만년』을 읽으면서 기억에 남았던 단편인 「추억」은 작가의 유년기와 아련한 첫사랑의 기억을 담은 자전적 이야기이다.

화자인 오사무는 숙모의 손에서 여섯 살이 될 때까지 길러졌다. 그의 추억은 예닐곱 살이 되면서 또렷해졌다. 오사무는 다케라는 하녀에게 책 읽는 것을 배워 둘이 함께 여러 책을 읽었다. 그는 몸이 허약한 탓에 누워서 많은 책을 읽었다. 읽을 책이 없어지면 다케는 마을의 일요 학교 같은 데서 어린이 책을 부지런히 빌려 와 그에게 읽도록 했다. 아무리 책을 읽어도 피곤하지 않았다. 다케는 또 그에게 도덕을 가르쳤다. 절에 자주 데려가 지옥, 극락의 그림을 보여 주며 설명했다. 거짓말하면 지옥에 가서 도깨비들한테 혀가 뽑힌다고 들었을 때는 무서워서 울음을 터뜨렸다. 부모님은 도쿄에 살고 계셨던 모양으로, 오사무는 숙모를 따라 상경했다. 이윽고 그는 고향의 초등학교에 들어갔는데, 이에 따라 추억도 완전히 바뀐다.

학교에 들어간 뒤로 그는 더 이상 아이가 아니었다. 어느 화창한 여름날에 오사무는 남동생 보모에게서 숨 막히는 일을 배웠다. 오사무가 여덟 살 정도였고 보모도 그 무렵 열네다섯을 넘지 않았다. 그 보모는 그와 세 살 터울인 남동생에게 네잎클로버를 찾으라고 내쫓고는 그를 껴안고 뒹굴었다. 그 후로도 곳간이나 벽장 속 같은 곳에 숨어서 놀았다. 벽장 밖에 혼자 남겨진 동생이 울음을 터뜨린 탓에, 형에게 들켜버린 적도 있었다. 보모는 벽장에 동전을 떨어뜨렸다고 태연히 말했다.

그에게 있어 아버지는 굉장히 바쁜 사람이고 어머니는 초등학교 2, 3학년 때까지 알지 못했고 할머니는 버거운 상대였다. 오사무는 마을 극장에 한 극단의 이름이 걸렸을 때 하루도 빠짐없이 그 공연을 구경하러 갔다. 그때 이후 가부키라는 것을 알게 되면서 때때로 여러 공연을 했으나 할머니는 그때마다 못마땅해했다. 이런 그도 겨울이 다가오면서 중학교 수험 공부를 시작하지 않으면 안 되었다. 그해 봄, 좋은 성적은 아니지만 오사무는 중학교 입학시험을 치러 합격했다. 그는 입학식 첫날부터 어떤 체조 교사에게 얻어맞았다. 단지 아버지가 돌아가셨다는 이유만으로 맞았다. 그 이후로는 다양한 이유로 여러 교사에게 얻어맞았다. 그리고 얼마 안 가 시험이 닥쳐왔고 오사무는 한 글자도 빠짐없이 그대로 암기해 버리려고 애썼다. 그 결과 한 학기가 끝날 때 나온 성적은 반에서 3등이었다. 그는 방학이 시작되자 고향에 내려가 고향의 동생들에게 중학교 이야기를 과장해서 꿈처럼 들려주었다.

초가을 어느 밤, 항구의 잔교로 나가 해협을 건너오는 신선한 바람을 쐬며 빨간 실에 대해 이야기를 나누었다. 그들의 새끼발가락에는 눈에 보이지 않는 빨간 실에 묶여있는데, 그 실의 한쪽 끄트머리는 반드시 어떤 여자아이의 발가락에 묶여있으며 그 실은 두 사람이 멀리 떨어져 있어도 끊어지지 않는 이야기였다. 이 이야기를 오사무가 처음 들었을 때 상당히 흥분해서 동생에게 이야기를 해주었을 정도였다. 오사무가 다음 해 여름방학 때 고향에 돌아가니 미요라는 하녀가 있었다. 집안에 하녀들이 없던 저녁에 동생과 반딧불이를 잡고 미요에게 이부자리를 깔고 모기장을 치게 한 뒤, 전등을 끄고 반딧불이를 모기장안에 풀었다. 그는 그때까지 하녀에겐 용무가 없으면 말을 걸지 않았다. 그러나 그즈음부터 그는 미요를 의식하기 시작했고 빨간 실, 하면 미요의 모습이 떠오를 정도였다.

이후 오사무는 미요를 만나기 위해 공부를 하다가 방에서 빠져나와 안채로 가거나 우당탕거리며 비질하는 미요의 모습을 보고 입술을 깨물기도 했다. 그러는 사이 여름 방학은 끝나가고, 그는 동생과 친구들을 떠나 소도시에 있는 학교로 돌아가야 했다. 학기가 시작된 후 어머니와 누나가 온천을 떠나게 되었는데 그날이 토요일이어서 어머니를 모신다는 명목으로 고향에 돌아갈 수 있었다. 오사무는 고향에 도착한 날 밤 2층에 누워 미요와의 일이 생긴 후 미요와 결혼에서 반드시 맞닥뜨리게 될 가족 논쟁을 생각하며 한참을 뒤척이다 잠에 들었다. 그가 아침에 일찍 일어났을 때 건너편 밭으로 포도를 따러 갔다. 오사무는 진정가위로 포도송이를 잘랐고 미요는 그가 자른 포도송이를 하얀 앞치마로 아침 이슬을 재빨리 닦아 바구니에 담았다. 미요는 오사무가 건네는 포도송이로 내뻗은 팔을 제 쪽으로 가져갔다. 그런 미요의 상태를 알아차린 오사무는 안채로 데려가 암모니아 병을 찾아서 최대한 난폭하게 건넸다. 그해 겨울 방학은 그에게 있어 중학생으로 보내는 마지막 방학이었다. 오사무가 고향에 돌아왔을 때는 미요가 없었다. 너 댓새가 지난 후에 미요가 쫓겨난 이유를 알 수 있었다. 그는 동생과 둘이 함께 서고에 들어가 장서나 족자를 보며 놀았고 동생은 오사무의 곁에 와서 수백 장이나 되는 사진을 찬찬히 보고 있었다. 동생이 보고 있는 사진 중에서 최근 미요가 어머니를 따라 숙모 집에 갔을 때 찍은 듯한 사진이 있었다. 오사무는 움직인 듯 얼굴에서 가슴까지의 윤곽이 흐릿한 미요와 두 손을 깍지 끼고 눈이 부신 듯 서 있는 숙모와 닮았다고 생각했다.

「추억」은 이성에 눈을 뜨기 시작한 청소년 시기일 때 첫사랑을 만나고 헤어진 경험한 작가의 유년기라고도 할 수 있다. 이야기 속에서 지금과는 다른 점이라고 하면 신분제도와 체벌이 허용되었을 때의 시대이다. 현재는 신분과 관계없이 자유롭게 연애를 해도 되지만 당시에는 신분 차이로 인해 집에서 부모님이 반대하시는 게 당연했던 시대였다. 체벌은 학교나 가정에서 있었다. 그러나 현재는 체벌을 금지했다는 게 차이점이 될 수 있다. 이성에 눈을 뜬 청소년이 겪는 아련한 첫사랑인 「추억」은 마치 현재 이성에 대한 관심과 연애를 하고 싶은 학생들이랑 비슷하다. 첫사랑과 이어지고 싶은 마음은 있지만 그런 마음을 쉽게 상대에게 말하지 못하고 용기가 생겼을 때는 아마 늦은 시점이라는 것을 그대로 풀어낸 「추억」의 한 장면과 똑같다.

안형준(15세)

『젊은 베르테르의 슬픔』

　젊은 베르테르는 어떤 슬픔을 가지고 있을까? 나도 슬픔이 있는가? 계속 생각해 보아도 불만은 있지만 슬픈 것은 딱히 떠오르지 않는다. 감수성이 풍부한 젊은 예술가인 주인공 베르테르는 고향을 떠나 다른 고장으로 옮겨 살게 되었다. 젊다는 것은 꿈꾸고 희망을 품고 포기의 강을 넘어가는 것으로 생각한다. 그런 젊은이가 가진 슬픔은 무엇일까? 꿈꾸지 못하고 희망을 놓치면 슬픔을 갖게 될 것이다. 감성적인 남자 주인공 베르테르는 무도회에서 로테를 만나 첫눈에 반하게 된다. 그녀와 이야기를 나누는 동안 점점 베르테르는 로테를 사랑하게 된다. 하지만 로테는 약혼자가 알베르트가 있다. 로테가 알베르트와 베르테르를 소개해 사이좋게 지내보려 하지만 두 남자는 모두 로테와의 사랑을 꿈꾸기 때문에 처음부터 좋은 사이는 불가능했다.

베르테르는 이 관계를 정리하기 위해서 로테를 떠난다. 친구 빌헬름의 추천으로 비서로 일하게 된다. 하지만 그는 8개월 만에 일을 그만둔다. 누군가의 밑에서 일하는 것이 베르테르의 적성에 맞지 않았다. 그가 일하는 곳에서 겪는 귀족 사회에 실망감이 컸다. 로테를 잊기 위해 간 곳에서 베르테르는 그만둘 이유를 찾고 있는 사람 같았다. 세상에는 내가 원하는 사람과 내가 이상적으로 생각하는 사회는 있을 수 없다. 맞지 않는 사람과 잘 지내보고자 하는 노력을 하든지 이 문제를 해결하기 위해서 다른 직장을 찾아보든지 해야 한다고 생각하는데

『젊은 베르테르의 슬픔』은 독일의 정치가이며 세계적인 문학가인 괴테(1749 ~ 1832)가 1774년 완성한 작품이다.
괴테는 정치가, 화가, 과학자로도 활동하였으며 『빌헬름 마이스터의 편력시대』, 『파우스트』를 썼다.

베르테르는 전혀 그렇게 하지 않았다. 슬프고 실망스럽다고 해서 베르테르는 일을 그만둔다. 고향으로 돌아가서도 전쟁터에도 나갈까 고민한다. 로테를 잊기 위한 베르테르의 고민이 느껴졌지만 결국 모든 것을 접고 로테 곁으로 돌아왔다. 그리고 이미 알베르트와 결혼한 로테를 보면서 알베르트에게 악감정을 키워간다. 로테 역시 베르테르에 대한 감정에 동요를 일으킨다. 베르테르는 결국 이루어질 수 없는 사랑에 절망하고 자살을 결심한다. 알베르트의 권총으로 자살한다. 그 총이 로테를 거쳐 왔기에 행복함을 느낀다. 감성이 극대치까지 가면 이런 일을 저지르는가 싶다. 베르테르는 왜 죽음을 선택했을까? 베르테르는 비서직을 그만두었듯이 죽음으로 도망했다고 나는 생

각한다.

　나는 베르테르가 젊었기 때문에 극단적으로 움직였다고 생각한다. 사랑의 실패가 젊었기 때문에 얻을 수밖에 없는 경험이라면 부모님이나 조언해 줄 수 있는 누군가가 있어야 했는데 베르테르는 물려받은 유산만 많았고 부모가 없었다. 우울증을 가진 베르테르는 병적인 결말을 가져왔다. 사랑이 자신의 외로움과 만족을 위한 해결책이라고 생각해서 로테에게 집착했지만, 그것이 과연 베르테르에게 해결책이었는지 싶다. 사랑이 모든 것을 해결해 주지 않는다. 베르테르의 슬픔은 이뤄질 수 없는 목표를 설정해서 그것을 이뤄지지 않도록 계속 자신을 불행 속으로 몰아넣은 것이 슬픔이지 않을까?

『위기의 지구, 물러설 곳 없는 인간』

　『위기의 지구, 물러설 곳 없는 인간』은 우리가 지구를 파괴하는 행동을 멈추지 않으면 우리의 삶과 생존이 위태롭게 되며, 인류가 직면하는 막대한 위험과 문제를 다루고 있다. 이 책은 총 4장으로 구성되어 있으며 1장은 다양한 자연재해-태풍, 쓰나미, 지진-들을 어떻게 대처해야 하는지 알려주고 있다. 자연재해를 예측하기 위해서는 과학적으로 지구를 제대로 이해해야 한다. 또한 자연재해가 예상될 때 어떻게 대비하고 대처해야 할지를 아는 것이 필요하다.

1장에서는 그 방법들을 설명한다. 2장은 요즘 들어 문제가 되는 대기 문제 중에서 가장 위험한 미세먼지와 뉴스와 인터넷뿐만 아니라 일상생활에서도 흔히 들을 수 있는 심각한 문제인 지구온난화를 다루고 있다. 3장은 쓰레기 문제를 이야기한다. 쓰레기가 무슨 문제를 일으키겠냐며 별것 아닌 것으로 치부했던 사람들-나도 포함한다-에게 충격을 안겨주는 장이다. 1장에서 3장까지 우리가 당면한 문제를 이야기하며 심각한 현실 앞에서는 절망감이 들었다면 마지막 4장에서는 부정적인 것들을 없애 줄 희망적인 이야기를 하고 있다. 그 희망은 바로 바다. 우리 다음 세대들에게 지구를 물려주려면 바다에 대해서 잘 알아야 한다. 우리가 가진 수많은 문제는 바다를 관측하고 바다에서 답을 찾을 수 있다고 말한다. 처음에 이 책의 제목만 봤을 때는 지루할 것 같았다. 내가 살고 있는 지구지만 나는 지구가 아닌 우리 집에 살고 있다는 생각이 들었다. 지구의 문제는 나의 문제라고 생각하지 못했다. 하지만 책을 읽으면서 이내 생각이 바뀌고 말았다. 우리나라 서울대학교 교수님께서 쓰신 책이니 믿음이 갔다. TV에서 지구온난화와 지구 온도 1℃만 올라가면 모든 생물이 다 죽을 것처럼 과장해서 말하는 것을 많이 듣다 보니 오히려 지구의 문제는 나와 거리가 멀게 들렸고 고작 1℃에 지구가 망한다는 것이 이해되지 않았다. 하지만 찬찬히 한 장씩 읽어가니깐 내가 경험했던 기상 문제와 자연재해가 떠올랐고 부모님께서 날씨 예보를 보시고 대비하던 것이 떠올라서 책에 집중할 수 있었다. 흥미를 끌고 이해가 잘 되도록 책을 편집해 놓으니 목마를 때 마시는 물처럼 목으로 넘어가는 물소리가 달게 들리는 듯 책장을 넘겼다. 술술 읽히는 마법이 일어났다.

특히 이 책의 목차를 읽으면서 빨리 읽고 싶었던 부분이 있다. 바로 두 번째 장이다. 지구온난화는 관심은 많았지만, 인터넷에서 정보를 검색해도 너무 전문적인 말들이 아주 쉽게 이해가 가지 않았다. 그래서 곧 흥미를 잃게 되었다. 그러나 이 책을 읽은 후 갈증이 해결되었다. 2장에는 평소 지구온난화에 대해서 궁금했던 내용과 도저히 과장된 표현이라서 믿어줄 수 없었던 지구의 온도가 조금만 더 올라가도 왜 지구가 위험 해지는지에 대한 내용도 자세히 설명되어 있었다. 진심으로 지구에 발 디디고 사는 모든 사람에게 이 책을 추천한다.

요즘 문제가 되는 지구 기후 문제와 자연재해 그리고 그 문제들을 해결하기 위한 방법들이 알기 위해 우리는 이 책을 읽어야 한다. 다시 말해서 이 책은 우리에게 문제를 인식하게 던져주고 책을 읽으면서 점차 그 문제를 해결하는 방법을 생각해 보도록 한다. 그리고 마지막에 문제의 해설지 같은 4장을 펼쳐줌으로써 채점의 명쾌함과 틀린 답에 대한 생각의 깊이를 한층 깊게 해 준다. 전 세계 모든 사람이 지구를 더 이상 병들게 하지 말고 치료제를 줘서 고치는 일에 동참해야 한다. 우리는 지구에 살고 있기 때문이다.

제설하(15세)

『데일 카네기의 인간관계론』

　『데일 카네기의 인간관계론』은 사람들과 관계를 맺을 때 유용한 방법들이 적혀있다. 리더가 되는 방법, 좋은 인상을 남기는 방법 등 다방면의 인간관계에 대해서 친절히 설명해 주고 있다. 그리고 인터넷 사용률이 급격히 늘어난 요즘 온라인이 아닌 오프라인에서 사람들을 만나는 것이 어색한 사람들이 읽으면 도움이 될 것 같다. 흔히 알고 있지만 은근히 신경 쓰지 않고 지나쳤던 것들에 대해서도 자세히 적혀 있어서 흥미롭게 읽을 수 있다.

　책에서 언급된 인간관계를 잘 맺는 방법 중에서 특별히 인상에 남는 첫 번째 방법은 '상대방의 말에 귀 기울이기'이다. 여기서 말하는 상대방의 말에 귀 기울이기는 말 그대로 듣기만 하는 것이 아니라 적절한 반응도 하며 내가 듣고 있다는 것을 상대에게 티를 내는 것이다. 잘 듣는 것이 중요하다는 것은 누구나 알고 있지만 이 행동이 특별한 이유는 잘 듣고 반응하는 사람은 말까지 잘하는 사람으로 기억된다는 부분 때문이다. 말은 하지 않고 듣기만 잘해도 말을 잘하는 사람으로 인식되고 기억된다는 점이 정말 신기했고 그 원리가 궁금했다. 말을 잘한다고 생각하는 당신의 주변 사람을 떠올려 보라. 그들 중에 일부는 실제로 언변이 뛰어난 인물일 수도 있지만 말하는 모습은 기억이 나지 않지만 나의 말을, 혹은 다른 사람들의 말을 잘 들어주던 사람들도 있을 것이다. 말을 잘하는 것은 일방적인 말하기만을 뜻하는 것이 아니라는 것을 알 수 있다.

학교에서는 모둠 시간에 의견을 내는 친구들의 발표에 서로 눈을 맞춰주고 고개를 끄덕여 주며 적절하게 "그래, 좋다, 도움 되는 내용이네" 등의 말을 한다면 모둠수업에 참여할 때 각자 모임의 중요한 인물이라고 생각하고 적극적인 참여로 좋은 결과물이 나올 것이다. 실제 학급의 모둠수업에서는 한두 명의 학생이 결과물을 만들어 내기 위해 고생을 한다. 모둠의 리더는 '상대의 말에 귀 기울이기'를 실천해 보기 바란다.

두 번째는 '이름을 기억하라'이다. 사람에게 있어서 '이름'이란 그 사람 자체를 나타내는 것이다. 그만큼 이름은 큰 의미가 있다. 상대방이 자신의 이름을 기억해 주면 나에 대한 관심이 있다고 느껴져 기분이 좋다. 그런 경험으로 인해서 나 또한 누군가의 이름을 잘 기억해 주려고 한다. 중학교 국어 시간에 배우는 김춘수 시인의 시 '꽃'에도 이름을 부른다는 행위는 중요한 의미를 지닌다. 서로가 서로에게 특별해지고 의미 있는 존재가 되는 것, 그것은 이름을 불러주는 행위이다. 이름을 불러 주는 것은 서로의 존재를 의미 있게 만들어 주는 가장 간단하고 쉬운 방법이다.

세 번째는 '미소를 지어라'이다. '웃으면 복이 온다'라는 속담이 있다. 웃는 얼굴에 침 뱉으랴는 속담도 있다. 조상들의 생각을 엿볼 수 있는 속담에 웃음과 관련된 문장이 많다. 웃음은 고금을 막론하고 관계를 호전시키고 좋은 기운을 불러오는 것이다. 내가 웃으면 내 주변으로 긍정적인 기운이 퍼져 나갈 것이다. 평소 내 얼굴은 어떤 표정을 짓고 있는지 의식하지 않고 지내다 무심코 바라본 거울에서 무표정한 얼굴을 발견할 때가 있다. 특히 지하철에서 사람들의 얼굴을 관찰하면 혼자 있는 경우 대다수의 사람은 무표정하다. 무표정하다는 말보다는 무뚝뚝한 표정이다. 평소 언제든 미소 지을 준비를 하고 있다면 미소 지을 일이 많이 생길 것이다. 무뚝뚝한 사람들의 표정이 보기에 좋지 않다면 나는 미소 지을 준비를 하고 있자. 미소를 짓는 당신은 부드러운 인상을 언제나 가질 것이다.

『데일 카네기의 인간관계론』을 읽으면 왜 이런 종류의 자기계발서까지 나왔는가 싶다. 사회적 동물인 인간은 사람들과 관계를 맺으며 산다. 어릴 때부터 관계를 맺어온 사람들이 왜 관계의 기술을 습득하지 못한 채 책을 찾게 된 것일까? 복합적인 여러 가지 이유가 있을 것이지만 내가 생각하는 가장 큰 이유는 배려받지 못한 경험 때문인 것 같다. 자신이 한 말에 자신감을 느끼지 못하고 점점 소심해지고 자기만의 방으로 들어가게 된다. 두려움은 점점 두께를 더하고 관계 맺는 것은 갈수록 어려워진다. 해법은 상처받은 상대를 배려해야 한다. 좋은 사회가 만들어지기 위해서는 훌륭한 리더가 많이 나와야 한다. 사람들에 대해서 우호적이고 타인의 감정을 이해하고 협력을 끌어낼 수 있는 리더가 있어야 한다. 자신의 실수도 먼저 말할 수 있는 솔직함과 겸손함도 지니고 있어야 한다. 그래야 자신감을 잃은 사람들이 용기를 낼 수 있을 것이다. 관계 맺기에 실패한 사람들도 방 밖으로 나올 가능성이 높아진다. 사람들 사이에 칭찬과 격려, 감사와 긍정적인 소통 방법을 배울 기회가 많아진다면 우리 사회는 더욱 건강한 사회가 될 것이다.

쉘 실버스타인의 행복찾기

미국의 시인이기도 한 쉘 실버스타인은 『홍길동전』과 『백설공주』만큼 우리에게 익숙한 작품을 지은 작가이다. 특히 『아낌없이 주는 나무』, 『어디로 갔을까, 나의 한쪽은』, 『떨어진 한쪽, 큰 동그라미를 만나』, 『총을 거꾸로 쏜 사자 라프가디오』 등도 유명한 작품이다.

어린 시절부터 즐겁게 보던 책들이 한 작가의 작품이라는 것을 깨달았을 때, 그 기분은 놀랍고 신기하다. 연결고리에서 생각해 보지 못한 작품들이 연결될 때는 당황스러움에서 놀라움으로, 신기함으로 바뀐다. 그리고 '내가 이 사람의 상상 세계가 마음이 들었는가? 이 작가의 문체에 매력을 느꼈다면 어떤 공통점이 있지?'라는 의문이 들었다. 쉘 실버스타인, 그가 지은 책은 어린아이부터 어른에 이르기까지 재미 뒤에 교훈을 숨겨두고 있다. 그가 들려주는 행복에 대해서 『어디로 갔을까, 나의 한쪽은』, 『떨어진 한쪽, 큰 동그라미를 만나』 두 작품에서 찾아보고자 한다.

- 『어디로 갔을까, 나의 한쪽은』

한 조각이 없는 이가 빠진 동그라미가 자신의 조각을 찾기 위해 여행을 떠난다. 잠시 멈춰 주변 풍경도 구경하다 다시 출발한다. 여러 사건도 겪으며 계속 나아간다. 자신과 꼭 맞는 조각을 발견하고 완전한 동그라미가 된다. 완전한 동그라미가 되었기 때문에 굴러가는 속도가 빨라졌다. 한 조각이 없어서 불완전한 모습이었던 예전에는 중간중간 쉬어가며 주변을 둘러볼 수도 있었다. 한 조각을 찾을 기대를 하고 노래하며 여행했다. 그렇지만 지금은 완벽한 동그라미가 되었는데, 쉴 틈 없이 정신없이 굴러간다. 노래할 여유는 찾을 수가 없다. 부족한 것은 비워진 곳을 채울 것을 꿈꾸고 기대를 하게 된다. 결핍된 상태가 행복의 완성된 모습일 수 있다.

쉘 실버스타인의 그림책은 여백이 많다. 그림은 채색되어 있지 않다. 채색되지 않은 그의 책은 보는 이에게 피로를 느끼지 않게 한다. 머릿속에 있는 잡다한 생각을 쭉 빼 내게 한다. 쉘 실버스타인은 물질문명의 발전 속도를 따라가기 힘든 사람들에게 경고한다. 자기 모습 그대로를 인정하지 못하고 자신을 부정하는 현대인들에게 속도를 늦추고 사색과 여유를 가져야 한다고 말한다. 행복은 이가 빠진 동그라미의 자유로운 부분에서 찾을 수 있다.

-『떨어진 한쪽, 큰 동그라미를 만나』

쉘 실버스타인의 또 다른 이야기를 보자. 길쭉한 삼각형이 있다. 삼각형은 자신에게 맞는 구멍을 가진 도형을 만나기 위해 기다린다. 눈에 잘 띄기 위해 꽃으로도 치장해 보고 온갖 화려한 전광판으로 자신의 존재감을 드러낸다. 하지만 자신과 맞는 도형은 쉽사리 나타나지 않는다. 그렇게 무기력하게 포기할 수도 있었을 때쯤 길쭉한 삼각형은 스스로 움직인다.

굴러가는 도형을 생각하라면 대부분 사람은 원을 떠올린다. 원이 아니라 하더라도 원형에 가까운 다각형을 생각할 것이다.

쉘 실버스타인의 상상력은 일반적이지 않은 것을 떠올리면서 시작된다. 바로 굴러가는 도형으로 삼각형을 선택하는 것에서 시작한다. 굴러간다는 말이 어색할 정도로 기우뚱거리며 길쭉한 삼각형은 천천히 앞으로 움직인다. 흔들흔들 몸을 앞뒤로 흔들면서 움직이며 나아간다, 계속 나아간다. 뾰족했던 부분은 점점 닳아 없어지고 길쭉했던 삼각형은 모양을 바꿔 간다. 그리고 원이 된다.

『떨어진 한쪽, 큰 동그라미를 만나』에 등장하는 길쭉한 삼각형은 처음에는 수동적으로 누군가가 자신을 발견해서 한 부분으로 끼워 주기 기다린다. 하지만 길쭉한 삼각형은 능동적으로 움직여 원이 된다. 앞에서 보았던 『어디로 갔을까, 나의 한쪽은』에서 행복하기 위해서는 완벽한 원이 되지 말라고 했다. 삶의 여유를 찾을 수 없이 빠르게 굴러가기만 하는 것은 행복할 수 없기 때문이다. 하지만 쉘 실버스타인은 『떨어진 한쪽, 큰 동그라미를 만나』에서는 동그라미가 행복의 완성이라고 말한다. 길쭉한 삼각형이 원이 되는 것이 왜 행복의 도달점일까? 자신의 결정된 모양에서 스스로 변화를 주고 움직이는 것은 중요하다. 어느 한 곳에서 일어난 작은 나비의 날갯짓이 뉴욕에 태풍을 일으킬 수 있다는 나비효과 이론처럼 작은 시도는 큰 결과이자 변화를 불러올 수 있다. 어려운 일들을 마주할 때 길쭉한 삼각형의 움직임을 따라 해 보는 것은 어떨까? 행복은 자신이 할 수 있는 것을 찾아서 움직이는 것이다.

쉘 실버스타인은 완전하지 않은 동그라미와 길쭉한 삼각형을 등장시켜 행복이라는 묵직한 주제를 짧고 간단한 문장들로 이야기하고 있다. 두 작품을 모두 읽었을 때 우리는 능동적으로 자신의 미래를 개척해 나가는 길쭉한 삼각형과, 자유 없는 완전함 대신 자유로운 불완전함을 택한 이 빠진 동그라미에게서 행복의 진정한 모습을 발견할 수 있게 된다.

행복이란 사람마다 다른 것이다

작가 로이스 로우리의 『기억 전달자』를 처음 접했을 때는 기발하고 재미있는 판타지 소설인 줄 알았다. 이 책의 내면이 어떤 의미를 담고 있는지 이유를 알지 못했다. 책을 다 읽고 난 후 작가의 말과 책 소개 글을 읽었다. 『기억 전달자』는 세계대전이라는 큰 전쟁을 겪은 사람들의 아픈 기억을 없앨 수 있다면'이라는 작가의 생각에서 지어졌다는 것을 듣게 되었다. 『기억 전달자』 속 사회는 슬프고 무서운 기억이 없어서 전쟁의 기억을 가지고 있던 사람들

에게는 유토피아일 수 있었다. 하지만 반대로 행복한 기억을 가진 사람이 없고 연민을 느끼지도 못해서 인간성을 가진 사람들이 없는 사회이기도 하다. 이런 세상을 유토피아라고 부를 수 있을까, 그런다고 디스토피아라고 쉽게 말할 수 있을까? 그것은 어떤 처지에 있는 사람에게 물어보는지에 따라서 달라지는 것이 아니겠냐는 생각이 들었다. 작가가 소설을 짓게 된 동기를 알고 나서 다시 책을 읽으니 조너스가 살고 있는 마을의 특징이 어느 정도 이해가 되었다.

『기억 전달자』 속 마을은 우리가 살고 있는 마을과 다르다. 언덕이 존재하지 않고 음악이 없고 종교도 없고 인종을 구분 짓는 색도 없다. 직업은 스스로 선택하지 못하고 각자의 성격, 재능에 따라 결정이 된다. 결혼도 위원회에서 배우자를 지정해 준다. 갓난아이도 각 가정에 2명씩 배급된다. 이 마을의 시스템 중 가장 충격적이었던 것은 늙은 사람들은 임무해제라는 이름으로 안락사시키는 것이었다. 사람의 죽음을 위원회에서 결정짓고 자기가 죽으러 가는지도 모르고 축하받는 사람들의 모습은 소름 돋을 정도로 거부감이 들었다. 마을의 여기저기와 집 안까지 CCTV가 설치되어 있어 개인의 일거수일투족이 완벽하게 통제되고 있다. 범죄가 일어날 수 없고 다수가 위험에 노출될 가능성이 전혀 없는 안전한 사회다.

만약 누군가가 나에게 '통제된 안전한 사회에서의 삶과 불확실한 미래의 모험적인 삶 중에서 하나를 고른다면'이라는 질문을 한다면 나는 통제된 안전한 사회에서의 삶을 고르겠다고 대답할 것이다. 어린 시절 나는 주인공들의 모험 이야기를 즐거워하고 나도 그런 경험을 꿈꾸었다. 그리고 가장 좋아하는 책은『모모』나『끝없는 이야기』라고 말했다. 그 시절의 나에게 위에서 말한 질문을 한다면 나는 불확실한 미래의 모험적인 삶을 고를 것이다. 하지만 지금의 나는 어렸을 때보다 생각과 겁이 많아졌다. 그로 인해 나는 무엇인가를 결정할 때 고민을 많이 하게 되었다. 그리고 소극적인 선택을 할 때가 많아졌다. 그래서인지『기억 전달자』속 마을이 미래 직업에 관해서 고민할 필요도 없고 마을 주민 한 명 한 명 전부 그들이 잘하는 분야의 직업을 찾아주는 것이 좋아 보였다. 또한 나는 익숙했던 무언가가 바뀌는 것도 지금은 싫고 확실하게 보장된 미래의 평온한 생활이 좋아졌다. 그래서『기억 전달자』속 마을처럼 지켜야 하는 규칙들은 까다롭고 많을 수도 있지만 마음 편하게 생활할 수만 있다면 통제되어 자유가 어느 정도 구속을 당하더라도 안전한 사회 속에 살 수 있다면 만족할 것이다.

『기억 전달자』속 마을에는 주민들의 직업을 정해주는 원로원이 있다. 이 원로원은 마을이 유지되는 시스템의 비밀을 알고 있다. 책을 읽으면서 원로원들은 어떻게 선출되는지 궁금해졌다. 원로원이 직업으로서 뽑힌다면 모든 마을 어린이의 직무가 발표될 때 원로원도 뽑힐 텐데 그런 내용은 책 속에 없었다. 심지어 기억 전달자도 몇 년에 걸쳐서 공개적으로 발표가 되는데, 원로회에 관해서는 나오지 않는다. 마을의 가장 최고 기관인 듯한 원로원들은 어떤 기준에서 뽑고 그들은 기억 전달자가 보유하고 있는 기억을 어디까지 알고 있는지 등의 궁금증이 많이 생겼다. 책을 읽은 사람들과 이 부분에 관해서 이야기 나누며 생각이 듣고 싶었다. 그리고 마지막으로 조너스가 마을의 경계를 넘어가면서 조너스가 가진 과거의 기억들이 마을 사람들에게 어떤 영향을 미치게 되고 이후의 조너스와 가브리엘의 이야기는 어떻게 될지 궁금했다. 역시 안전하고 평화롭기를 원하는 나는 그 둘의 모험이 따뜻한 곳에서 행복하게 살기를 바라면서 책을 덮었다.

후배에게 들려주는
책 이야기

장인서(18세)

알퐁스 도데 『마지막 수업』

우리가 원래 쓰던 언어를 못 쓰게 된다면 어떤 기분이 들까? 이유도 모른 채 잘 쓰던 언어를 갑자기 못 쓴다는 것에 대해 당혹스러울 것이다. 하지만 못쓰게 되는 이유를 아는 사람은 안타까운 감정이나 비통함이 느껴질 것이다. 흔히 언어는 민족의 혼이라고 불린다. 모든 문화의 근본은 문자에서부터 온다고 말할 수 있기 때문이다. 선조들로부터 후손들에게 전해지는 것도 문자를 통해서 전해지고, 현대에 사는 사람들은 새로운 문화를 문자를 통해서 만든다. 이렇게 문자는 그 민족의 혼이자 문화의 근본이다. 만약 이런 문자를 강제적으로 못 쓰게 된다면 어떨까? 우리나라의 경우 일제 강점기 시절에 이 질문에 대한 답을 들었다. 우리가 쓰던 한글을 강제적으로 못쓰게 되었을 때 민족의 혼을 잃었다고 말하며 한글을 보호하려는 움직임이 있었다. 자신들의 문자를 못 쓰게 된 적이 있었던 국가는 우리나라뿐만이 아니다. 의외로 프랑스도 자신들의 언어를 쓰지 못했던 적이 있다. 제국주의를 상징하는 나라 중 하나인 프랑스가 자국의 언어를 사용하지 못했던 것은 프로이센(독일)과 전쟁에서 패배했을 당시이다. 당시 프로이센의 수상인 비스마르크는 오스트리아를 무너뜨림과 동시에 자신들의 목포인 독일 제국 건국에 걸림돌이 되는 프랑스를 침공하여 전쟁을 벌이게 되는데 이때 프랑스가 프로이센에게 패배하고 만다. 이후 프랑스는 프로이센에 의해서 자신들의 언어를 쓰지 못하게 되었는데 이때의 상황을 프랑스의 문학가인 알퐁스 도데가 프랑스의 한 시골을 배경으로 하여 자신의 책에 실었다.

『마지막 수업』에서는 나라의 멸망으로 인해 자국어 수업을 더 이상 하지 못하는 시골 학교의 내용을 다룬다. 주인공은 그날따라 학교에 늦게 도착하게 되었는데 교실의 분위기가 전과는 상당히 달라서 놀라게 된다. 주인공이 슬슬 분위기에 적응할 때쯤 선생님으로부터 프랑스어를 계속 배울 수 없다는 것을 알게 되었다. 마지막으로 프랑스어를 가르치게 된 주인공의 선생님은 프랑스어의 가치와 언어를 지키는 것이 민족을 다시 살리는 일임을 강조한다. '언어만 잊지 않으면 감옥의 열쇠를 쥐고 있는 것과 같다.'고 말하는 선생님은 시계가 12시를 가리키고 프로이센 병사들의 나팔 소리가 울려 퍼지자, 아무 말하지 않고 칠판에다 프랑스어로 '프랑스 만세'를 적고 이야기는 끝이 난다.

이 책을 읽고 언어를 빼앗기게 되는 것이 내가 생각하던 것보다 훨씬 비극적인 일이란 것을 깨달았다. 우리나라도 이런 과거가 있었기 때문에 한 번쯤은 생각해 볼 법도 하지만 한국어를 지키기 위해 노력한 사람들의 이름만 알 뿐 왜 그렇게 필사적으로 우리글을 지키려고 했는지에 대해서는 한 번도 생각해 보지 않았

문화의 뿌리인 언어가 소실된다면 문화는 시들고 결국 분해된다. 언어는 꼭 지켜야 한다. 그것이 문화를 지키는 것이자 문화를 발전시키는 길이라 생각한다.

다. 작품 속의 상황이 일제강점기 시절과 겹쳐 보이게 되면서 내용 속 선생님이라는 인물을 다시 한번 보게 되었다. 자신이 쓰고, 가르치는 프랑스어에 대해서 상당한 자부심과 애정을 가지고 있는 인물인데 우리나라도 일제강점기 때 주인공의 선생님 같은 분이 계셔서 한글이 지금까지 이어져 왔다고 생각한다. 나는 이제까지 내가 쓰는 한글을, 일제시대를 견디고 우리에게 온 글이라고만 생각했지, 애정을 가지거나 자부심을 크게 느끼지는 않았다. 항상 쓰고 있었던 글이기 때문에 당연하다는 생각이 자연스럽게 들었기 때문이다. 하지만 프랑스어를 가르치는 주인공의 선생님으로 인해 이 생각이 바뀌게 되었다. 이렇게 언어를 사랑하는 사람이 있고 언어를 지키고자 노력하는 사람이 있었기에 그 언어가 후대까지 내려져 왔다고 생각하게 되었다.

　나는 언어는 민족의 혼이라고 생각한다. 문화가 존재할 수 있는 것도, 문화가 만들어질 수 있는 것도 언어이기 때문이다. 우리 사회가 돌아갈 수 있게 해주는 것도 바로 언어이다. 이런 언어를 어떤 이유에서든 소실시켜 버린다면 민족이 뭉칠 수 있는 구심점이 사라지는 것이다. 이는 일제강점기 시절을 공부하면서 느낀 것인데 한글이라는 언어를 없애고 내선일체(조선과 일본은 하나다)를 주장하는 일본의 모습을 보고 언어가 가지는 힘은 크고 그 민족을

뭉치게 만드는 요소를 제공한다고 생각했다. 만약 이러한 언어가 사라진다면 어떻게 될까? 그 민족의 문화는 서서히 사라질 것이다. 뿌리가 썩어 문드러지는 것이기 때문이다. 뿌리가 썩는다면 식물은 반드시 죽는다. 문화도 마찬가지이다. 문화의 뿌리인 언어가 소실된다면 문화는 시들고 결국 분해된다. 언어는 꼭 지켜야 한다. 그것이 문화를 지키는 것이자 문화를 발전시키는 길이라 생각한다.

올더스 헉슬리 『멋진 신세계』

인류가 이 세상에 나타난 후 인류는 과학 기술을 눈부시게 발전시켰다. 맨손으로 시작해서 뗀석기부터 청동기, 철기를 거쳐 증기기관, 그리고 모터, 다양한 엔진들까지 과학이 발전할 때마다 인간의 생활이 편리해지고 육체노동의 시간은 과거에 비해 눈에 띄게 줄어들었다. 계산할 때 일일이 손으로 쓸 필요 없이 계산기를 두드리면 답이 해결되고 흙을 팔 때에도 중장비를 쓰면 해결된다. 그리고 전 세계 어디 있든 상대와 전화로 의견을 주고받거나 안부를 물을 수 있고 비행기를 탄다면 위치가 어디든 하루 안으로 빠르게 이동이 가능하다. 과학 기술의 발전은 인류의 수명에도 큰 영향을 끼치게 된다. 과거에는 나이가 60세를 넘기기 어려웠다. 60세를 넘긴다는 것은 굉장히 장수하는 것이었다. 그러나 인류는 과학이 발전할 때 함께 의학과 과학의 여러 갈래 중 하나인 생명과학 또한 발전시켰다. 의학과 생명과학이 크게 발전하였기 때문에 현재에는 감기부터 시작해서 크게는 암, 절단된 신체까지 고칠 수 있게 되었다. 그 결과 현재 인간이 60세까지 산다는 것은 그렇게 오래 산다는 느낌을 받을 수 없게 되었다. 그러나 빛이 존재한다면 어둠 또한 존재하는 법이다. 과학 기술의 발전은 인류에게 풍족함을 가져주었지만, 자연을 파괴하고 생명의 존엄을 파괴한다는 주장이 생겨났다. 인류의 과학 기술의 발전을 통한 인간의 욕심으로 인해 수많은 종이 멸종하였고 실험에 이용되는 등 많은 생명이 사라졌다. 한번 태어난 인간은 반드시 죽게 된다. 그리고 모든 인간은 단 하나의 목숨을 가지고 있다. 그런데 생명과학의 발전으로 이런 생명의 존엄이 파괴될 수 있다. 인류의 과학 기술은 계속해서 발전하고 있고 앞으로도 발전할 것이다. 이런 현 상황을 올더스 헉슬리는 『멋진 신세계』를 통해 과학 기술의 극단적인 위험성을 경고하고 있다. 이 책을 보면 과학 기술의 발전으로 인한 반 유토피아적인 미래상을 예상할 수 있다.

올더스 헉슬리는 1932년 『멋진 신세계』를 출판하면서 극도로 발전한 과학 기술로 인하여 변한 반유토피아적인 세계에 대해서 풍자하고 있다. 그의 소설 속에서 아이들은 인공 수정으로 태어나 유리병 속에서 자라며 누가 자기 부모인지 모르는 상황에 지능의 우열만으로 장래의 지위가 결정된다. 사람들의 고민이나 불안감은 신경 안정제를 통해 해소하고 개인에게 할당되는 역할은 과학 장치를 통해 자동으로 수행되도록 규정된다. 옛 문명을 보존하지 않으며 옛 문명을 보존하고 있는 국가에서 온 사람들은 야만인이라 규정한다. 주인공인 야만인은 문명국에서 살기 위해 정착하지만 결국 문명국에 적응할 수 없게 된다. 적응을 할 수 없게 된 야만인은 결국 자살하게 된다.

올더스 헉슬리(1894 ~ 1963)
영국 출신의 소설가, 비평가로 예리한 지성으로 다양한 방면의 저술활동을 했다. 1932년 『멋진 신세계』를 발표하여 인간의 존엄성이 상실된 미래 문명 세계를 풍자하였다.

올더스 헉슬리는 『멋진 신세계』를 통해 현대의 물질만능 시대에 대하여 예언하였고 그의 예언은 현실이 되어가고 있다. 물질만능 시대에 대한 예언뿐만 아니라 헉슬리가 책에서 쓴 여러 가지 내용이 현실에서 일어나고 있다. 『멋진 신세계』 속의 인공 수정은 현실이 되었고 고민이나 불안감을 해소하고자 여러 사람이 약을 먹는 현 상황도 책의 내용과 비슷하다. 결국 올더스 헉슬리의 『멋진 신세계』는 점차 현실이 되어가고 있고 우리의 미래가 될 가능성이 매우 높다. 『멋진 신세계』의 상황들이 하나하나 현실이 되어가는 현재에서 나는 『멋진 신세계』에 등장하는 야만인이라고 불리는 사람들이 현대사회의 노인들과 비슷하다고 생각하게 되었다. 문명인이라고 불리는 사람들과 동화되지 못하고 뒤처져 구시대적인 사람이라고 평가받는 야만인들은 우리 사회의 노인들과 다른 점이 없었다.

우리는 편리한 사회에 살고 있다. 가고 싶은 곳이 있으면 자동차와 기차, 비행기를 타고 편안히 갈 수 있다. 물건을 사고 싶다면 휴대폰이라는 기계를 통해 자기 집 앞까지 배달이 가능하다. 음식을 하고 싶지 않다면 배달을 통해서 먹고 싶은 것을 시켜 먹을 수 있다. 이렇게 편한 사회에 살 수 있는 이유는 과학 기술이 발전했기 때문이다. 과학 기술이 발전함에 따라 인간의 생활은 갈수록 편리해지면서 여러 문제가 발생하고 있다. 올더스 헉슬리의 『멋진 신세계』처럼 과학 기술이 발전하면서 발전한 과학 기술을 과하게 믿는 경향이 현재 우리 사회에 나타나고 있다. 우리 사회가 과학 기술을 과하게 믿으면 믿을수록 소설처럼 반유토피아적 사회가 될 것이다. 이런 사회에서는 생명의 존엄이 사라져 많은 종이 없어질 수 있다. 사람들은 오래 살며 고치지 못하는 병이 없어질 것이다. 과학 기술의 발전은 인류라는 종이 지구상에서 신과 같이 생물을 창조하고 입맛에 맞도록 바꿀 수 있게 만들 것이다. 그러나 인류는 과학 기술의 이점만을 보고 발전시켜서는 안 되며 과학을 인간만을 위해서가 아닌 자연과 인간을 위해 써야 할 것이다. 올더스 헉슬리의 『멋진 신세계』는 우리에게 과학 기술의 발전에 대해 다시 한번 생각해 보게 하는 책이다.

정약용 『악론』

예술은 우리의 마음을 편안하게 만들어 주는 것 중 하나다. 예술은 우리 삶에 있어서 우리가 상상하는 것 이상으로 큰 영향을 미치고 있고 우리의 삶과 상당히 긴밀하게 연결되어 있다. 예술이라는 단어는 듣는 순간 아름다움을 담고 있는 단어라고 느낄 만하다. 실제로 예술이라고 불릴 만한 미술 작품을 보거나 음악을 감상할 때 우리는 아름다움이 무엇인지 알 수 있다. 예술에는 다양한 갈래가 있고 미술, 음악은 예술의 한 종류이다. 많은 종류가 있는 예술이지만 공통으로 아름다움이라는 것을 담고 있다. 그러나 예술에는 아름다움만 있는 것은 아니다. 예술은 과거부터 지배층들로 인해 하나의 통치 수단으로 사용되었고 그 과정에서 예술은 점차 발전하게 되었다. 지배층들은 예술을 자신들의 위상을 과시하기 위한 수단으로 사용했다. 예시로 궁중

음악을 들어보면 다양한 종류의 악기가 나와 정해진 틀에 따라 각자의 소리대로 연주한다. 그리고 우리는 그런 궁중음악을 보면서 웅장한 느낌을 느낄 수 있다. 음악뿐만 아니라 궁궐을 이루고 있는 웅장한 건축물 또한 왕실의 위엄을 드높이는 역할을 했다. 웅장한 건축물로 자신들의 위상을 과시하려 했던 것이다. 그리고 예술은 고위층의 문화라는 인식이 있었다. 고대에는 음악을 고위층들만 즐길 수 있었기 때문에 이를 어겼을 때에는 매우 엄격한 벌로 다스렸다. 공자의 『논어』에서는 제후 신분으로 황제의 음악을 즐긴 귀족들을 비난한 장면이 나온다. 이 장면은 과거에는 분수에 넘치는 음악감상이 심각한 결례였음을 보여주는 사례라고 할 수 있겠다.

그러나 음악을 적절히 사용하여 좋은 정치를 행한 사례도 적지 않다. 정치의 훌륭함을 당대의 음악을 통해 말하는 동양의 전통은 음악을 정치와 백성의 교화에 적극적으로 사용했고 효용이 있었다는 것을 말해준다. 고대 동양의 음악이 계급에 따라 들을 수 있는 것이 달랐다면, 서양의 경우 예술은 국민들의 오락거리 중 하나였다. 예시로 로마제국에는 여러 가지 예술 시설들이 있다. 그중에서는 원형공연장이 있다. 제국 곳곳에 존재했던 이곳에서 주기적으로 공연을 했다. 이 공연장은 로마 시민이라면 누구나 와서 노래와 음악을 감상할 수 있었다.

동양의 음악은 정치의 훌륭함을 말하는 음악이었고 그 음악을 백성의 교화에 사용했다. 정약용의 『악론』은 음악이 가지는 정치 교화적 효용성에 관한 글이다. 정약용은 『악론』에서 위정자(정치를 하는 사람)는 음악을 들으면서 정사를 돌아보고 분발하여 잘못된 점을 고치며, 백성들은 음악을 들으며 항상 평화로운 마음을 가지도록 하며, 이것이 성인이 음악을 만든 목적이라고 말하고 있다. 정약용은 음악이 사람의 감정과 마음 사이에 조화를 이루게 하고 늘 화평하고 온화함이 충만하게 해주는 효능을 가지고 있다고 덧붙인다. 그래서 과거의 위정자들은 밥을 먹을 때나 움직일 때 항상 악관을 시켜 음악을 연주하게 했고, 백성들도 늘 음악을 자신들의 생활에 가까이하고 있다 말하며 음악의 순기능에 대해서 서술하고 있다. 정약용은 음악이 사람의 마음을 다스릴 수 있다고 말한다. 음악은 마음을 조화롭게 만들고 조화로운 마음이 신체도 조화롭게 만들 수 있다고 『악론』에서 말하고 있다.

정약용이 저술한 『악론』을 읽다가 문득 생각이 났다. 음악을 아름답다고 느끼는 관점은 사람마다 다를 것인데 어떻게 정치 교화적으로 음악을 쓴다는 것일까? 『악론』을 읽던 나는 친구와 좋아하는 음악의

> 정약용(1762 ~ 1836)
> 조선 영조시대의 실학자. 천주교 세례를 받았으며 유배생활을 하기도 했다. 정치, 경제, 사회, 문화의 모든 분야를 넘나드는 학문업적을 남겼다. 『경세유표』 『흠흠신서』 『목민심서』를 남겼다.

장르가 달랐던 것이 생각났다. 그러나 그 의문은 조선의 궁중음악을 감상하자마자 눈 녹듯이 사라졌다. 사람들이 좋아하는 장르가 달라도 빠져들 수 있는 그런 음악이 존재하였다. 이런 음악이 존재하였기 때문에 음악을 정치 교화적으로 사용할 수 있었다고 생각하게 되었다. 각자의 생각이 다르더라도 예술은 사람들을 하나로 모을 수 있다.

음악뿐만 아니라 건축이나 미술 같은 다른 예술의 분야도 비슷하다. 사람들이 좋아하는 포인트는 제각각이지만 건축은 웅장하고 세세한 디테일들로 보는 사람들의 생각을 하나로 모을 수 있었고, 미술의 경우 다양한 색채와 수

수한 그림들로 감상하는 사람들의 마음을 한 곳으로 모을 수 있었다. 예술은 사람들의 마음을 한 곳으로 모을 수 있는 힘을 가지고 있다. 그렇기 때문에 과거부터 위정자들이 정치적으로 사용했다. 예를 들어 서양의 로마제국은 공연장에서의 공연을 통해 민심을 안정화했고, 동양에서는 조선의 용비어천 가처럼 당대의 권력자를 찬양하거나 정당성을 음악으로 만들어 사람들을 교화시키며 정치에 이용했다. 방법은 달랐지만 동양과 서양의 음악은 결국에는 모두 정치에 이용되었다는 공통점이 있다.

음악과 같은 예술을 정치적으로 활용하는 것은 좋은 생각이다. 일상생활 속 가장 밀접하게 연결되어 있다고 말할 수 있는 부분이 바로 예술이며 권력자들의 권위와 위상을 과시하기에도 가장 적합하다. 정약용의 말처럼 감정과 마음이 조화를 이루게 하여 사람을 늘 화평하고 온화하게 하여 정치에 심적으로 도움을 주기 때문에 예술은 여러 방면으로 정치에 도움을 주는 수단이라고 말할 수 있겠다.

마가렛 미드 『세 부족 사회에서의 성과 기질』

전 세계에서 주요 관직에 여성들이 있는 것을 심심찮게 볼 수 있다. 오히려 여성이 없는 경우가 더욱 이해가 안 되는 것이 현재 상황이다. 우리나라를 비롯한 세계의 여러 나라에서 여성들이 중요 요직을 차지하고 있는 모습을 종종 볼 수 있다. 이것은 정부, 기업, 기관 할 것이 공통적인 현상이다. 2000년대에 들어서 여성들의 사회 진출이 굉장히 활발해졌다. 가부장적이고 남성주의적이었던 사회 분위기가 바뀐 것이다. 현재는 양성평등사회라고 말할 수 있을 만큼 여성의 지위가 높아졌다. 아직 극단적이고 보수적인 이슬람 문화 같은 여성의 사회적 진출이 힘들거나 불가할 정도로 여성 인권이 낮은 곳도 있지만 대부분의 국가에서는 양성평등사회라고 말할 만한 사회가 만들어졌다.

그러나 과거에는 여성에 대한 대우가 좋지 않았다. 여성과 남성을 1:1로 평등하게 보지 않고 남성중심적인 사회였다. 가까운 예로 우리나라는 조선시대부터 유교 문화가 주요한 문화 이념이었고 사회 깊숙하게 뿌리내리고 있었다. 유교에서는 남자를 하늘로, 여성을 땅으로 비유하고는 하는데 그 당시 여성의 지위는 현재 여성의 지위에 비해 낮았고 남성보다 밑에 있었다는 것을 의미한다. 특히 삼종지도와 칠거지악을 통해 여성은 남성에게 부수적인 존재라는 인식이 강했다. 삼종지도란 여성이 태어나면 어렸을 때는 아버지를 따르고 커서 결혼한 이후에는 남편을 따르고 나이가 들면 아들을 따라야 한다는 뜻을 지녔고 삼종지도를 통해 여성은 한평생을 남성에게 종속되도록 규정한 것이다. 칠거지악은 시부모를 섬기지 못한 것, 아들을 낳지 못한 것, 문란하고 편벽한 것, 시기와 질투가 심한 것, 유전병이 있는 것, 도벽이 있는 것을 통틀어 말하는 말로 아내를 내쫓는 일곱 가지 사항이다. 특히 아들을 낳지 못했을 때 여성을 내쫓을 수 있다는 것은 여성을 그저 가문의 대를 잇는 도구로 본 것이나 다름없다. 물론 칠거지악은 여러 이유에서 제대로 실행된 적은 없지만 칠거지악이 존재했던 것만으로도 당시 여성 인권 수준을 알 수 있다. 유교에서는 남성이 여러 명의 여성과 결혼하는 일부다처도 허용이 되었다. 그러나 여성은 평생 한 명의 배우자만 두어야 한다고 명시가 되어 있다.

중국이나 일본 등 과거 동양에서는 불교 중심 사회라고 해도 유교 사상이 사회에 깊게 뿌리내리고 있었기 때문에 여성의 인권은 남성보다 매우 낮았다. 서양에는 여성과 노약자를 우선해서 보호해야 한다는 기사도 정신이 있었지만 어디까지나 여성을 보호해야 할 대상으로 보고 있다. 여성은 정치에 참여할 수 없었고 남성들은 여성들을 동등한 사회의 참여자로 보지 않았다. 20세기 들어서 이러한 인식이 많이 사라져 여성들의 사회 진출이 많아졌고 점점 많아져 가는 추세다.

역사 속에는 왕조에 따라, 이념에 따라 여성들의 사회적 지위가 달라지기도 한다. 우리나라만 보아도 조선시대 이전, 신라에서는 여왕이 나라를 통치한 적도 있고 고려시대에는 부모가 상속한 재산을 아들과 딸이 공평하게 나누어 가진 사례를 보면 무엇인가 작용한 것임은 틀림없다. 그럼, 무엇이 작용했을까? 마거릿 미드는 작용한 무언가를 문화와 인식으로 보고 있다. 과거부터 이어져 오던 관습이 영향을 미친다고 말한다. 마가렛 미드는 『세 부족 사회에서의 성과 기질』이라는 책에서 문화적으로 세상과 단절된 태평양의 세 부족을 관찰하고 여성의 지위와 여성 역할의 차이점에 결론을 내리고 있다.

마가렛 미드는 『세 부족 사회에서의 성과 기질』을 쓰기 위해 남태평양 한가운데에 위치한 섬나라인 뉴기니에 직접 들어갔다. 이곳은 문명의 오지라 불릴 만큼 문명과 단절되어 있는 곳이다. 이곳에서 그녀는 제각기 다른 특색을 이루며 살아가고 있는 세 부족을 만난다. 마가렛 미드가 그곳에 간 이유는 문명의 개입 없이 성에 따른 사회적 인성 차이가 어떻게 형성되는지 살피는 것이었다. 그

> 과거부터 남성과 여성의 사회적 역할은 정해져 있다고 인식되어 왔다. 그러나 마가렛 미드의 『세 부족 사회에서의 성과 기질』을 통해서 이러한 인식은 잘못된 인식이라는 것이 드러났다.

녀는 그곳에서 다양한 기질적 특성을 활용하며 부족사회에서의 생활 방식을 관찰하였다. 세 부족을 처음부터 끝까지 정말 세세하게 관찰한 끝에 남녀의 역할 차이는 각 부족의 관습에서 비롯된 잠재적 기질 차이라는 결론을 내리게 된다. 과거부터 이어져 내려온 부족들의 전통으로 인해 역할에 차이가 생겼다는 것이다. 예시로 뉴기니섬의 쳄블리라는 부족은 마가렛 미드가 살고 있는 서구권과는 다르게 여자가 지배적이고 객관적이며 통솔권을 가지고 있는 사회이다. 그런 여자와 다르게 남자는 책임감이 약하고 정서적으로 남에게 의존적인 성향을 보인다. 그러나 다른 부족인 아라페쉬나 먼더거머에서는 유순하고 민감한 남자가 자신과 같은 성향인 유순하고 민감한 여자와 결혼하는 것을 이상적인 삶으로 여기거나 과격하고 공격적인 남자가 과격하고 공격적인 여자와 결혼하는 것을 이상적인 삶으로 여긴다. 쳄블리, 아라페쉬, 먼더거머 이렇게 세 부족 간의 관습이 각각 다르고 이상적인 삶이 다르고 살아가는 방식도 다른 이유는 세 부족 간의 인식의 차이가 발생하고 있기 때문이라는 것이 마가렛 미드의 의견이다.

　뉴기니의 세 부족을 관찰해 세 부족 간의 인식의 차이가 과거부터 이어진 관습이라는 마가렛 미드의 말대로라면 남자와 여자의 역할은 그 지역의 문

화와 밀접한 연관이 있다는 것인데, 과거부터 남성과 여성의 사회적 역할은 정해져 있다고 인식되어 왔다. 그러나 마가렛 미드의 『세 부족 사회에서의 성과 기질』을 통해서 이러한 인식은 잘못된 인식이라는 것이 드러났다. 그러나 수백 년 동안 이어져 오던 인식은 학자의 연구 결과 하나로 넘어지지 않을 만큼 사회와 우리의 인식 속에 깊게 뿌리내리고 있다. 우리나라와 다른 동양의 국가들의 경우에도 과거부터 계속되어 오던 유교적 관습으로 인해 사회 곳곳에 여전히 편견이나 불평등, 차별과 같은 과거의 잔재들이 숨어 있다. 이슬람권의 경우에도 여전히 여성들이 혼자 나갈 수 없거나 운전할 수 없고 밖에 나갈 때는 얼굴을 드러내서도 안 되는 등 현재로서는 공감하기 쉽지 않은 여성들의 행동에 많은 제약이 걸려 있는 종교적 문화가 아직도 남아있다. 그러나 과거에 비해서 사회에서 여성의 목소리가 많이 커진 상황이고 여성의 정치 참여도 활발해지며 사회 요직 곳곳에 여성이 들어가 자리하고 있다. 또한 여성은 이제 가정뿐만 아니라 사회에서도 남성과의 파트너로 활동하고 있으며 남성이 할 수 있는 일 대부분을 할 수 있다. 현재는 여성과 남성의 차별이 과거에 비해 많이 존재하지 않는다. 남성과 여성은 서로를 파트너라고 인식할 필요가 있고 남성과 여성 모두 경쟁자가 아닌 동반자로 인식할 필요가 있다.

에세이와
스토리텔링

아이들이 논다

놀면서 읽고

쓰면서 논다

놀이는

자기들만의 언어를

만든다.

중학생이 되면서

조희경(13세)

중학교에 올라가는 나의 마음은 복잡하고 설렌다. 초등학교 1학년부터 6학년 1학기까지 ○○초등학교에 다녔다. 오래 사귄 친구들과 이별하고 6학년 2학기 때 새로운 초등학교, 창신초로 전학을 왔다. 한 학기 남겨놓고 전학을 왔지만, 다행히 좋은 친구를 사귀었다. 그 친구 덕분에 걱정 많았던 마지막 학기를 재미있게 보낼 수 있었다.

창신초는 전교생이 다 같은 중학교에 진학하기 때문에 절친과 함께 거제여자중학교에 들어가게 되었다. 중학교 예비소집일이었다. 떨리는 마음으로 중학교에 갔다. 예비소집 시간보다 조금 일찍 도착해서 학교를 구경했다.

내가 3년 동안 다닐 곳이라고 생각하니 낯설던 건물과 나무와 운동장이 내 마음에 쏙쏙 들기 시작했다. 하지만 곧 소집 시간이 되어서 지도 선생님의 말씀이 이어지자 나는 갑자기 마음이 딱딱해졌다. 중학교에서 지켜야 하는 규정에 관해 설명을 해주셨는데 규정이 너무 많았다. 규정들에는 파마를 하면 안 되고 귀걸이를 해서도 안 되며 네일도 못 한다고 하셨다.

안 해야 하는 것들이 너무 많았다. 해야 하는 것들도 썩 마음에 들지는 않았다. 초등학교 때 학생들이 다 같이 똑같은 옷을 입는 경우는 체육대회 때 우리 반만 같은 옷을 맞춰서 입는 것이 고작이었는데 중학생은 전교생이 같은 옷을 입는다. 바로 교복이다.

교복 맞추는 곳에서 교복을 맞추는데 치마가 너무 커서 놀랐다. 그리고 치마는 허리를 줄여서 입을 수도 있고 늘려서 입을 수도 있는데 신기했다. 중학교는 초등학교와 달리 시험을 치는데 시험결과가 진로와 연결되기 때문에 걱정이 좀 생겼다.

이것이 학업 스트레스겠지? 중학교에 들어가기 전에도 주변에 있는 선배 언니들이 진로에 대해서 고민하는 것을 들은 적이 있다. 나는 아직 진로를 결정할 때가 아니었지만 그 이야기를 들으면서 덩달아 진로에 대한 고민이 많아졌다. 가장 큰 문제는 아직 진로를 정하지 못한 것이 문제였다. 다른 친구들은 자신이 하고 싶은 것을 정해서 진로를 정했다고 요즘 말하고 있다. 나는 여전히 나의 진로에 대해서 고민하고 있다. 진로를 친구들처럼 지금 정해야 할까? 확실하지도 않은데 덜컥 진로를 결정해서는 안 될 것 같다. 진로는 신중하게 나의 적성을 더 탐색해 보고 정해야 할 것 같다. 결국 시간을 좀 더 가지면서 나를 관찰해야 한다는 말이다.

중학생은 시험을 친다고 했다. 나는 초등학생일 때부터 학업 스트레스가 있었다. 왜냐면 이제 곧 중학생이 될 것이기 때문이다. 시험을 치는 것은 괜찮지만 등수가 나오는 것이 문제이다. 시험을 잘 친 언니나 오빠를 보면 부러웠다. 걱정만 하고 있으면 답이 안 나올 것이다. 중학교에 입학하면 나는 1학년이 된다. 1학년은 무엇이든 처음이다. 다시 시작하는 학년이다. 중학교라는 새로운 환경에 적응하면서 학교생활을 잘해보자는 것을 나의 1차 목표로 삼을 것이다. 그리고 즐거운 학교생활을 하기 위해서 친구도 잘 사귈 것이다. 2차 목표는 내 마음속에서만 정하고 비밀로 하고 싶다. 목표를 말하면 꼭 지켜야 하니깐 아직은 비밀로 남겨둘 것이다.

수영장 괴물

장재인(11세)

　나는 지난 주말 사촌들과 함께 포항에 있는 풀빌라에서 하루를 지냈다. 도착하자마자 바로 수영복을 갈아입고 저녁까지 쉬지 않고 놀았다. 저녁이 되자 서서히 어두워졌고, 가장 어두운 시간이었던 걸로 기억된다. 이모부와 사촌들이 함께 수영하며 놀고 있는데 갑자기 어른들이 "나가! 얼른 나가!"라며 소리를 질러 대길래 깜짝 놀라서 얼른 뛰쳐나왔다. 이모부가 물을 한쪽 벽에 퍼부어 대길래 무슨 일인가 싶었다. 자세히 보니 이모부가 내 주먹만 한 괴물과 싸우고 있었다. 엄청나게 큰 소리를 내면서 괴물이 달아나는 줄 알았는데 다시 날아왔다. 이 현상을 무수히 반복하고 나니 괴물이 비틀거리며 어디론가 사라졌다.

　다음 날 아침 수영장에 가보았더니 수영장 한쪽 구석에 무언가가 떠 있었다. 무엇인지 확인하려고 가까이 가보았더니 대왕 매미가 빠져 죽어 있었다. 어젯밤 괴물의 정체가 바로 대왕 매미였던 것이다. 그 죽은 매미를 뜰채로 건져 다른 곳에 두었다.

30분 뒤. 믿을 수가 없었다. 매미가 한 마리 더 빠져있었다. 크기가 너무 크다. 시골이라 그런가 보다고 생각하며 다시 뜰채로 건져 내고 치웠다. 속으로 '이젠 괜찮겠지.'라고 생각했다.

10분 뒤, 믿을 수가 없다. 아니, 믿기 싫다. 매미 두 마리가 위치도 각자 따로따로 빠져있었다. 또다시 뜰채로 건져 내고 치웠다. 속으로 이젠 진짜 괜찮을 거라 생각했다.

5분 뒤, 정말 믿고 싶지 않았다. 매미가 또 빠져있었다. 내가 '매미의 저주에 걸렸나 보다'라고 생각했다. 또다시 뜰채로 건져 내고 치우며, 속으로 이젠 진짜 못 참는다고 생각했다. 그 뒤로 나는 과격하게 놀았다. 다이빙도 세게 하고, 수영도 아주 소리가 크게 나게 했다. 이러면 시끄러워서 매미가 올 수 없을 거로 생각했다. 역시나 그 뒤로는 매미도 겁이 났는지 다시는 빠지지 않았다.

포항의 풀빌라를 생각하면 대왕 매미가 동시에 생각난다. 대왕 매미 사건으로 오랜 시간 내 기억에 남을 것이다. 매미의 일은 점점 작아지고 가족들과의 즐거웠던 추억은 크게 남기를 바라본다.

길고양이

최희정(10세)

우리 아파트에는 길고양이가 많이 산다. 그중에는 그나마 깨끗한 고양이랑 그렇지 못한 고양이로 나뉜다. 어느 날 학원 차를 기다리는데 어떤 자동차랑 도로를 지나가던 고양이랑 사고가 나서 고양이가 차에 치여 죽는 걸 보았다. 길고양이가 불쌍했다. 우리 옆 동에 키키이모라는 사람이 있는데, 그 이모는 아파트에 있는 고양이들을 데려가 중성화수술을 시킨다고 했다. 그런데 관리사무소에서 그 일을 그만두라고 해서 우리 아파트에 고양이들이 천지다.

엄마와 분리수거하려고 간 쓰레기장 옆에는 풀이 많고 통나무가 있다. 그곳에는 누군가가 못 입는 옷을 풀 쪽에 깔아 두었다. 그 위에서 고양이가 좋아하며 뒹굴고 있었다. 신기하게도 그 옷은 아직도 거기에 있다. 요즘 길고양이가 많이 안 보인다. 아마도 길고양이 수명이 5년 이상을 살 수 없기 때문인 것 같다. 하지만 집에서 사는 고양이는 10년에서 15년을 산다. 길에서 태어난 새끼들은 영양부족으로 질병에 쉽게 감염이 된다. 그래서 절반 이상이 3개월 안에 죽는다고 한다. 죽은 새끼를 보는 엄마의 마음은 어떨까.

　어떻게 하면 길고양이 문제를 해결할 수 있을까? 어느 나라에서는 고양이를 믿는 문화가 있어 고양이를 사람처럼 대하던데 그리고 이스탄불에서는 고양이들을 치료해 주고 사람처럼 대한다고 한다. 이처럼 우리나라도 고양이들을 소중히 생각하면 안 될까? 나는 2학년 때 재활용품으로 단짝 친구와 길고양이 집을 만든 적이 있다. 생각보다 길고양이한테 인기가 많았다. 그 집으로 겨울에는 담요나 물을 가져다주었고 여름에는 우산을 가져다주었다. 이 방법도 괜찮은 것 같다. 고양이를 소중한 생명체로 느끼면 사회에 더 도움이 될 것이다. 함께하는 사회에서 길고양이도 같은 소중한 생명임을 잊어서는 안 될 것이다.

그림 제설하

할머니의 꿈

최연우(12세)

옛날 어느 마을에 할머니와 할아버지 그리고 어린 손자가 살고 있었다. 할아버지는 매일 술을 마시고 잠만 잤고, 할머니는 어린 손자를 업고 밭일까지 하며 하루하루를 고되게 살아가고 있었다. 혼자서만 힘들게 일하는 것이 너무 힘들어서 할머니는 밭에서 발견한 새끼 구렁이를 잡아다 던졌다. 구렁이는 그만 돌부리에 부딪혀 죽었다.

술을 좋아하는 할아버지는 그날도 술을 많이 마시고 집에 오던 중에 그만 논두렁에 빠지고 말았다. 살려달라고 소리쳤지만, 어두컴컴한 밤에 돌아다니는 사람이 없었다. 할아버지는 있는 힘껏 살려달라고 소리쳤지만 결국 논두렁에서 나오지 못하고 죽었다. 할머니는 돌아오지 않는 할아버지가 걱정되어 밤새도록 뜬 눈으로 보냈다. 다음 날 아침, 어린 손자를 업고 밭일을 하러 가던 할머니는 논두렁에 빠진 할아버지를 발견했다. 놀란 할머니는 손자를 업은 채 허둥대며 할아버지에게 다가갔다. 혼자서 할아버지를 꺼내지 못한 할머니는 마을 사람들을 불러 할아버지의 장례를 치렀다.

그날 밤 할머니는 꿈을 꾸게 되었는데 산신령이 나와서 "구렁이 한 마리를 잡아 와서 논두렁에서 태우거라 그러면 할아버지는 다시 살아날 것이다"라고 했다. 할머니는 꿈에서 깨자마자 구렁이 한 마리를 잡아 와 산신령이 말한 대로 했다. 몇 날을 뜬눈으로 지새우며 할아버지를 기다렸지만, 할아버지는 돌아오지 않았다. '개꿈이구나'라고 생각한 할머니가 깜박 잠이 들었다. 잠결에 문을 두드리는 소리가 들려 벌떡 일어나 문을 열었더니 할아버지가 서 있었다. 너무 놀라고 기쁜 할머니는 할아버지를 두 팔 벌려 안아주었다. 그런데 할아버지가 이상한 소리를 내는 게 아닌가? 너무 놀라 고개를 들어 할아버지를 쳐다보니 할아버지가 큰 구렁이가 되어있었다.

구렁이가 된 할아버지는 할머니에게 아무 죄 없는 동물을 죽였으니, 너도 똑같이 벌을 받아야 한다며 큰 입을 쩍 벌리고 할머니에게 달려들었다. 그 순간 혼자 남을 어린 손자가 생각난 할머니는 "죄송합니다. 죄송합니다. 한 번만 살려주세요. 제가 잘못을 했습니다. 어린 손자는 제가 없으면 죽습니다. 용서해 주십시오"라고 손이 발이 되도록 빌었다. 그때 천둥소리와 함께 안개가 자욱이 끼더니 구렁이는 홀연히 사라져 버렸다. 그리고 할머니가 눈을 한번 감았다 떴더니 옆에서 할아버지가 커다랗게 코를 골며 자는 것이 아닌가. 할아버지는 오늘도 술에 취해 코를 골며 자고 있었고 손자는 식은땀을 흘리며 잠에서 깬 할머니를 까르르 웃으며 바라보고 있었다. 할머니는 떨리는 가슴을 쓸어내리며 할아버지를 흔들어 깨웠다. 할머니는 새끼 구렁이를 던진 이야기는 빼고 할아버지에게 꿈 이야기를 해주면서 술을 적당히 마시라고 했다. 할아버지는 알겠다며 귀찮은 듯 대답을 하고 다시 잠이 들었다. 할머니는 오늘도 손주를 업고 밭으로 일을 하러 나갔다. 그 후로는 밭일을 하면서 화가 나더라도 아무거나 잡아서 던지지는 않았다.

임진왜란은
우리가 승리한
전쟁이다

생각을 정리한다는 것

읽고 보고 쓰는 과정에서

아이들은

훌쩍 자란다

임진왜란의 참상, 그 날 조선에서는 무슨 일이 있었나?

곽은우

여러분 노량해전을 모티브로 한 영화 <노량>이 곧 개봉하는 걸 알고 계십니까? 사전예매량이 벌써 10만 명이 넘었다는데요. 10만 명. 엄청 어마어마한 숫자 아닙니까? 그런데 이 10만 명이 갑자기 일본에 끌려간다면 어떨 것 같습니까? 어처구니가 없다고요? 그런데 그 일이 실제로 일어났습니다.

1592년 4월 13일 일본이 대규모 군대를 이끌고 부산 앞바다로 쳐들어왔습니다. 전쟁통 속 힘없는 백성들은 전란을 피해 전국으로 떠돌았다가 전쟁포로로 잡혀 일본으로 끌려가기도 했죠. 임진왜란 때 잡혀간 조선인은 최대 10만 명. 끌려간 포로들은 일본에서 노예가 되어 사람 취급도 못 받으며 서양 노예상들에게 짐승 팔리듯 팔려나갔습니다.

다음은 소설 『비요』의 한 구절입니다. "항해 중에도 묶어놓은 쇠사슬을 풀어주는 일은 없었다. 도중에 바다로 뛰어내리지 못하게 하기 위해서였다. 갑판이나 선창은 온통 토사물과 배설물로 악취 덩어리가 되어 있었다. 몸에 엉겨 붙은 오물은 갑판을 넘는 파도에도 제대로 씻겨 나가지 않았다. 아비지옥 구렁텅이 속에 방치된 채 한 달이고 두 달이고 목숨만 부지하다가 더러는 도중에 병이 나서 죽기도 했다. 죽어야 비로소 바다에 던져져 해방을 누릴 수 있는 주검이 되었다." 이 대목을 보면서 일본에 잡혀간 조선인들이 어떤 대우를 당했는지 알 수 있었습니다. 이 참혹한 상황 속 도대체 조정은 무엇을 했었을까요? 우리는 임진왜란의 끔찍한 참상을 알 필요가 있습니다.

먼저 조선은 임진왜란이 일어날 줄 알고 있었을까요? 박영규 저자의 『조선 붕당 실록』에 따르면 조선은 1590년 임진왜란 전 일본의 요청으로 통신사를 파견합니다. 정사 황윤길과 부사 김성일을 주축으로 떠났습니다. 그리고 그들이 돌아온 후 선조가 일본의 정세를 물었을 때 황윤길은 왜적이 침범할 것이라고 보고하고 김성일은 도요토미 히데요시의 인물됨이 형편없다며 조선을 쳐들어올 자가 못 된다고 했습니다. 문제는 당시 조선 조정은 동인이 장악하고 있었습니다. 황윤길은 서인이었고 김성일은 동인이었기 때문에 황윤길의 말에 힘이 실리지 못하면서 조선은 임진왜란이라는 커다란 전란을 사전에 대비하지 못하는 우를 범하게 됩니다. 조선은 일본의 직접적인 공격 위협에도 불구하고 정치적 이유로 국가적 차원의 전쟁 준비를 하지 않게 됩니다. 그 결과 원균, 이각, 이일 등 무능한 장수들은 백성들을 버리고 도망가기에 바빴고 부산진성, 동래성을 제외하고는 제대로 된 전투가 없어 일본군은 톨게이트 없는 고속도로를 달리듯 속전속결로 20일 만에 한양을 함락시킬 수 있었습니다. 당시의 도로, 교통의 상황을 보면 20일 만에 부산에서 서울까지 갈 수 있었다는 건 정말로 일본군을 막는 군대가 일절 없어야지만 가능한 속도였습니다. 여기서 웃긴 게 일본군이 20일 만에 한양으로 올 동안 선조는 전쟁 발발 17일도 안 돼서 한양을 떠나 도망갔다는 겁니다. 선조가 피난 갔다는 소식을 들은 백성들은 통곡하였고 또 분노하였으며 이에 궁궐과 창고에 불을 지르고 선조의 행렬에는 돌과 흙덩이를 던지기도 하였습니다. 왕이 도망갔다는 소식에 군대의 사기는 떨어질 수밖에 없었고 이에 도망가는 장수, 탈영하는 장병들도 늘어났습니다. 어찌 보면 왕이 나라를 버리고 도망가는 마당에 지방 장수들이 목숨을 걸고 싸우지 않은 것은 당연한 걸지도 모르겠습니다.

개전 초기 대응이 바르지 못하면서 백성들의 고통은 커져만 갔습니다. 조선을 침략한 일본군들은 식량, 가축, 각종 문화재 등을 마구잡이로 약탈해 갔으며 조선인의 코와 귀를 잘라 본국에 보내기도 했으며 앞서 말했듯이 노예사냥 또한 멈추지 않았습니다. 이에 조선인들은 먹을 것이 없어 굶어 죽거나 서로 인육을 먹는 지경까지 이르렀습니다. 더 이상 버티지 못한 조선인은 순왜가 되기도 하였죠. 모두 일본의 정세에 캄캄했던 조선 지도자들의 무능, 부패한 관리들의 가렴주구, 가혹한 세금, 허술한 방위 대책 때문이었습니다.

저는 오늘날 우리들도 임진왜란 전과 다르지 않다고 생각합니다. 병자호란, 일제강점기, 6·25 전쟁까지 우리는 똑같은 역사를 반복해 왔습니다. 그리고 지금. 세계 곳곳에서 러시아·우크라이나전쟁, 이스라엘·하마스전쟁처럼 이해관계에 따라 전쟁들이 일어나고 있습니다. 아직 분단국가인 우리나라도 마냥 넋 놓고 있을 수 없는 상황이 된 것이라 봅니다. 여러분들은 임진왜란

같은 참혹한 역사를 또다시 반복할 것입니까?

제설하

이 자리에 계신 아무 분에게 의병에 대해 여쭈면, 지금 발표하는 저보다 더 재미있고, 이해가 잘 되게 설명해 주실 분이 많을 것입니다. 이제 공부를 시작한 저는 기본에 충실한 공부를 했습니다. 국어사전의 의병은 '외적의 침입을 물리치기 위해 백성들이 자발적으로 조직한 군대 또는 병사'라고 되어 있습니다. '외적, 백성, 자발적' 이런 단어들로 말이죠.

우리나라 의병은 삼국시대 이후부터 있었습니다. 역사 속, 의병들의 활동은 고구려의 안시성 싸움이나 대몽 투쟁 때의 활약이 있습니다.

임진왜란 때 의병은 다른 시대보다 대규모로 진행되었습니다. 이유는 무엇일까요? 조선시대는 성리학이 민간 생활에까지 뿌리내렸는데, 성리학은 신분과 계급을 돌보지 않는 충과 절을 강조하여 양반으로부터 일반 백성까지 하나가 될 수 있었습니다.

5월 하순 전라도로 가던 일본군은 강력한 저항에 부딪혔습니다. 의령, 합천, 고성 등 경상남도 서쪽 지방 곳곳에서 창칼을 들고 일본군에 맞선 농민 의병들 때문이었습니다. 이들을 이끈 곽재우, 정인홍, 이달, 최강은 관리를 지냈거나 이름난 유학자들이었습니다.

충청남도 쪽에서 처음 일본군을 막아선 부대 역시 의병이었습니다. 5월 초 옥초에서 의병을 일으킨 조헌은 의병 1,600여 명을 이끌고 차령에서 전라도로 가던 일본군을 물리쳤습니다. 생각지도 못한 사태에 당황한 일본군은 대군을 편성해 전라도로 보냈습니다. 7월 초 일본군 2만여 명이 이치와 웅치 고개에 나타났습니다. 조선군과 의병은 일본군 진격로를 미리 알고 두 고갯마루에서 기다리고 있었던 거죠. 광주 목사 권율이 거느린 조선군과 의병 1,500여 명은 이치 고개에서 일본군을 물리쳤습니다.

의병들은 자기 고향 근방에서 활동하여 그곳의 지리적 이점을 잘 알았습니다. 그래서 치고 빠지는 유격전을 효과적으로 사용했습니다. 그들은 일본군의 보급로를 기습하여 식량을 얻기 힘든 상황을 조성함으로써 그들의 전력 약화에 크게 기여하기도 했습니다. 또 일본군에게 직접적인 피해는 주지 못하더라도 다른 장군이 병사들을 재정비시킬 때까지 시간을 끌어주는 간접적인 도움도 주었습니다.

임진왜란 당시 병사들은 인심을 잃고 장군들은 도망치기에 바빴습니다. 그들의 행적과 반대인 의병의 기록이 『선조수정실록』에 나와 있습니다. 실록에 따르면 "병사들이 백성들로부터 인심을 모두 잃고 반란이 일어났을 때, 비록 큰 성취는 이루지 못했으나 인심을 얻어 국가의 연맹을 유지한 사람들은 의병이었다"라고 적혀있습니다. 의병들의 활동이 언제나 잘 풀린 것은 아니었습니다. 관군과 갈등을 겪기도 했고 병사들이 의병장과 화합하지 못한 때도 있었습니다. 하지만 초토사 김성일 같은 사람들이 그들을 요령 있게 잘 조화시켜 피해를 줄였습니다. 다양한 사람들이 모인 곳에는 분쟁도 있습니다. 하지만 그곳에는 분열을 화합하는 사람들도 있기 마련입니다. 난세의 희망인 거죠.

의병이 가지는 의의 중 가장 큰 것은 지속적인 항전 의식입니다. 의병은 명의 지휘 아래 있지 않았습니다. 사대정신을 가지고 있음에도 불구하고 자주정신을 볼 수 있고 나라의 위기 앞에서 군·관·민이 힘을 합친 점에서 단결력과 결속력을 보여줍니다.

우리는 생각해 보아야 합니다. 오늘날 우리의 침략국은 어디이며, 우리를 침략하는 것은 무엇인지. 이것을 막아내기 위한 현재의 의병은 누구인지 말입니다. 지금 여러분을 공격하는 세력이나 상황이 있으십니까? 항전 의식을 가지고 하나가 되어 싸웠던 자랑스러운 우리의 의병들처럼 내가 가진 어떤 자질과 재능으로 누구와 하나가 되어 적을 물리칠 것인지, 혹시 아군을 적군으로 착각하고 있지는 않은지, 혹은 대의가 아니라 사의로 움직이고 있지는 않은지. 의병이 보여준 곧은 마음과 그들이 보여준 단결력과 결속력으로 그 해답을 찾아보면 어떨까요?

강도현

임진왜란 초 여러 곳에서 의병이 일어났습니다. 앞서 발표 내용처럼 국가의 명맥이 의병 덕분에 유지되었다고 할 수 있습니다.

의병은 기병정신과 창의정신이 있습니다. 기병정신, 즉 야만적인 일본군 침공으로부터 조선을 지키기 위해 온 힘을 다해 일어난 것과 신하와 백성 된 도리로서 임금과 나라에 충의를 다한다는 '창의' 정신이 바로 그것입니다.

예기치 못한 의병의 활약으로 사태가 심각해지자 일본군은 경상도 쪽에 모든 힘을 기울였습니다. 회오리바람같이 일본군이 몰려오자 도망가는 사람도 적지 않았지만, 치열한 전투를 치른 끝에 조선군은 일본군을 물리치고 빛

나는 승리를 거두었습니다.

의병은 임진왜란에서 가장 큰 역할을 했다고 해도 무방할 정도로 엄청난 역할을 했습니다. 이 뜻은 조선의 백성들이 얼마나 나라를 사랑하고 지키려고 애썼는지를 알려주기도 합니다. 하지만 그만큼 임진왜란 당시 정규병력이 얼마만큼이나 도망가고 나라를 버렸는지도 알 수 있는 일이기도 합니다. 그런 절망적인 상황 속에서도, 슬픈 상황 속에서도 이겨낼 수 있는 구멍을 찾은 의병들은 엄청난 힘을 가지고 있는 것이라고 할 수 있습니다.

저는 이 글을 쓰면서 저와 같은 청소년들이 이런 의병들의 자세를 본받아야 한다고 생각합니다. 물론 먹을 것이 없어 굶주리고 병든 사람들을 해결하진 못했고 정규병력만큼 힘도 없겠지만요. 사소한 하나하나가 모여 엄청난 걸 이루듯 곳곳에서 일어난 농민, 노비, 승려분들 한 명 한 명이 모여 의병이라는 엄청난 대군을 만든 것처럼 말이죠.

청소년들을 편성하여 이런 학술대회를 여셨다는 것은 학생들의 입장과 생각을 들어보고 싶어서였다고 생각합니다. 사실 학생들은 이런 식의 공부를 학교에서는 해 보지 못합니다. 임진왜란, 부산대첩 등 역사를 제대로 접해볼 기회가 없습니다. 앞서 말했던 나라를 지키고 국가의 명맥을 잇기 위한 의병들의 가치관, 생각 등을 배워볼 기회 또한 없을 것으로 생각합니다. 교과서에서는 이렇게 깊고 넓은 공부를 하지 않으니깐요. 이런 기회를 먼저 얻은 우리는 다른 학생들에게 친근하게 우리가 배운 것을 소개하고 전파해야 할 것 같습니다. 더 나은 미래를 만들어 갈 우리에게 이 학술대회의 준비 과정 모두는 엄청난 경험이 되고 힘이 될 것이라고 믿습니다.

마지막으로 이런 자리를 비롯하여 준비부터 자료집까지 또 글 쓰는 것마저도 도와주셨던 우리 선생님들과 주최 측에 감사를 드립니다.

조희경

조선은 임진왜란이 일어나기 전 황윤길, 김성일, 허성 등을 보내어 일본의 상황을 알아보고 오라고 했습니다. 황윤길과 허성은 전쟁이 일어날 것 같으니 전쟁 준비를 해야 한다고 했습니다. 하지만 김성일은 전쟁이 일어나지 않을 것이니 전쟁 준비를 안 해도 된다고 했습니다. 임금은 김성일의 손을 들어주고 전쟁 준비를 하지 않았습니다.

왜일까요? 컨퍼런스를 준비하면서 당시 조정에서는 신하들의 싸움이 끊이지 않았다고 배웠습니다. 더 깊게 공부하고 조사해 보니 이때 조선 조정은 동인과 서인 두 당파로 나누어져 있었습니다. 선조는 동인을 조금 더 지지해 주고 있었습니다. 재미있는 사실은, 김성일이 동인이라는 것입니다. 김성일도 전쟁이 일어날 것을 알았지만 당파로 인해 서인의 주장과는 반대로 말했습니다. 선조는 동인이었던 김성일의 말을 더 믿었고 서인이었던 허성과 황윤길의 말을 듣지 않았습니다. 한 나라의 전쟁을 마음에 드는 사람의 말을 들어준다니 제가 생각해도 이해가 안 되는 일입니다.

임진왜란 초기에 조선이 일본에 참패당한 이유는 군사제도에 책임이 있기도 하였습니다. 당시 농민들이 실제로 현역에 복무하는 대신 포를 내고 군역을 면제받는 군포제가 실시되고 있었습니다. 이런 상황에서 전쟁이 일어날 것을 알고 미리 대비하신 이순신 장군님은 참으로 대단하신 거죠.

전쟁 중 일본에 끌려간 전쟁 포로들은 어떻게 되었을까요?? 일본에 끌려간 사람은 약 10만 명이 넘는다고 합니다. 그중 약 7,500명 정도만 조선에 돌아왔습니다. 그들이 귀환한 경로는 3가지였는데 첫째는 자력으로 귀국한 경우, 두 번째는 일본인의 도움으로 조선에 오거나, 세 번째는 조선에서 파견한 회답겸쇄환사가 데리고 귀국한 경우입니다. 그렇다면 나머지 9만 명이 넘는 사람들은 어떻게 되었을까요? 아마 대부분이 노비로 팔려나가거나 노동력을 착취당했을 것으로 생각합니다. 결국 임진왜란은 많은 사상자와 막대한 피해를 남기고 조선을 지나간 소용돌이였습니다.

임진왜란의
향방을 가른 전쟁,
부산대첩

차원준

1592년 10월, 전세에 큰 영향을 끼친 부산대첩이 일어났습니다. 10월 4일 낙동강 하구에서 적선 6척을 불태운 뒤 가덕북쪽 동매산 아래서 1박 한 후 10월 5일, 새벽에 부산포로 진격하며 화준구미서 5척, 다대포에서 8척, 서평포에서 9척, 영도에서 2척을 차례대로 격파한 뒤 최종적으로 부산포에서 100여 척을 격파한 부산포 해전까지의 전투를 통틀어서 부산대첩이라고 칭합니다. 부산은 왜군들에게 있어서 가장 중요한 군사기지가 위치하는 곳 중 하나였습니다. 이곳에는 6~7만 명의 병력, 500여 척의 적선이 주둔하고 있었으며 군사사령부로 삼아 수시로 자국과 연락하는 침략의 전진기지였습니다. 이순신 장군님은 한산승첩 후 왜군들의 기세가 떨어진 것을 고려하여 한번에 왜군들의 사기를 꺾을 방법을 궁리하던 중, 적의 중추부인 부산이야말로 전세역전에 필요하다고 판단하여 이전의 전투에 비해 대량의 군사와 만반의 준비로 전쟁에 임하셨습니다.

　원래는 보다 더 효과적인 적의 섬멸을 위해 수륙연합작전을 계획했었지만 당시 조정의 능력과 육군의 한계로 인해 해군만으로 전쟁을 치르게 되었었습니다. 따라서 전라우수군과 경상수군의 도움 아래 해군 연합함대는 합동훈련을 실시하며 한 달간 맹훈련을 하였습니다. 동시에 군비 확충에도 힘을 쏟아 20여 척의 전함을 늘리고, 군량미와 총통화기도 확보하며 각 지역의 장정들도 모으는 등 이순신 장군님께서 얼마나 부산대첩의 위험성과 중요함을 인지하고 준비하셨는지를 알 수 있습니다.

　연합함대는 부산으로의 여정 중 전투를 이겨내고 드디어 1592년 10월 5일 새벽, 가덕도 북쪽을 향해 부산 앞바다로 전진했습니다. 함대는 화준구미에 이르러 왜적선 큰 배 5척, 다대포에서 큰 배 8척, 서평포에서 큰 배 9척, 질영도 앞에서 큰 배 2척을 만나는 대로 불태우고 격파하며 부산 앞바다로 나아갔습니다. 정찰해 본 결과, 적선 대략 500여 척이 기다리고 있으며 왜군 선봉선 4척이 마주나오고 있다는 소식을 듣게 된 이순신 장군님께서는 각 장수와 긴급회의를 여셨습니다. 총 4명의 장수가 의논한 결과 원균과 정걸은 다음날 공격을 개시하자는 한편 정운은 내일까지 기다릴 이유가 없다고 하였습니다. 이순신 장군님은 오늘 공격을 개시하자는 뜻에 동의하며 이렇게 말하셨습니다. "만일 우리 군사가 지금의 승승장구하는 위세로서 공격하지 않고 머문다면 반드시 왜적에게 우리를 멸시하는 마음이 생길 것이다."라며 즉시 공격을 결정 내렸고 전투를 명령하는 독전기를 높이 올렸습니다. 우부장과 거북선 돌격장을 선두로 이순신과 중위장, 좌부장이 장사진을 지어서 적의 소굴로 들어갔습니다. 선두에 있던 4척의 적함이 조총으로 사격하였지만, 조선 수군은 거북선을 앞세워 포격과 함께 돌진했습니다. 선두의 왜군 4척은 모두 격파당하며 기세가 오른 조선군은 장사진을 유지하며 적선 500여 척을 향해 나아갔습니다. 왜군들은 총을 들고 산 위로 올라가 여섯 군데에 진을 치고 아래쪽으로 우박과 같이 조총을 쏘아대고 조선의 무기들을 역동원 하며 공격했고 조선 수군은 천자총통, 지자총통, 장군전, 피령전 등을 쏟아부으며 부산에서의 전투는 해가 질 때까지 이어졌습니다. 결과는 조선 수군의 일방적인 승리였습니다. 비록 적들의 사상자가 많지는 않았지만 왜적선 약 100여 척을 깨트리는 대전과를 거둘 수 있었습니다. 이순신 장군님은 이번 전투에 대해서 이렇게 장계를 올렸습니다. "전후 네 차례, 열 번의 접전에서 번번이 승첩을 거두었으나 장로들의 공로를 논한다면 이번 부산 싸움보다 큰 것이 없었습니다. 전에는 적선의 수효가 많아 봤자 70여 척을 넘지 못했사온데 이번에는 적의 소굴에 470여 척이 늘어선 가운데로 위풍당당하게 뚫고 들어가 하루 종일 공격해 적선 100여 척을 격파했습니다. 그래서 적들로 하여금 간담이 서늘해지고 목을 움츠리며 두려워서 벌벌 떨게 했습니다. 비록 적의 머리를 베지 못했을지라도 힘써 싸운 공로는 지난번보다 훨씬 더 컸습니다." 이순신 장군님은 옥포승첩, 당포승첩, 한산대첩, 부산대첩에서 네 번의 출정 모두 승리를 거둡니다.

이 네 승첩을 통해서 조선은 제해권을 확실히 장악하게 되고 그로 말미암아 왜적의 수륙병진 전략을 무위로 만들었고, 한편으로는 호남 곡창지대에서의 곡식은 서해안을 통해 우리 조정에 공급됨으로써 조선이 7년간 전쟁을

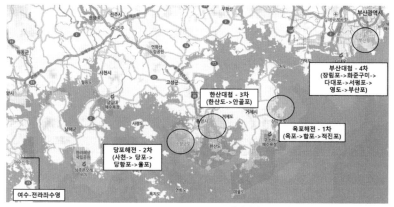

해전상황도 - 임진년 4대승첩 (출처 : 여해재단)

할 수 있는 재정적 기반이 마련되었습니다. 이를 통해 부산대첩은 앞선 세 전투들의 결실이라고도 할 수 있을 만큼 임진왜란이라는 전투에 큰 영향을 미친 전투라는 것을 알 수 있습니다. 부산대첩에서 승리하였기에 임진왜란이라는 전쟁에서 승리할 수 있었으며 부산대첩에서 승리하였기에 현재의 우리가 있을 수 있다고 생각합니다.

오동건

우선, 부산대첩에는 포용으로 화합하고 단결하여 하나가 되는 정신이 담겨 있습니다. 부산대첩에는 서로 다른 지역임에도 불구하고 함께 싸운 전라우수군과 경상우수군의 역할이 매우 컸습니다. 부산대첩을 승리로 이끄신 이순신 장군님께서는 자신보다 무려 16살 아래인 전라우수사 이억기와 매사 의견이 다르고 많은 갈등을 빚었던 원균을 포용하고 그들과의 원활한 협력

관계를 맺음으로써 부산대첩을 승리로 이끄셨습니다. 지역이 다르고 직책이 다르고 세대가 달라도 적으로부터 우리의 바다를 지켜내자는 하나의 목표를 향해 모두가 힘을 합쳤기 때문에 승리할 수 있었던 전투가 바로 이 부산대첩입니다.

두 번째는 선공후사, 공동체를 먼저 생각하고 자신의 공을 뒤로하는 자기희생정신이 담겨있습니다. 이순신 장군님은 명을 받고 낙동강 하구의 왜적만을 격파하고 돌아올 수 있었는데도, 조선을 위해 중과부적의 위험을 무릅쓰고(약세) 왜적의 본진이 있는 부산포까지 진격하셨습니다. 그리하여 부산대첩에서 승리한 이후에도, 이순신 장군님은 상수 공법에 따라 수급에 의해 공이 결정됨에도 불구하고 이미 죽은 적의 수급을 챙기기보다는 조선을 지키고자 전선 격파에 전력을 쏟으셨습니다. 그 결과 왜적은 무려 470척 중 100여 척에 달하는 군선을 잃게 됐고 일본군의 수군 전력이 약화됨으로써 도요토미가 원래 계획했던 수륙병진 작전은 수포로 돌아갔습니다. 게다가 많은 전력을 손실한 왜군이 수륙 남하하여 수세에 집중하는 양상을 보이게 됨으로써 곡창지대이자 우리의 주요 보급로 중 하나인 전라도를 빼앗기지 않아 군량 조달에 차질이 없었습니다.

부산대첩에 담겨있는 세 번째 정신은 철저한 준비 정신입니다. 부산대첩은 적의 본진을 공격하는 작전이었기에 전력의 손실 위험이 앞서 진행했던 옥포, 애초 한산에서의 전투에 비해 매우 높았으며 장기간에 걸쳐 진행되는 전투였기에 각종 군수물자의 소모도 매우 컸습니다. 하지만 이순신 장군님은 이를 차질 없이 준비했을 뿐 아니라 전라우수군과 경상우수군 간의 합동훈련을 23일에 걸쳐 시행함으로써 600리 바닷길을 왕복했음에도 불구하고 부산대첩에서 완벽한 승리를 거둘 수 있었습니다.

그리고 부산대첩에는 창의성과 개척정신이 깃들어 있습니다. 부산대첩은 바다를 통해 적의 본진을 공격함으로써 보급로를 끊어낸 전투였는데 수백 년 전의 인천상륙작전이라고 해도 과언이 아닐 정도입니다. 바다를 통해 적의 심장부로 진입하여 전세를 일거에 역전시킨 이러한 과감한 발상은 이순신 장군님의 개척정신에서 나온 것이라 생각합니다. 또한 부산대첩에서 수군은 부산포의 지형을 근거로 하여 한산도대첩에서 사용한 학익진이 아닌 변형된 장사진을 사용하였는데, 보통은 승리한 전략을 다시 사용하려는 게 사람의 마음인데 상황에 맞춰 과감하게 다양한 전략을 펼친 이순신 장군님은 창의성과 과감함을 갖춘 분이셨습니다.

마지막으로 부산대첩에는 소중한 것을 지키기 위한 용기가 담겨있습니다. 부산대첩에는 이순신 장군님을 비롯해 경상우수군, 전라우수군 등 수많은 군사가 참여했습니다. 그들도 분명히 알고 있었을 겁니다. 바다를 통해 적의 본진인 부산으로 들어갔을 때 우리가 패배한다면 후퇴하기가 불가능하고 본진이니 그만큼 많은 전력들을 상대해야 한다는 것, 목숨을 내놓아야 한다는 것을요. 하지만 그들은 그 사실을 알고 있음에도 불구하고 자신들의 가족, 나라를 지키기 위해 그 전투에 참전했습니다. '세상은 고통으로 가득하지만, 그것을 극복하는 사람들로도 가득하다.' 헬렌 켈러의 책에서 본 명언입니다.

비록 임진왜란으로 인해 많은 고통을 받은 그들이지만, 이를 극복하고자 용기를 냈고 이러한 용기가 부산대첩에서 우리 수군의 승리에 큰 영향을 주

었다고 생각합니다

　부산대첩이 이루어진 이곳 부산에서는 40년 전인 1980년부터 부산대첩에서 승리한 날인 10월 5일을 부산시민의 날로 정해 기념해 오고 있습니다.

　지금으로부터 420여 년 전 부산대첩의 주인공들이 보여준 이러한 나라와 백성에 대한 '사랑(愛)'과 맡은 일에 대한 지극한 '정성(誠)', 바른 길로 나아가는 '정의(正義)', 스스로 이뤄내는 '자력(自力)'은 고금을 막론하고 필요한 가치이기에 오늘날 우리는 그들의 숭고한 정신을 기억하고, 이어받아야겠습니다.

<u>정승미</u>

　부산대첩과 부산대첩 깃든 숭고한 정신 잘 들었습니다. 김종대 재판관님께서 지으신 『이순신, 하나가 되어 죽을힘을 다해 싸웠습니다』에서 나왔던 이순신 장군님의 4대 가치인 사랑, 정의, 정성, 자력이 떠올랐습니다. 발표에서 말하신 자신과 맞지 않는 사람도 포용하고 화합하고 단결하여서 하나가 되는 정신, 자신보다 공동체를 먼저 생각하는 자기희생정신, 전쟁을 위한 철저한 준비정신, 마지막으로 상황에 맞는 전술을 짜서 실행하는 창의성과 개척정신까지 모두 본받을 점이라는 생각이 들었습니다. 하지만 저는 그중에서도 자신과 맞지 않는 사람과도 포용하고 화합하고 단결하여서 하나가 되는 정신과 자신보다 공동체를 먼저 생각하는 자기희생정신이 제 마음에 가장 와닿았습니다. 이순신 장군님은 임진왜란 초기 때 자기 자신을 위해서 도망친 관리들과 달리 자신의 목숨보다, 자신의 공로보다 공동체를 위했습니다.

그렇기 때문에 일본군에게 큰 피해를 주어 도요토미가 계획했던 수륙병진 작전을 무산시키고 전라도 곡창지대를 수호하는 결과를 가져왔습니다. 이순신 장군님의 자기희생정신 덕분에 이런 결과를 만들 수 있었던 것입니다.

하나가 되는 정신도 마찬가지입니다. 자신보다 16살 어린 이억기와 매번 의견이 부딪쳤던 원균을 포용하고 전라우수군과 경상우수군을 화합하고 단결시킨 것이 같이 훈련할 수 있게 되는 밑바탕이 되어 철저히 전쟁을 준비할 수 있었고, 그로 인해 전술에 맞춰 임무를 수행할 수 있었습니다. 그리고 그것이 부산대첩의 승리를 이끌었다고 생각합니다.

이 두 정신은 오늘날에도 필요합니다. 요즘 사회에서는 젠더 갈등, 지역 갈등 등등 많은 갈등 문제가 생기고 있습니다. 이런 문제들을 부산대첩의 정신을 본받아 너무 자신만을 생각하지 말고 서로를 포용하고 화합하고 단결하면 부산대첩이 승리한 것처럼 우리도 미래를 향해 발전할 수 있다고 생각합니다.

신소민

부산대첩에 대한 발표 잘 들었습니다. 부산대첩은 조선 수군이 제해권을 장악하여 정유재란이 일어나기 전까지 장기간 대치 국면을 맞게 한 전쟁입니다. 부산대첩은 이순신 장군의 3대 해전이라 불리는 명량해전과 한산도대첩, 노량해전에 못지않은 큰 승리를 거머쥔 전쟁입니다. 우리는 부산대첩에서 이김으로써 임진왜란이 끝나고 휴전 상태를 가질 수 있었습니다. 부산대첩은 부산포에서 왜적들과 대립하여 일어난 전쟁으로 본 명칭은 부산포해전

부산대첩 승전지 (출처 : 여해재단)

입니다.

그런데 우리는 부산포해전에 '크게 승리하다'라는 뜻을 지닌 대첩이라는 단어를 합성해 부산대첩이라 말합니다. 이것으로 보아 부산대첩이 얼마나 큰 승리를 얻은 전쟁인지를 그 이름만으로도 알 수 있습니다.

적의 본진을 격파한다. 즉 조선 수군이 제해권 장악을 완성시켜 적의 물자 공급을 차단하는 성과를 이룬 전쟁이 바로 부산대첩입니다. 저는 이 부분에서 부산대첩이 왜 큰 승리인지 알 수 있었습니다. 적의 물자공급을 차단한다는 것은 적의 허를 찌르는 것입니다.

그러나 우리의 중요한 뇌를 두개골이 지키고 있듯 왜군들은 자신들의 본진을 지키고 있었을 것입니다. 자칫하면 질 수 있는 전쟁이었습니다. 그 위대한 이순신도 부산승첩을 부산대전이라 칭할 만큼 높게 평가했습니다.

그럼에도 이순신은 철저한 준비 정신과 적선을 격파할 전략으로 왜적선을

청소년 비평의 세계

무려 100여 척이나 깨뜨리는 대성과를 거두었습니다. 그러나 이순신은 적선을 깨뜨리는 과정에서 자신이 아끼는 장수인 정운을 잃습니다. 이순신의 오른팔이라 칭할 만큼 용감하고 주도적이었던 장수였습니다. 그를 잃었다는 것으로 부산해전의 규모가 매우 크고 치열한 전투였다는 걸 간접적으로 보여줍니다. 부하를 잃고 바다를 얻은 부산대첩, 부산대첩의 승리로 지금의 우리나라가 있고 우리가 있는 것입니다.

기억하는 자, 기록하는 자
- 역사를 대하는 우리의 자세

김주연, 이소연

1) 역사는 개연성이다

주연　이번 세션을 준비하면서 많은 역사적 자료를 찾아보았습니다. 역사, 그 현장에 실제로 있었다면 얼마나 좋았을까요?

소연　하하하~ 그러면 애초에 역사학이 설 자리가 없지 않았겠어요? 과거는 지나가 버렸기 때문에 역사가가 과거의 사실과 직접 만나는 것은 불가능하지요. 역사를 접하기 위해서는 문헌, 유물, 유적과 같은 사료를 통해야만 하죠. 이 때문에 사료를 역사가가 과거와 만나는 매개라고도 하는데, 그중 사료의 불완전성은 역사학이 학문이 될 수 있게 하는 동시에 역사가 끝없이 다시 서술되게 하죠.

주연　아, 사료가 있기에 역사학이 존재할 수 있군요! 그런데, 사회적으로 가치가 있다고 판단되는 행동만 사료로 남는 것 같아요

소연　그러게요. 생각해 보니 사회적으로 가치 있다는 게, 역사적 사건이 일어난 후 사료를 적는 사람이 그걸 판단하는 것 같아요

주연　그렇죠. 사실 역사에서 원인과 결과 사이에 필연성이 없는 경우가 대부분입니다. 그렇지만 역사가는 역사서술의 과정에서 역사적 사건들의 인과관계를 캐내죠. 역사서술은 일종의 '의미 캐내기'입니다.

소연　그렇죠. 역사를 살펴보면 원인이 같다고 하더라도 일어난 일이 반드시 같지는 않으니까요. 자연과학에서는 물은 1 기압 100℃가 넘으면 끓기 시작하지만, 역사학에서는 나라가 혼란스러울 때 왕권을 안정시키려는 목적으로 불교와 같은 종교를 수용하거나 혼인 관계를 맺거나 새로운 법전을 편찬하는 등 여러 가지 방법을 시도하니깐요.

주연　그러한 의미에서 역사학은 사료로서 정의되는 '개연성'이라고 생각합니다. 이때 '개연성'이란 서양철학에서 꼭 일어나야 함을 뜻하는 '필연성'과 짝이 되는 개념으로 일어날 가능성을 뜻하는 말입니다. 역사가는 흔히 사료를 참고하여 '이런저런 원인으로 이런 결과가 나타났다'라는 식으로 역사 서술을 하니까요. 조건과 결과의 관계가 필연적으로 나타나는 자연과학과는 달리 역사학에서는 개연성의 차원에서

인과관계의 의미를 캐냅니다.

2) 허구가 역사가 될 수 있을까?

소연　네, 역사학에서 사료의 '불완전성'과 역사학의 '개연성'이라는 개념을 살펴보았
는데요, 다음으로는 '어디까지를 사료라고 할 수 있는가?' 즉, '사료의 범위'에 대해 알
아보겠습니다.

주연 씨, <노량>이라는 영화가 개봉하던데 이런 역사 영화도 사료로서 역사학에 편
입될 수 있나요?

주연　그럼요, 모든 역사 영화나 소설은 명시적이거나 우회적인 방법으로 역사를 증
언하는걸요. 역사가는 영화 속에 나타난 풍속, 생활상 등을 통해 역사의 외연을 확장
할 수 있죠. 나아가 제작 당시 대중이 공유하던 욕망, 강박, 믿음, 좌절 등의 집단적 무
의식과 더불어 이상, 지배적 이데올로기 같은 미처 파악하지 못했던 가려진 역사를

끌어내기도 합니다.

소연 아! 영화와 소설과 같이 허구일지라도 당시 시대를 더 잘 표현해 줄 수 있는 것이군요.

주연 맞습니다. 영화나 소설은 역사가들이 밝혀낼 수 있는 뼈대에 살을 붙이고, 그렇게 함으로써 반드시 사실이 아니더라도 과거의 사건, 상황, 문화에 대해 더 명확하게 설명할 수 있으니까요.

소연 그러니까 허구를 바탕으로 하는 영화나 소설은 새로운 사료의 원천이 될 뿐 아니라, 대안적 역사 서술의 가능성까지 지니고 있다는 말씀이군요.

주연 네, 이러한 허구의 방식은 공식 제도가 배제했던 역사를 사회에 되돌려주는 '아래로부터의 역사'의 형성에 기여합니다. 또한 공식 역사의 대척점에서 활동하면서 역사적 의식 형성에 참여한다는 점에서 역사영화나 소설은 역사 서술의 한 주체가 될 수 있지요.

3) 역사교육 바로잡기

소연 지금까지 역사란 무엇인지, 역사를 만나게 하는 사료의 범위를 어디까지로 할 수 있을지 알아봤는데요. 주연 씨, 주연 씨는 지금 한국사를 배우시죠?

주연   네 당연하죠. 화요일에 한국사 시험도 봤는걸요.

소연   일주일에 몇 시간 한국사 수업을 하시죠?

주연   저희 2시간이요.

소연   영어는요?

주연   에이, 글로벌 시대에 영어는 필순데 당연히 4시간이죠.

소연   한국에서 한국인이 한국사는 2시간, 영어는 4시간을 수업한다고요? 뭔가 이상하지 않으세요?

주연   어, 생각해 보니깐 그렇네요.

소연   저희 주변에서도 볼 수 있듯이 역사를 알아야 한다며 중요성을 강조하는 거에 비해 역사교육은 미비한 걸 알 수 있습니다. 특히나 다른 나라와 비교해 보면 그 부실함이 여실히 드러나죠. 미국의 역사교육을 살펴볼까요?
미국 역사교육의 큰 특징 중 하나는 바로 사회과 교사들이 주제를 바탕으로 역사, 지리, 시민 사상을 연계해 가르치고 있다는 거죠. 예를 들어 IMF 외환위기 때를 배운다고 하면, 당시 우리나라의 경제 상황, 기업들의 경영 구조 등을 같이 배우는 거죠. 이러한 수업은 학생의 창의적인 사고를 가능하게 하고, 또한 과목 간의 연계를 통해 역사적 사건이 가지는 의미들을 이해하고 재해석하는 사고를 하게 만든다고 해요.

주연　그런데 미국은 다른 나라에 비해서 역사가 짧고, 사회적인 요소들과 역사가 관련이 깊어서 그런 거 아닌가요? 우리나라와는 상황이 조금 다른 거 같은데요.

소연　흠, 그럼, 영국의 역사 교육에 대해 살펴볼까요? 저희는 보통 선생님께서 시대별로 어떤 일이 일어났는지 설명하고, 외우는 방식이죠?

주연　보통 그렇죠. 그래서 머리에 잘 안 남기는 해요. 하지만 수학 능력을 보기 위해선 그렇게 할 수밖에 없지 않나요?

소연　역사를 단순 암기가 아니라 열린 영역으로 접근한다면요? 이건 숙제에서 드러나요. 세계 1차 대전과 관련해 자기주장을 하나 만들고 그 주장을 1차 사료로 뒷받침하라는 것이었죠. 과제물 평가는 주장의 옳고 그름이 아니라, 큰 개념을 정확히 이해하고 사용했는가, 그리고 논리를 비약하지 않고 근거에 따라 쌓아 올렸나에 달려있죠.
저희도 개방적인 사고와 함께 역사를 배웠으면 좋겠다 하는 희망이네요.

4) 이순신

주연 흠 그럼 지금까지 역사를 기록하는 법, 역사를 기억하는 법에 대해서 알아보았는데요. 이번 컨퍼런스의 주제인 이순신 장군님은 어떻게 볼 수 있을까요?

소연 어려운데요. 역사적 사건이야 여러 사람의 자료가 있고 또 어느 정도 개연성이 있으니깐 해석한다지만 한 사람의 인생을 살펴보는 건 좀 더 신중해야 할 거 같아요. 음, 이순신 장군을 한마디로 표현하자면 얽매인 영웅이라고 생각해요.

주연 얽매였다고요? 얽매였다는 건 안 좋은 거 아닌가요?

소연 간단하게 생각하자면 그렇죠. 하지만 전 이순신이라는 위인이 지금 있을 수 있는 이유가 바로 얽매였기 때문이라고 말씀드리고 싶어요.
이해 못 하시는 분들이 많이 보이는 거 같네요(웃음)
주연 씨, 성인이 될 때까지 이제 1년 정도 남았는데 하고 싶은 거 있으세요?

주연 일단 외국에 교환학생으로 가보고 싶어요. 그리고 자동차 면허도 따고 싶고요. 너무 많은데요.

소연 도전하는 거 좋죠. 그런데 만약 주연 씨가 임진왜란 당시였다면 어떤 걸 도전했을까요?

주연   음 글쎄요 의병 참여?

소연   이순신 장군이 하지 않은 것이 바로 그 도전이었습니다. 도전을 하지 않았다 언뜻 모순된 이야기 같죠. 저는 이순신을 성웅이게 한 9할은 아마도 그가 겪은 고난과, 그러한 고난에 '기꺼이' 묶이고자 했던 삶의 자세 때문이 아니었을까 생각해 봅니다. 이순신이 이순신일 수 있었던 까닭은 헛된 꿈도, 무모한 도전도 내려놓고 묵묵히 자신의 현실에 묶인 삶을 살았기 때문에 가능했을 거라 믿습니다. 정말 파격적이고 한편으로는 이해되지 않는 구절이었는데요

주연   정말요. 왜군들을 다 싸워서 이긴 이순신 장군이 현실에 묶인 삶이요?

소연   두 번의 백의종군, 턱없이 불리한 상황 속에서도 이겨낼 수 있었던 이유가 바로 현실에 순응하고 자신에게 주어진 것을 최대한 이용하는 것 아니었을까요?

5) 기억하는 자, 기록하는 자 - 역사를 대하는 우리의 자세

소연   발표를 준비하면서 여러 친구들의 이야기를 많이 들었는데요, 그중 가장 기억에 남는 게 과거라는 후회와 미래라는 희망 사이의 현재라는 기회가 있다는 거였어요.

주연   네, 이제는, 역사라는 과거를 통해 기억하며 미래라는 희망을 품고 현재라는

기회에 최선을 다하는 자세로 살아야 할 때가 아닐까 싶어요.

안서현

　저는 이 세션의 타이틀을 보고 의문을 가졌습니다. 공부를 해 나가는 동안 기록하는 자와 기억하는 자는 모두 역사와 관련이 깊다는 것을 알게 되었습니다. 기록하는 자와 기억하는 자는 서로 연결되어 있다는 것을 말입니다.

　소수림왕의 『선택』, 사마천의 『사기』, 헤로도토스의 『역사』는 모두 사람들이 기억하고 있었기에 남길 수 있었던 기록들입니다. 소수림왕의 『선택』은 소수림왕의 선택과 소수림왕이 선택한 이후의 일을 다룬 기록이고 사마천의 『사기』는 황제를 비판했으며 헤로도토스의 『역사』는 객관적이고 공정하게 서술되어 있는 기록입니다. 이 세 가지 역사의 기록에서 『선택』은 개연성을 다룬 이야기이고 『사기』는 지난날 역사가들이 가졌던 기본적인 관점이며 『역사』는 객관성에 대해서 서술했습니다.

　역사는 누가 기록하느냐에 따라 달라진다고 생각합니다. 누군가는 객관적으로 보고 또 다른 누군가는 주관적으로 볼 수 있습니다. 결국에는 기록이 주관적이거나 객관적으로 기록이 되겠지만 이 또한 여러 사람이 기록한다고 했을 때 여러 개의 나뭇가지로 갈라질 것입니다.

　저는 처음 역사를 배우기 시작했을 때 그저 과거의 사람들이 남긴 기록을 배우는 것으로 생각했습니다. 학교에서 배우는 역사와 크게 다르지 않다는 생각으로 세션 3 공부를 시작했습니다. 하지만 공부를 해 나가면서 처음 들었던 생각이 변했습니다. 단순히 과거의 일을 아는 것이 아니라 기록된 것에 의문을 품는 것부터 생각하게 되었습니다. 역사는 왜곡되지 말아야 할 기록입니다.

그리고 이순신 공부를 시작했을 때도 한 인물의 일생을 알면 된다고 생각해서 쉽게 생각했는데 파고들수록 단순히 안다로만 공부해서는 안 된다는 것도 알았습니다. 각자가 써 내려가는 인생이라는 텍스트가 컨텍스트 속에 담기는 것이라고 가정했을 때 우리는 이순신이라는 텍스트가 담긴 컨텍스트를 보는 것이라고 할 수 있습니다. 즉, 이것은 불완전한 세상과 혼란스러움 속에 서 있던 한 인간의 놀라운 자기 기록이기도 합니다. 그렇기에 한 사람의 생애를 깊숙이 파고들어서 공부한다는 것은 쉬운 공부가 될 수 없습니다. 이순신 공부는 어려워질 수밖에 없지만 그의 비범함이 이 결과를 만들게 되었구나라는 것을 알 수 있기에 어찌 보면 이순신 공부는 어려우면서도 몰랐던 사실을 크게 깨닫게 해 주는 공부라고 생각합니다.

성준우

처음 <기억하는 자, 기록하는 자 역사를 대하는 우리의 자세>라는 제목을 보고 무엇을 어떻게 접근해야 할지 감이 잘 오지 않았습니다. 하지만 공부를 해 나가면서 기억과 기록, 그리고 역사를 대하는 자세는 어떠해야 하는지 생각해 볼 수 있었습니다. 기억과 기록에 근거한 역사는 모두가 연결되어 있습니다. 제각기 기억하는 것을 기록하고 그것이 역사가 되는 것입니다. 기록은 매우 중요합니다. 학교에서 배우는 한국사, 세계사처럼 흔히 역사라고 부르는 교과과목은 모두 책을 통해 배웁니다. 다시 말해서 기록에 근거한 것입니다. 역사는 우리 삶에서 매우 중요합니다. 그저 교과목이라 중요한 게 아니라 옛사람들이 어떻게 살았는지의 사실을 똑바로 알아야 합니다. 왜곡된 잘못된 역사는 사람들이 어떻게 살았는지 알 수 없게 합니다. 사실로써의 역사를 알아야 그곳에서 교훈을 얻을 수 있습니다. 잘못된 역사를 배우면 바른 판단을 할 수 없습니다. 올바른 역사를 위해 정확한 기록이 있어야 합니다.

역사가 정확히 기록되기 위해서는 어떤 것들이 필요할까요? 두 가지가 필요하다고 저는 생각합니다. 첫째는 개연성이라는 단어입니다. 과거에 일어났다고 모두 역사가 될 수 없습니다. 소수림왕의 예를 보면 역사적 개연성을 발견할 수 있습니다. 개연성은 원인과 결과를 연결해 주는 것입니다. 역사적 인과관계의 특징이라고 볼 수 있습니다. 제가 이번 기말고사 세계사 시험을 치면서 그저 외우는 것에만 집중했습니다. 시험을 치고 난 뒤 외웠던 내용을 금방 잊어버렸습니다. 앞으로 저는 역사 공부에 있어서 개연성을 찾아 공부할 것입니다. 단순 암기가 아니라 원인과 결과를 중심에 두고 공부할 것입니다.

두 번째 단어는 공정입니다. 이 말은 어떻게 보면 당연한 것입니다. 유럽에 오래된 역사책 중 하나인 헤로도토스의 『역사』는 예전의 것 그대로를 기록하려고 했습니다. 헤로도토스의 원칙은 공정성이었습니다. 공정성이 없으면 역사를 왜곡하고 누군가에게 유리한 대로 바꾸게 됩니다. 역사적 행위를 평가할 때는 공정성을 잃어서는 안 됩니다. 또 한 가지 중요한 것이 있는데 이것은 왜곡된 역사나 잘못된 역사를 판단할 줄 아는 자세입니다.

이번 학술대회를 준비하면서 임진왜란과 부산대첩, 이순신 장군의 정신에서 시작한 공부가 역사를 대하는 자세까지 공부하게 되었습니다. 학교에서

배울 수 없는 공부를 할 수 있는 기회를 주셔서 감사드립니다. 앞으로 저의 공부 자세와 역사를 통해 배운 것들로 저의 삶의 방향을 잘 맞춰나가겠습니다.

손민정

역사를 기록하는 것은 '사람'이고 그 기록을 기억하는 것도 '사람'입니다. 모든 정보는 자신의 시각에서 받아들이고, 자신이 받아들인 것을 기록합니다. 우리가 당연하게 받아들이는 역사적 사실명제에도 편찬자의 관점과 의도가 녹아있을 수밖에 없다는 것입니다. 자신의 시각에서 받아들인 것은 각자의 방법대로 재구성하여 기억하게 됩니다. 그 기억을 꺼낼 때도 각자가 재구성한 내용을 꺼냅니다. 기록과 기억의 과정 그 어디서도 완전히 객관적인 것을 찾을 수 없습니다. 세상에 완전히 객관적인 사람은 존재할 수 없기 때문입니다.

이러한 역사를 대하는 우리의 자세는 어떠해야 할까요? 저는 평소 어떠한

글을 읽을 때 대개는 무비판적 태도로 글의 모든 내용을 사실명제처럼 받아들이곤 합니다. 그리고 그 기억을 인출할 때면 타인에 의해 사실 여부가 다시금 판단되고 머쓱해지기도 합니다. 나의 이러한 무지에서 비롯된 무방비 상태의 읽기 습관에 대해 생각해 볼 수 있었습니다. 100% 완전한 내용이 있을 수 없다는 것은 당연하지만 능동적으로 글을 받아들이는 것에 비해 무비판적이게 수동적으로 글을 받아들이는 것은 쉽기에, 의식하지 않으면 후자의 방법을 선택하게 되는 것입니다.

특히나 역사는 더욱 능동적으로 생각하며 받아들여야 합니다. 자연과학 학문이 아니기에 모든 사건은 필연성이 아닌 개연성으로 설명됩니다. 기술자의 당시 감정, 판단, 그 상황의 맥락, 셀 수 없이 많은 요소가 서로 영향을 주고받으며 기록이 이루어집니다. 똑같은 정보가 제공되지만 학생들은 각기 다른 글을 적어내는 것처럼 말입니다.

역사를 대하는 나의, 우리의 자세는 객관적인 것은 없다는 사실을 충분히 고려하여 같은 역사적 사건을 다룬 다양한 관점의 글들을 찾아보고, 비판적으로, 또 능동적으로 생각할 수 있는 자세를 취해야 할 것입니다. 이 세상에 객관적인 것은 없다는 것이다, 참으로 인상 깊은 말인 것 같습니다.

안형준

공부를 하면서 '청소년 역사 교육의 중요성과 한국 바로 알리기(『오늘의 청소년』 통권 199호)' 부분이 기억에 남았습니다. 인류의 역사에 대한 의식에서 세계를 바라보는 눈은 인류 역사 전체의 다양성 개념이 아닌 자신들의 세계와 세계 전체를 동일하게 하려는 시각에서 시작되었습니다. 21세기를 살아가는 현대사회는 과거 인류가 이룩해 왔던 모든 역사와 문명을 종합하고 검토하여 새로운 시대적 가치관과 질서를 모색하는 과도기라고 할 수 있는데 우리 민족은 오천 년 역사를 이어왔고 최초로 한국이 알려지기 시작한 16세기 이후 세계는 많은 변화가 있었습니다. 또한 큰 변혁의 역사를 경험한 시기이기도 합니다.

오늘날 외국의 역사 교과서와 세계의 우수한 백과사전들, 그리고 첨단의 인터넷 정보 사이트에 이르기까지 한국에 대한 왜곡된 서술이 넘쳐나며, 한국인에 대한 선입견과 편견들이 각종 매체와 수단들을 통해 전 세계에 퍼져나가고 있는 현실을 겪고 있습니다. 이러한 역사적 인식을 바꾸기 위해서는 역사 교육이 중요하다고 생각합니다. 현재 우리나라 청소년들의 교육 현실은 '국·영·수' 과목 위주입니다. 최근 중국과 일본의 역사 왜곡 문제 때문에 역사교육을 강화하자는 논리가 현실에서는 모순인 것입니다. 실제로 전 세계에서 한국 역사교육이 가장 소홀하다는 지적을 받는 실정입니다. 글을 읽어본 후 미국은 역사를 중심으로 한 사회과로 편제돼 있고, 일본 중학교는 사회과 안에 역사과를 두고 있어 2학년 때 배우는 역사는 세계사와 자국사를 결합해 둔 형태입니다. 고등학교에서는 일본사는 선택이지만 대다수 학교에서는 필수로 가르치고 있습니다. 미국에서는 독립된 미국사 외에 사회 과목에서도 미국사의 역사의식을 중심으로 세계 지리와 세계 역사를 가르치고, 미국 정부론과 공민 과목에서도 미국사의 내용을 중복적으로 가르쳐 미국인의 국가관과 애국심을 통한 정체성 확립의 효과를 극대화하고 있습니다. 미국은 글을 읽기 전에도 우리나라와는 다른 방식으로, 방향으로 교육하고 있습니다. 아이들에게 전해주고자 하는 것을 가르치는 속도가 다르다는 것을 알게 되었습니다. 무조건 빠르고 많이 배우는 것이 좋은 것만이 아니라는 생각도 했습니다. 미국 외 일본을 포함한 다른 국가에서 다양한 방법으로 수업하며 각국의 역사를 지켜나가려는 노력이 느껴졌습니다. 특히 미국이 어떤 방식으로 수업하는지 자세하게 알게 되어 우리나라의 교육방식과 비교해 볼 수 있어서 뜻깊었습니다. 현재 우리는 선생님이 주로 수업을 진행하는 인강식 방법으로 수업하다 보니 대학을 진학하여 프레젠테이션을 발표하고, 자신의 주장을 발표하는 수업을 어려워한다고 생각합니다. 우리나라도 역사교육을 위한 다양한 학습 방법으로 우리나라의 역사교육 중요성을 알려야 할 뿐만 아니라 나아가 교육 자체의 방법에 대해서도 생각해 보아야 할 것 같습니다. 좋은 교육을 받고 훌륭히 자라고 싶습니다.

정승원

저는 세션 3의 <기억하는 자, 기록하는 자>에 대해 이야기하고 싶습니다. 이 글은 역사는 공정하게 기록되어야 한다는 중심 내용을 가지고 있습니다. 하지만 저는 역사가 공정하게, 객관적으로 기록될 수 있는가에 의문이 들었습니다. 역사 안에서 어떤 일이 벌어졌더라도 그 일을 기록하는 자가 자신의 주관적인 생각을 넣어 적을 수 있으니까요. 조선시대에는 왕을 따라다니며 왕의 행동을 기록하는 사관이 있었습니다. 사관은 왕의 행동을 다 적지는 않았습니다. 가치가 있다고 생각되는 행동만 기록에 남겼다고 합니다. 이 부분에서 역사는 사람의 주관적인 생각이 들어갈 수밖에 없다는 것을 보여주고 있습니다.

　왕은 똑같은 행동을 하여도 사관, 즉 기록하는 자의 주관적인 생각에 따라 그 행동은 기록되지 않을 수도, 다르게 해석될 수도 있습니다. 다른 예로는 소수림왕이 있습니다. 고구려는 4세기 전반에 큰 위험에 처하게 됩니다. 제16대 왕인 고국원왕이 백제군의 화살에 맞아 죽은 것이었습니다. 그로 인해 태자였던 소수림왕은 갑자기 왕위에 올랐습니다. 이때 소수림왕은 나라의 기반을 다지는 선택을 합니다. 하지만 소수림왕이 선택할 수 있는 방법은 여러 가지였습니다. 군사를 재정비할 수도 있었고, 다른 나라나 민족과 외교관계를 강화해서 연의 위협을 막을 정책을 세울 수도 있었습니다. 그렇다면 나라 안의 기반을 다지자는 것은 누가 결정했을까요? 바로 고구려 지배층의 판단입니다. 가능했다면 고구려의 역사를 한 사람이 바꿀 수도 있었을 겁니다. 이를 보고 우리는 역사를 객관적으로 기록해야 한다고 할 수 있을까요? 저는 공부를 하면서 여러 생각을 했습니다. 특히 역사의 기록에 대해 생각해 봤습니다. 앞서 설명드렸던 예와 같이 역사에는 기록한 자의 주관적인 생각이 들어갑니다. 그렇다면 이런 생각을 할 수 있습니다. 그럼 모든 시민들이 동의하는 내용을 기록하면 되는 거 아닌가 말입니다. 하지만 그것은 실질적으로 불가능합니다. 어떻게 수많은 시민의 동의를 얻을 수 있겠습니까? 또 자신들의 역사를 더 우월하게 기록하고 싶은 사람들도 있습니다. 국가가 정책을 결정할 때 모든 시민은 그 정책을 동의하지 않습니다. 그 정책이 자신에게는 해가 될 수 있는 거니까요. 역사를 기록하는 것도 마찬가지입니다. 역사는 객관적으로 기록되기가 불가능에 가깝습니다. 결국 역사는 기록하는 자의 손에 달린 것입니다. 따라서 우리는 역사를 객관적으로만 적어야 한다라고 하지 말고 기록된 역사를 여러 관점으로 볼 수 있어야 합니다. 우리는 그런 안목을 가지기 위해 지금 이런 공부를 하는 것입니다.

전나경

저는 오늘 역사를 대하는 우리의 자세에 대해 이야기해 보려 합니다. 역사란 인간이 살아온 흔적입니다. 역사를 기록하고 기억하는 것은 우리의 의무입니다. 역사는 살아있는 사람들의 기억이고 사람들은 기록을 통해서 기억합니다. 즉 기억하는 것과 기록하는 것은 긴밀한 관계가 있습니다. 그러나 이 역사적 기록이 사실과 다르게 표기된 것이 많습니다.

여러분 혹시 반크에 대해 들어보신 적이 있으십니까? 반크란 사이버 외교 사절단으로, 2001년부터 한국 역사의 오류를 바로잡기 위해 한국 바로 알리기 활동을 하는 단체입니다. 반크는 이순신 장군의 기록 정신, 창의 정신, 나라 사랑, 정의 실현 이 네 가지 정신을 이어받아 우리나라의 미래를 지키고, 동아시아 평화를 구축하기 위하여 21C 이순신 오류시정 프로젝트를 진행하고 있습니다.

첫 번째로 반크는 이순신 장군의 기록 정신을 이어받아, 오늘날 발견되고 있는 오류 내용이 담긴 웹사이트, 교과서, 출판물 등을 조사하고 기록으로 남겨 이들이 시정될 수 있도록 이끕니다. 두 번째로 거북선을 건조하고 학익진을 창조해 낸 이순신 장군의 창의 정신을 이어받아, 한국 역사의 오류를 창의적인 방법으로 시정하고 올바른 한국 역사를 퍼뜨립니다. 세 번째로 이순신 장군이 계급의 높고 낮음에 상관없이 맡은 바 임무에 최선을 다하며 나라 사랑을 실천했던 정신을 이어받아, 한국 관련 오류를 바로잡고 세계 속에 국가 이미지를 바로 세웁니다. 마지막으로 이순신 장군의 평생 불의와 타협하지 않았던 정의 실현 정신을 이어받아, 역사 왜곡 등 동아시아 평화에 저해되는 분쟁의 시초들을 바로 잡아 동아시아 평화를 구축합니다. 이순신 장군의 정신을 이어받아 한국 역사의 오류를 바로잡는다니 정말 멋있지 않습니까?

이후 저는 한국 역사 오류에 관한 자료가 궁금해 찾아보다가 이런 글을 보게 되었습니다. 외국 도서관에 있던 책들에서 동해가 일본해로 잘못 표기되어 있었다는 것이었습니다. 상당히 심각한 문제입니다. 동해 표기는 단순한 명칭 문제가 아닌 일본 제국주의 시절 불합리하게 빼앗긴 이름을 되찾는 문제이기 때문입니다. 절대로 역사는 왜곡되어 전해져서 안 됩니다.

자랑스러운 역사는 자랑스러운 것으로, 부끄러운 역사는 자숙하고 부끄러운 것이지만 있는 그대로 가르쳐야 합니다. 이것이 바로 역사를 대하는 바람직한 자세입니다. 우리는 이순신 장군의 정신을 이어받아 한국에 관한 오류를 바로잡고 역사를 있는 그대로 바라보는 자세를 가져야 하겠습니다.

장인서

세션 3의 제목은 역사가 기록물로 전승된다고 생각했던 저에게 궁금증을 안겼습니다. 역사는 기록인데 기억은 뭐지? 역사는 기록되기 전, 사실이 기억된 후 기록이 된다는 것을 깨닫고 아~라는 소리가 나왔습니다. 기록 이전에 기억이 있다는 것을 말이죠.

소수림왕의 『선택』과 사마천의 『사기』, 헤로도토스의 『역사』를 공부하면서 『선택』과 이어지는 역사와의 개연성, 『사기』에서 역사가들이 가졌던 비판정신, 『역사』를 통해서는 역사적 사실의 공정성을 알게 되었습니다. 이전까지 저는 이런 요소들은 몰랐고 역사는 그저 암기만 했기에 더욱 뜻깊은 시간이었습니다.

그리고 세션 3에서는 현대 청소년 역사교육의 문제점을 다루었는데요. 제가 가장 공감했던 부분이었습니다. 바로 저의 현실과 관련이 있기 때문이었죠. 한국에 대해 잘못 알려진 사실을 바로잡기 위해 시작한 것이 한국 바로알리기 사업입니다. 일본의 역사 왜곡과 중국의 동북공정이 시작되면서 우리 청소년들에게 역사를 제대로 알리는 사업을 추진하고 세계 청소년들에게도 알려야 하는데, 저는 이 부분을 공부하면서 우리의 우선 과제는 한국 청소년들이 역사를 친숙하게 여겨야 한다는 생각을 가졌습니다. 사실 대부분의 청소년에게는 역사는 외울 것이 많은 암기과목일 뿐이거든요. 게다가 학교에서 국어, 영어, 수학 3개 과목 위주로 공부하기에 역사가 비중이 큰 과목이라는 생각도 들지 않습니다. 그런 의미에서 이번 세션 공부는 역사 왜곡과 역사 공부의 중요성을 재인식할 수 있어서 상당히 의미 있는 시간이었습니다.

또 임진왜란 연구가 흥미로웠습니다. 임진왜란에서 빼놓을 수 없는 인물이 이순신 장군님인데요, 이순신 장군님에 대한 존경심이 다시 한번 더 채워지는 시간이었습니다. 이순신 공부가 쉽지만은 않았는데, 한 인물의 생애와 가치관을 이해하기에는 너무 많은 것이 얽혀 있었습니다. 하지만 포기하지 않고 공부해 보고 싶었습니다. 그러면 저도 이순신 장군님을 닮을 수 있을 것 같았습니다.

제설하
역사란 무엇이며, 역사적 시각은 어떻게 만들어지는가

'역사'가 무엇이냐라고 질문을 하면 학교에서 배우는 과목, 지나간 일 등 다양한 대답들이 나올 것입니다. 그중 '역사'가 무엇인지 가장 잘 설명하는 말은 '기록된 과거의 일' 일 것입니다.

기록되기 위해서는 기록하는 자, 즉 기록자가 필요합니다. 그렇다면 누가 역사를 기록하는 '기록자'가 되는 것일까. 먼저 가장 기본적으로 글을 알고 적을 수 있는 사람이어야 합니다. 그리고 과거에 역사를 기록한 자들을 살펴보면 알 수 있듯이 그들 대부분은 지배계층입니다. 오죽하면 '역사는 승자의 기록'이라는 말도 나왔겠습니까.

모든 역사가 누가 봐도 확실한 객관적 사실이라면 우리들은 그저 역사에 대해 아무 궁금증도 가지지 않고 외우기만 해도 됩니다. 하지만 역사를 기록하는 사람이 지배계층이고, 인간인 이상 기록된 과거의 일들은 기록자에게 유리하고, 기록자의 주관적인 관점으로 기록되어 있을 것입니다. 그래서 우리는 역사에 대한 '해석'을 해야 할 필요가 있습니다.

역사 해석을 할 때는 역사적 시각이 필요합니다. 역사적 시각은 역사를 올바르게 이해하기 위해서 필요한 시각입니다. 우리가 바라보고 이해하는 역사는 기록될 때 어쩔 수 없이 왜곡된 부분이 존재합니다. 그러나 완전히 위조

된 부분들도 많기 때문에 역사적 시각은 필수입니다.

　역사적 시각을 갖기 위해선 역사가 기록된 그대로 받아들이고 이해하는 것이 아닌 그 역사적 사건을 바라보는 비판적인 시각이 필요합니다. 모든 역사적 기록을 믿지 말고 무조건 비판만 하라는 뜻이 아니라 아무 저항 없이 역사적 기록을 수용하지 말란 뜻입니다. 내가 지금 보고 있는 이 기록 속 사건이 언제, 어디서, 왜 발생하였으며 이 사건을 기록한 이는 누구인지, 어느 세력이었는지도 알면 기록의 사실 여부를 가려내기에 훨씬 쉬울 것입니다. 역사적 시각은 우리가 보는 역사를 기록한 글에 대해 의심하는 것부터 시작되어 만들어집니다.

　지금부터 학교나 다른 곳의 역사 수업에서든 역사를 배울 때 우리가 배우고 있는 역사가 사실인지 왜곡되지는 않았는지 생각해 봐야 할 것입니다. 생각이 또 다른 생각을 낳고, 기록에 대해 비판할 수 있는 시각을 넓히면 역사적 시각을 가질 수 있을 것입니다.

청소년은 왜 부산대첩을
공부해야만 할까

김종대(부산대첩기념사업회 명예이사장)

이런 컨퍼런스가 학생들에 의해 주도적으로 만들어졌다는 게 놀라워요. 특히 어른들은 여전히 부산포해전이라고 부르면서 부산대첩이라고 명명하길 꺼리는데, 학생들 입에서 부산대첩이라는 명칭이 스스럼없이 나와서 매우 놀랍고 보람 있습니다. 이런 게 역사적인 거예요.

우리가 이순신 장군 하면 어릴 때부터 들어온 인물이고 위인이다 보니 너무 잘 안다고들 생각해요. 특히 요즘은 이순신을 소재로 한 영화도 많이 만들어지고 그런 걸 보고 영화의 내용이 이순신의 전부라고 생각하는 이들도 많아요. 아까 진서 선생이 서두에 시험 기간에 이걸 준비하다 보니 학생들이 정말 고생이 많았다고 하는데, 이런 공부는 학교 공부에 비할 바가 아니에요.

내가 학생들에게 정말 당부하고 싶은 얘기가, 일반적인 역사 공부도 좋지

만, 이순신이란 인물을 제대로 한 번 공부해 보세요. 이순신을 통해 학창 시절에 배우고 익혀야 하는 모든 것을 경험하게 될 거예요. 이순신은 적들에겐 이순신 이름만 들어도 벌벌 떨게 만드는 맹장이었지만 어머니에겐 더할 나위 없는 효자였고, 부하 장수들과 백성들에겐 자애로운 리더였어요. 우리 역사에 이렇게 모든 걸 다 갖춘 역사적 인물이나 장수가 없어요.

그리고 만약 지금 학생들이 부산대첩이라고 부르는 이 전쟁에서 우리가 승리하지 못했다면 아마 우리 역사는 크게 달라졌을 거예요. 그만큼 부산대첩의 역사적 의미가 커요. 이순신은 가장 아끼던 정운 장군을 잃고 부산 앞바다를 지킨 거예요. 부산은 부산대첩의 도시, 이순신의 도시라는 걸 꼭 기억하길 바랍니다.

지금 여기
이순신을 소환하는 이유

남송우(부산여해재단 이순신학교 교장, 부경대 명예교수)

4월 28일은 이순신이 태어난 지 477주년이 되는 날이다. 나라가 위기상황에 처했을 때마다 이순신은 시대의 격전지로 불려 나오길 거듭했다. 그도 그럴 것이 임진왜란 당시 이순신이 보여준 리더십과 백성을 보살피는 애민정신, 나아가 전장 장수로서의 탁월한 전략 등은 그를 성웅 이순신으로 깊이 각인시키기에 충분했다.

그러나 이순신 사후 400여 년이 지난 지금껏 국가권력은 이순신의 영웅적 면모를 정치적으로 이용만 했을 뿐 여전히 그를 '역사 속의 위인'으로만 남겨놓았다. 애국계몽기의 신채호가 쓴 『이순신전』, 일제강점기 이광수의 『이순신』, 한국전쟁기 박태원의 『리순신 장군』, 한국전쟁 종식 후 박종화의 『임진왜란』, 2000년대 이후 김훈의 『칼의 노래』, 김탁환의 『불멸의 이순신』 등도 대중의 문학적 상상력은 고무시켰을지 모르나 크게 다르지 않았다.

격동의 시기마다 이순신을 소환해 내는 방식은 그 시대가 요구하는 가치나 지향점에 준거한다. 그렇다면 지금 한국의 현실은 어떠한가. 이순신을 소환했던 매 시기가 그러했겠지만 지금은 지난 시기 어느 때보다 엄중한 상황에 직면해 있다. 지표상으로는 세계 경제대국의 반열에 올라있고, 군사적으로도 이미 열세를 면한 지 오래됐다고 자부한다. 그러나 그러한 화려한 수치 뒤에 가려진 삶의 지표는 어떠한가. 여전히 세계 유일의 분단국이며, 국민의 절대다수를 분열시키는 불평등지수는 나아질 기미가 보이지 않는다. 국민 과반수가 수도권에 집중된 기형적인 국가, 서울공화국이라는 오명도 이제 낯설지 않다. 대통령 선거가 끝난 지금, 국가의 수장은 바뀌었으나 아직은 모든 것이 불투명하다. 팬데믹으로 인한 국민의 피로감이 가시지도 않았는데 정치인들은 또다시 희망의 메시지만을 쏟아낸다. 그것이 어떤 시대가치와 정신에 근거해야 하는지, 지금 한국사회에 절실하게 요청되는 것이 무엇인지에 대한 일말의 성찰도 없다.

400년 전 이순신은 어떤 지도자였을까? 사료에 의하면 공인으로서 그는 어느 하나 흐트러짐이 없었다. 당파싸움으로 나라가 사분오열된 상황에서 위정자들은 앞다투어 자신의 안위만을 생각하며 백성을 나 몰라라 했다. 전쟁이 발발한 급박한 상황에서도 어느 것 하나 달라지지 않았고, 급기야 국왕이 백성과 궁을 버리고 도망가기에 이른다. 이순신은 이 모든 악조건을 딛고 일어선다. 국왕과 사대부 위정자에 대한 원망도 없었으며, 자신의 암담한 처지를 한탄하지도 않았다. 그는 오로지 자신의 신념대로 선공후사의 자세로 나라와 백성을 지켜낸다. 그가 명량해전에 앞서 올린 장계에 나오는 말, 필사즉생 필생즉사(必死則生 畢生即死)는 이제 한국인의 가슴에 새겨진 금언이 됐다.

최근 평생을 이순신 연구에 바치며 그의 삶을 따르고자 했던 김종대 전 헌법재판관이 5번의 개정을 통해 새로이 이순신 평전을 세상에 내놓았다. 그의 저서 『이순신, 하나가 되어 죽을힘을 다해 싸웠습니다』에서 전 재판관 김종대는 이순신 정신의 4대 가치를 사랑, 자립, 정성, 정의로 규정한다. 무엇보다 사랑을 가장 앞세워 강조한 것은 이순신의 삶이 근본적으로는 사랑에 토대를 두고 있었음을 알리기 위함이었을 것이다. 혈연에 기반을 둔 사랑이, 자신이 휘하에 둔 병졸과 백성에 대한 사랑으로, 나아가 나라와 국토에 대한 사랑으로까지 확장돼 나가는 과정은 이순신이 어떤 지도자였는가를 잘 보여주고 있다. 이렇게 시작된 사랑은 정성스러운 삶의 자세로, 스스로의 힘으로 어려움을 극복하고 결국엔 불의와 타협하지 않는 정의로움으로 변주돼 그의 전 생애에 스며든다.

인간으로서나 지도자로서나 최고의 삶을 살다 간 이순신을 떠올리면서 어쩔 수 없이 드는 생각 한 가지, 우리는 과연 삶의 순간순간을 이순신처럼 살 수 있을까? 이순신이란 거울 앞에 선 우리의 모습은 과연 어떠한가? 아마도 이순신을 '지금-여기'로 소환한다는 것은 단순히 그의 태어난 날을 기념하고, 그의 승전을 축하하는 일로 그치는 것은 아닐 것이다. 이름 없는 민초와 함께 지켜내고자 했던 그의 정신적 가치를 통해 우리는 뼈아프게 부끄러운 자화상을 마주한다.

공모전 수상작

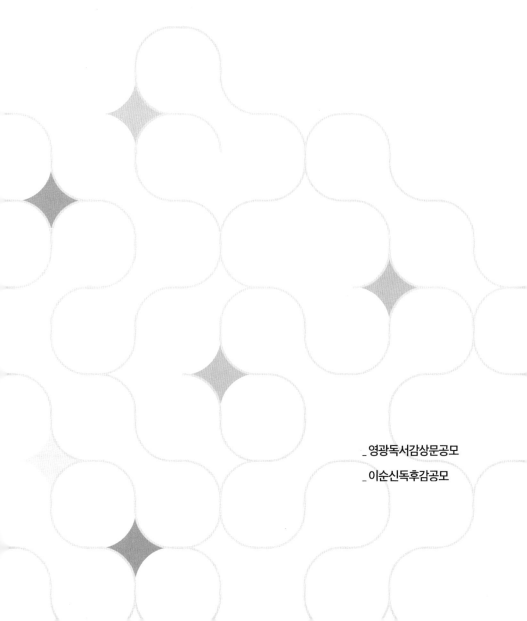

_ 영광독서감상문공모
_ 이순신독후감공모

아이들의 글은 어디서 오는걸까?

책을 읽는 아이는 생각할 줄 알고 쓸줄 안다.

『긴긴밤』을 읽고

안서현(15세)

이 책 『긴긴밤』은 '불운한' 검은 점이 박힌 알에서 목숨을 빚지고 태어난 어린 펭귄과 차쿠와 웜보, 노든의 이야기이다. 각기 종이 다른 펭귄의 아버지들은 사람들을 피해 밤낮으로 쉴 새 없이 바다로 걸어가야 했다. 마지막까지 살아남았던 흰 바위 코뿔소인 노든은 어린 펭귄을 바다로 보내기 위해 자신을 인간들의 관심거리가 되게 하면서, 자신들의 이야기를 친구들에게 전해 달라는 마지막 부탁을 남긴다. 온 힘을 다해 달리던 펭귄은 어딘가에 있을 바다를 찾아 모래언덕을 지나고 결국 절벽에 도착한다. 절벽에는 올라설 수 있는 틈이 있었지만 틈이 없을 때에는 부리로 쪼아 올라설 수 있는 틈을 만들어야만 했다. 어린 펭귄은 부리가 아파도 떨어지기를 반복하면서, 상처가 생겨도 포기하지 않고 꼭대기에 다다랐다. 절벽 꼭대기에는 그토록 찾아 헤매던 바다가 있었다. 어린 펭귄은 자신이 바다로 들어가면 엄청난 모험이 기다리고 있을 것을 알고 있지만, 또한 수많은 긴긴밤을 견뎌내야 한다는 것도 알고 있었지만 펭귄은 밤하늘에 빛나는 무언가를 찾겠다고 다짐하면서 바다로 들어간다.

『긴긴밤』은 자신과 생김새가 다른 아빠와 어린 펭귄이 바다를 찾기 위해 모험하는 이야기이면서 동시에 목표를 이루기 위해선 누군가의 희생이 반드시 따른다는 교훈을 주는 이야기이다. 어린 펭귄이 무사히 알을 깨고 나와 성장할 수 있게 된 것도, 어린 펭귄이 홀로 떠난 바다에서의 모험도 가능했던 것도 결국은 아빠'들'의 희생이 있었기에 가능했던 것이다. 나는 이 책을 읽는 동안 내내 '연대'와 '정체성'이란 단어를 떠올렸다. 노든은 코끼리 고아원에서 다른 코끼리의 도움을 받았고, 바깥세상에서는 아내의 도움을 받았으며 동물원에 들어와서는 앙기부의 도움을 받았다. 노든은 코끼리들의 도움으로 고아원에서 적응하면서 살아가게 되는데, 노든과 코끼리는 다른 종족이지만 어쩌면 노든에게는 어린 시절부터 함께 한 이들이 진정한 가족일지 모른다.

동물들을 주인공으로 내세우는 이런 이야기는 사실 동물을 빗대어 동물보다 못한 인간들에게 어떤 메시지를 던지기도 한다. 예를 들면, 오직 자신과 다른 외모를 가졌다는 이유로 차별하는 이들에게 노든의 코끼리 고아원에서의 일상은 매우 큰 교훈을 준다. 아기 펭귄의 도전 역시 마치 한 그루의 소나무를 보는 듯하다. 강한 바람에도 쓰러지지 않고 꿋꿋이 자신이 서있는 자리에서 최선을 다하는 모습은 실패 후에 더 굳건해지는 인간의 의지를 묘사하는 것처럼 느껴진다. 아기 펭귄은 반복적인 실패에도 포기하지 않는다. 실패를 한 자가 정말로 두려운 것은 또 다른 실패가 아니라 실패 후에 다시는 도전하지 않는 것이다. 이 책의 저자는 아기 펭귄의 도전에 빗대어 '무슨 일이 있더라도 포기만은 하지 말라'는 메세지를 전하고 있는 것 같다.

동물원에 왼쪽 눈이 불편한 차쿠와 웜보라는 수컷 펭귄 커플의 얘기 또한 의미심장하다. 이들의 삶은 우리가 생각하는 보통의 '연대'와는 다른 모습이지만 무엇보다 진한 감동으로 연대하는 삶을 설명한다. 차쿠와 웜보는 인간으로 따지자면 장애인이고, 게이이자 사회적 소수자쯤 될 것이다. 이런 이들이 보이는 연대의 모습은 쓰면 뱉고 달면 삼키는 이기적인 보통사람들의 연대와는 다르다. 장애를 가지고 있는 차쿠와 그 곁에서 도와주며 함께 살아가는 웜보는 우리 사회에서 가장 차별받는 존재라고 할 수 있는 성소수자와 장애인의 삶을 상징적으로 보여주고 있다. 여기서 잠깐, 나는 이 책의 큰 줄거리와 상관없지만 괜히 울컥했던 장면이 있었다. 작품 초반에 앙기부를 잃고 혼자가 된 노든이 갇혀있는 공간과 뿔이 잘린 모습이다. 실제로 코뿔소들이 이런 일들을 겪을 거라고 생각하니 독후감을 쓰는 내내 마음이 아프고 슬펐다. 실제로 코뿔소의 뿔이나 코끼리의 상아가 고액으로 거래되고 있는 현실을 생각해 보면 나의 상상이 상상만으로 그치지는 않을 것이다. 도대체 인간이 동물들에게 저지를 수 있는 악행이 어디까지인지를 묻고 싶다.

이 책은 우리에게 우리가 살고 있는 지금의 현실, 특히 인간을 지구의 주인인양 인간 외의 다른 동물들을 학대하고 죽이는 잔인성을 고발하고 있는 책처럼 느껴지기도 한다. 언젠가 다큐멘터리에서 동물들도 사람들과 유사한 고통을 느낀다는 내용을 본 적이 있다. 동물들에게 물어볼 수는 없지만 나는 그렇다고 생각한다. 아니 오히려 더 고통에 예민할 수도 있다. 그들이 단지 인간의 언어로 자신의 고통을 설명할 수 없을 뿐이다. 우리가 동물이라고 얕잡아보는 펭귄이나 이 책의 등장인물인 다른 동물들도 마찬가지일 것이다. 인간은 이제 스스로 지구의 주인자리에서 내려와야 한다. 인간이 모든 것을 독점하고 파괴하는 일을 멈추어야만 한다. 나도 동물들의 편에 서서 끝까지 싸울 것이다.

『데미안』을 읽고

정승원(14세)

이 책은 싱클레어라는 청소년의 정신적 성장을 다루고 있는 소설이다.

주인공인 싱클레어가 열 살일 때 작은 도시의 라틴어 학교에 다니던 시절 겪은 두 세계에 대한 이야기로 시작한다. 한 세계는 아버지와 어머니의 집이었다. 그 세계에 속하는 것은 온화한 광채, 맑음과 깨끗함이었다. 반면에 또 하나의 세계는 완전히 다른 세계였다. 그 세계 속에는 여러 범죄들과 술 취한 사람들, 무서운 물건, 도살장과 감옥 등이 있었다. 그런데 기이한 것은 그 경계가 서로 닿아있다는 것이다. 예를 들자면 그의 하녀는 기도 때는 밝음과 올바름에 속했지만 이웃 아낙네들과 싸울 때만 되면 그녀는 다른 세계에 속했다. 모든 것들이 그랬는데, 그가 가장 심하게 그랬다. 이 부분에서 나는 선한 세계와 악한 세계는 사람의 마음이라고 생각했다. 착한 마음을 가진 사람도 있고 그렇지 않은 사람, 상황에 따라 마음이 바뀌는 사람이 있으니까 말이다. 그는 악한 세계의 크로머와 어울리기도 했는데, 어느 날 그가 크로머에게 약점을 잡히는 일이 생겼다. 크로머가 돈을 가져오라고 한 이후로 그는 하루동안 온갖 생각이 오고 갔다. 청소년이 자신이 벌인 일에 대해 조마조마하는 것처럼 말이다. 또 싱클레어는 이 일을 부모님이 알게 되면 어떻게 될까라고도 생각한 것 같다. 며칠간의 크로머의 협박으로 인해 구원을 바라던 찰나, 구원은 새로 전학 온 데미안으로부터 왔다.

　그가 학교에서 집으로 가는 길에 데미안이 그를 불러 오늘 학교에서 들은, 이마에 표적을 단 카인에 대해 이야기하였다. 데미안의 말을 요약하자면 데미안은 그 이야기를 관점에 따라서 다르게 해석할 수도 있다고 하였다. 데미안은 동생을 죽인 카인이 고귀한 인간이고, 아벨이 비겁자라고 이야기했다. 그는 데미안에게 카인은 나쁜 사람이 아니고 성경의 이야기는 모두 거짓말인 것이냐고 물었다. 그러자 데미안은 그럴 수도 있고 아닐 수도 있다고 대답했다. 사람들이 카인을 무서워해서 이 이야기를 지어낸 것, 즉 하나의 소문이라고 답했다. 하지만 카인이 동생을 죽인 것은 사실이고 카인과 그 자손들은 일종의 표적을 지녔다는 것은 사실이라고 했다. 데미안의 말의 뜻은 강한 사람이 약한 사람을 죽였으니 약한 사람들이 겁이 났다. 약한 사람들은 카인을 죽이지 않은 이유를 겁이 나서라고 하지 않고 카인이 신이 그려주신 표적을 가지고 있기 때문이라고 했다. 이렇게 소문을 만들었다는 것이었다. 그는 그 이야기를 듣고 이해하기 어렵고 혼란스러운 감정을 느꼈다. 그는 얼마 전까지 밝고 깨끗한 세계에서 살아온 일종의 아벨이었다. 하지만 지금 그는 다른 것에 깊이 박혀있었다. 저녁에 그는 갑자기 아버지의 밝은 세계를 꿰뚫어 본

듯 경멸했다. 자신은 악의와 불행을 겪었기에 아버지와 같은 선한 세계의 사람들 위에 있다고 생각했다. 하지만 그 기분은 잠깐 후에 사라졌다. 이 부분은 싱클레어가 점점 악한 세계에 물들어가는 것을 보여주는 것 같기도 하였다. 다음날, 끊기지 않을 것만 같던 크로머와의 악연이 끝이 났다. 신기하게도 그를 건들지 않았다. 그를 봐도 못 본체했다. 그러자 그가 데미안에게 크로머에 대해 이야기했던 것이 생각났다. 어떻게 한지는 모르겠지만 데미안이 도와준 것이었다. 그리고 마음이 편해진 그는 어머니에게 사실을 고하며 불편한 마음도 사라졌다. 우리가 말 못 한 비밀을 말했을 때의 기분처럼 말이다. 그 후로 별 탈 없이 지내다가 방학이 되고 그는 전학을 가야 했다. 그것도 가족들과 떨어져 혼자 말이다. 그가 고향을 놔두고 갈 때 가족들은 울었지만 그는 울지 못했다. 예전과 달리 완전 변한 것이다. 나는 이 부분에서 싱클레어가 정말 악한 세계로 빠져들어가면 어떻게 되는 것일까라고 생각해 보았다. 예전과는 너무 다르게 보였기 때문이다. 그렇게 그는 하숙집에서 생활했는데, 거기서 제일 나이가 많은 학생인 알폰스를 만났고 그와 같이 술집에 가서 술을 마셨다. 그것은 엄격히 금지된 것이었다. 술을 마신 후 고통스러웠지만 감미로웠다. 그 후로 그는 취한 것이 처음으로 끝나지 않았다. 그는 술집 출입이 잦았고 행패를 부리기도 했다. 싱클레어는 이제 완전한 악한 세계로 들어온 것이었다. 하지만 나는 싱클레어가 다시 선한 세계로 돌아올 것이라 생각한다. 이 책이 청소년의 성장을 담고 있는 책인 만큼 이 악한 세계를 이겨내고 선한 세계로 돌아갈 것 같다. 초봄에 공원에서 산책하던 그에게 그의 시선을 강하게 끄는 소녀를 만났다.

그는 첫눈에 그녀가 마음에 들었다. 그는 그녀에게 베아트리체라는 이름을 지어줬다. 그는 베아트리체와 한마디도 나누지 않았지만 그녀는 그에게 큰 영향을 주었다. 그날로부터 그는 술과 밤에 돌아다니는 일로부터 멀어졌다. 그의 어두운 내면을 극복한 것이다. 베아트리체에 대한 생각이 머리를 감싸자 그는 베아트리체를 그렸는데, 그 그림은 베아트리체가 아니라 데미안에 가까웠다. 또 그것이 나인 것 같다고도 생각했다. 나는 과연 여기서 베아트리체가 사람일까에 대한 생각이 들었다. 베아트리체는 어떤 일이 아닐까라고 생각이 들기도 했다. 어느 날 저녁 그는 길을 걷다가 술집에서 익숙하고 그리운 소리가 들렸다. 그 목소리를 귀 기울여 들어보니 데미안이었다. 그는 데미안이 올 때까지 기다리고 데미안을 만나 못다 했던 이야기들을 했다. 그러다 데미안의 집에 다다랐고 다음에 데미안의 집에 놀러 오라고 했다. 그리고 다음날 그는 데미안의 집에 찾아가 데미안의 집 현관에 있었다. 그러자 데미안의 어머니가 나왔다. 그는 아무 말도 할 수 없었다. 그녀가 그의 수호자인 것 같았다. 알지 못할 무언가가 느껴졌다. 그녀는 환하게 웃으며 데미안이 있는 곳을 알려주며 자신의 이름은 에바라고 하였다. 싱클레어는 데미안을 만나 그의 어머니와 에바에 대해 이야기 나누며 친숙해졌고 데미안 집의 아들처럼 그 집을 드나들었다. 그 후로 별일 없이 지내다가 데미안이 말을 타고 안 좋은 표정을 지으며 곧 러시아와 전쟁이 일어날 것이라고 하며 동원령이 내리면 그들은 전쟁에 동원될 것이라고 이야기했다. 얼마 후 데미안의 안색이 안 좋은 듯이 오더니 그를 보며 전쟁이 일어났으니 그들은 전쟁에 나가야 한다고 하였다. 그 후 어느 봄날 밤 그는 그가 점령한 농가 앞에서 보초를

서고 있었다. 그러다 갑자기 하늘에서 별들이 날아왔다. 그 별들은 포물선을 그려 그에게 떨어졌다. 그 후로 앞이 번쩍하더니 어두워졌다. 눈을 떠보니 그는 어느 매트리스 위에 있었고 주위를 둘러보자 데미안이 있었다. 그들은 오랫동안 눈을 마주 보고 있었다. 그러다 데미안이 말을 꺼냈다. 데미안은 그한테 자신이 필요한 일이 있을 것이라고 하면서 자신이 필요한 그때는 올 수 없으니 그럴 땐 나 자신에게 귀를 기울이라고 하며 생을 마감했다. 그가 거울을 들여다봤을 때 그는 데미안과 닮아 있었다.

나는 이 책을 읽고 처음에는 어떤 내용인지 무엇을 다루는 내용인지도 이해가 잘 가지 않았지만 여러 번 읽다 보니 주인공인 싱클레어가 악한 길과 선한 길의 경계에서 성장하는 내용을 다루는 소설 같았다. 여러 일을 겪으면서 성장하는 모습을 보여주는 것 같기도 했다. 싱클레어가 거울을 들여다봤을 때 데미안과 닮아있었단 말은 싱클레어의 정체성이 확립된 것 같다는 의미이기도 하다. 또 사람의 마음을 선한 세계와 악한 세계라고 비유한 것도 인상 깊었다. 사람의 마음은 선한 세계에도 속하고 악한 세계에도 속하는 것이니, 책 속의 이런 비유도 매우 인상 깊었다. 방황하는 청소년들에게 도움이 될 것 같다는 추천말을 듣고 읽기 시작했지만 만만치 않았다. 하지만 이 책을 읽고 난 후 나는 이만큼 성장한 느낌이 든다.

『비요』를 읽고

장인서(18세)

학교에서 임진왜란에 대해 공부하고 있을 때 조선인 포로에 대해 다룬 적이 있다. 학교에서 임진왜란 관련 책을 찾아 소개하는 수행평가가 진행 중이었기에 나는 '이거다!'라는 생각을 가지고 임진왜란의 조선인 포로에 대한 책을 찾다가 『비요』라는 제목을 가진 책을 찾게 되었다. 책의 제목을 보고 이게 무슨 책인가 궁금증이 생겼던 나는 제목을 검색해 보았고 '숨겨진 가마'라는 뜻을 가지고 있다는 것을 알게 되었다. 임진왜란과 도자기를 굽는 가마가 무슨 관계가 있었는지 궁금증이 생긴 채 책을 읽게 되었다.

1592년, 조선 역사에 다시는 없을 동아시아사에 커다란 파장을 가지고 오는 큰 사건이 발생한다. 바로 일본이 조선을 침략하며 발생한 전쟁인 임진왜란과 정유재란이다. 일본의 도요토미 히데요시는 길고 혼란스러웠던 일본 전국시대를 끝낸 이후 국내의 불만을 잠재우고 개인의 욕심인 대륙 정벌을 달성하기 위해 조선을 침략해 임진왜란을 일으킨다. 임진왜란이 발발하자 전쟁 초기 조선의 육군은 처참하게 패배하고 일본군이 파죽지세로 밀고 올라옴에 따라 임금인 선조는 수도인 서울을 버리고 평양을 거쳐 최북방인 의주까지 피난하게 된다. 그러나 암울한 상황에도 불구하고 바다에서 이순신의 활약과 육지에서 곽재우 같은 의병장들과 김시민과 권율 같은 장군들의 활약으로 전세를 역전시킬 수 있었다. 이후 명나라의 참전으로 전황은 더욱 유리해졌고 다급해진 일본은 명나라와 교섭을 시도한다. 명나라도 더 이상 피를 흘리기 싫었기 때문에 일본과의 회담을 받아들인다. 하지만 일본과 명나라의 의견 차이는 심했고 회담이 결렬되며 결국 왜군은 다시 조선을 침략하면서 정유재란이 시작된다. 히데요시는 임진왜란의 실패를 딛고 대륙을 차지하고자 다시 한번 조선을 침략하지만 전쟁 도중 히데요시가 급사하며 왜군은 철수를 결정한다.

　왜군들의 철수로 7년간의 기나긴 전쟁은 끝나게 된다. 임진왜란으로 인한 양측의 피해는 100만을 넘어간다. 임진왜란은 동아시아에 커다란 파장을 일으켰다. 임진왜란으로 참전국들 모두 큰 변화가 있었는데, 조선은 왜란 이후 국토가 황폐해짐에 따라 농업과 산업의 기반이 사라지면서 나라가 망할 뻔했으며 명나라는 조선에 파병한 이후 점차 힘을 잃고 후에 청나라에 멸망당하게 되었다. 전쟁을 시작한 일본도 기존의 도요토미 정권이 붕괴되고 도쿠가와 이에야스가 이끄는 에도막부가 수립되는 등 동아시아에 커다란 파장을 일으켰다. 『비요』라는 책은 임진왜란과 정유재란과 밀접하게 연관되어 있다.

『비요』는 당시 일본으로 끌려간 사람들, 그중에서도 사기장들에 대한 이야기이다. 전쟁 당시 일본으로 끌려간 사람들은 약 3만 명으로 추산된다. 포로 중에는 조선으로 돌아온 사람들도 있지만 『비요』에 등장하는 사기장들처럼 돌아오지 못한 사람들도 존재한다. 『비요』는 왜란 당시 조선에서 일본으로 끌려가 그곳에 정착하여 도자기를 굽는 사기장들의 발자취와 도자기를 굽기 위한 사기장들의 노력, 고국을 두고 떠나온 그들의 심정을 그린다.

왜란 당시 사기장인 박삼룡은 백련리 사기골에서 다른 사기장들과 함께 왜군에게 납치되어 포로가 된다. 이후 박삼룡과 같이 잡혀온 사람들, 다른 곳에서 잡혀온 사기장들은 한 곳으로 모이게 되고 그곳에서 도요토미 히데요시의 급사 소식을 전해 받은 왜군들은 후퇴를 결정한다. 박삼룡과 사기장들은 일본으로 후퇴하는 도공들이 퇴각선에 몸을 싣고 일본으로 건너가게 된다. 일본 쓰시마 섬에 도착한 사기장들은 배를 잘못 타 포르투갈에 노예로 팔려갈 위기에 처하기도 하지만 다행히 별문제 없이 풀려난다. 이후 박삼룡 일행은 순왜의 안내를 받아 나베시마 영주의 영지 안에 있는 이마리라는 곳에 도착한다. 이마리에 도착한 박삼룡은 그곳에서 휴식을 취하며 지낸다. 그러던 어느 날 김하룡이라는 순왜가 사기장들에게 조선에서 도자기를 만들 때 사용했던 흙과 닥나무를 찾으라는 지시가 상부에서 내려왔다고 말한다. 지시가 있고 난 이후 이마리에 있는 산이란 산은 모두 뒤졌지만 백자토와 닥나무는 결국 발견되지 않는다. 계속 흙을 찾지 못하고 있을 때 김하룡은 박삼룡과 일행들을 불러 가마 단지 조성에 대한 말을 꺼낸다. 가마 단지에 대한 대화 이후 김하룡이 인솔하는 사기장들은 상부의 지시로 아리타에 오게 되고 그곳에서 그들과 마찬가지로 흙을 찾던 이상병이라는 사기장과 만난다. 도자기를 구울 만한 흙이 없는 것은 아리타도 마찬가지였기에 아리타에서도 도자기를 굽지 못하고 있었다. 그곳의 산에서도 흙을 찾는 일을 하던 사기장들은 영주의 부하인 다쿠 장군의 명으로 이마리 산속에 위치한 오카와치야마라는 곳으로 머무는 곳을 옮기고 그곳에 가마단지 조성을 계획한다. 말의 편자처럼 생긴 오카와치야마는 3면이 산으로 이루어져 있는 곳이었고 안에서 밖으로 소문이 새어 나갈 염려가 없었기 때문에 비밀 장소로 안성맞춤이었다. 오카와치야마에 가마 단지 조성이 확정된 이후 사기장들은 오카와치야마에 가마 단지와 거주지역을 건설하며 백자토가 발견되기를 기다린다. 시간이 지나고 이상병이 마침내 어마어마한 크기의 백자토로 이루어진 바위를 발견한다. 백자토가 발견되자 사기장들은 본격적으로 도자기를 만들기 시작했고 점차 완성도 있는 도자기를 만들어내기 시작한다. 시간이 지나고 오카와치야마에서 만들어진 도자기들이 밖으로 나가는 날, 도자기들은 자신들을 감추어 왔던 오카와치야마에서 벗어나 자신들의 존재를 세상에 알리게 되었고 도자기들은 큰 인기를 얻게 되었지만 도자기를 만든 사기장들은 그렇지 못했다. 사기장들이 만들어 낸 도자기들은 사람들의 머릿속에 기억되었지만 정작 그것을 만든 사기장들은 기억되지 못하고 고향을 그리워하며 쓸쓸하게 이국 땅에서 사망한다.

　나는 『비요』라는 제목을 굉장히 잘 지었다고 생각한다. 책의 초반부까지는 왜 제목이 『비요』인지 잘 몰랐지만 책을 읽는 과정에서 제목이 의미하는 바를 알게 되었다. 『비요』를 읽다 보면 아리타, 이마리, 오카와치야마 등 다양한 지역명이 등장한다. 이 지명들은 실제로 일본에 존재하는 지명들이다. 이마리와 아리타, 오카와치야마 모두 실제로 존재하는 곳이며 모두 도자기로 유명한 마을이다. 그리고 책에 등장하는 사기장인 이상병, 백자토로 이루어진 거대한 돌 산을 찾아낸 장본인인 이상병은 역사에 실존하는 이삼평과 행적이 많이 닮았다. 이삼평 또한 전쟁으로 일본에 끌려온 이후 아리타에서 백자토를 찾아내고 아리타에서 도자기를 빚어 명성을 얻게 된다. 그의 행적을 본다면 『비요』 속에 등장하는 사기장들의 행적과 비슷하다고 말할 수 있다. 실제로 존재하는 지명과 실제 인물을 거울삼아 만들어진 인물들이 우리가 책을 더욱 사실적으로 받아들일 수 있게 만든다고 생각하고 몰입이 더욱 잘되게 만드는 요소라고 생각한다.

책을 읽다 보니 문득 일본으로 납치당해 끌려간 사기장들은 몇 명이었을까? 어떤 대우를 받았을까? 같은 궁금증이 생겼고 바로 조사해 보았다. 납치된 사기장들의 정확한 수치를 알기는 어려웠지만 조선인 포로들에 대한 대략적인 수치는 알 수 있었다. 우선 임진왜란 당시 약 3만 명에 달하는 조선인 피랍자들이 존재했었다. 그들은 직업에 따라 대우가 달랐고 그중에서 사기장들은 『비요』에서 묘사되었던 대우를 받았다. 아니, 오히려 『비요』 속의 사기장들 보다는 대우가 더 좋았다. 그럴 수밖에 없는 것이 일본에서 조선 도자기의 존재는 현재로 비유하자면 명품시계, 명화, 명품 옷들과 비슷한 위치에 있었다. 명품 대접을 받았던 조선의 도자기인 만큼 자신의 영지 안에서 명품들을 계속 생산할 수 있었던 사기장들을 데리고 있었다면 일본의 영주들 뿐만 아니라 모두가 그들을 잘 대우해 줄 수밖에 없었을 것이다.

이마리와 아리타, 오카와치야마에서 생산되는 도자기들은 일본을 대표하는 도자기로 자리매김하고 있으며 모두 명품이라고 불리고 있다. 그러나 일본 도자기의 발전과 일본에서의 대우와는 반대로 조선 사기장들의 말로는 굉장히 쓸쓸했다고 전해진다. 그들은 죽기 직전까지 본국인 조선땅을 그리워했으며 조선에 남아 있어 만날 수 없는 가족들을 그리워했다. 그리고 그들은 역사에 이름조차 남기지 못한 채 쓸쓸하게 사망한다. 책의 마지막에는 조선 도공의 묘가 나온다. 그러나 조선 도공의 묘에는 사람들의 이름은 찾아 볼 수 없다. 책의 주인공 박삼룡 또한 죽은 이후 돌 비석이 되어 무명 도공의 무덤에 묻힌다. 타지로 끌려간 이후 조국으로 돌아오지 못하고 타지에서 사망한다는 것은 매우 슬픈 일이다. 더군다나 자신을 기억하는 사람 없이 사망한다는 것은 상상할 수 없을 정도의 아픔일 것 같다.

『비요』를 읽으면서 많은 생각이 들었다. 산속에 갇혀 죽을 때까지 도자기를 빚으며 사는 사기장들의 심정은 어떨까? 가족과 다시는 만날 수 없었던 사기장들은 무슨 생각을 하며 도자기를 만들었을까? 와 같은 궁금증도 생겼다. 이국 땅 아무것도 없는 곳에서 가마 단지를 조성하고 기어코 흙까지 찾아 도자기를 굽는 사기장들을 보고 그들의 집념에 감탄하게 되었다. 책을 읽으면서 대부분의 내용에는 공감도 되고 이해되는 부분도 있었지만 책과는 다르게 생각한 부분이 있었다. 책에서 사기장들은 타국에서 기억해 주는 사람 없이 쓸쓸하게 죽는다고 말한다. 하지만 이 부분에서 내 생각은 책과는 조금 다르다. 그들이 만들어 냈던 도자기들은 현재까지도 그들이 도자기를 만든 그 마을에서 그 명맥을 유지하고 있다. 비록 사기장들의 이름은 잊혔지만 그들은 다른 방식으로 세상에 기억되고 있고 그들의 이름이 아닌 그들이 만들어낸 결과물이 현대까지 존재하고 명성을 떨치고 있으니 그들이 잊힌 것은 아니라고 생각한다.

『설국』을 읽고

남유주(15세)

이 책은 주인공이 살아가면서 겪은 일생 내용을 담은 책이다. 주인공인 '시마무라'는 도쿄에 사는 유부남이었다. 그는 부모님의 유산으로 생계를 유지하며, 서양 무용에 대한 비평을 쓰는 것을 소일거리 삼아 하루하루를 보내고 있었다. 그러던 어느 봄날, 산으로 둘러싸인 북쪽 지방의 온천 마을로 여행을 가게 된다. 그곳에서 고전 춤을 배우기 위해 마을에 머무르고 있던 '고마코'라는 19세 여인을 만나 하룻밤을 보낸다. 그날 밤 그녀는 그의 손바닥에 자신이 좋아하는 사람의 이름을 써보겠다면서 고백을 하듯 시마무라의 이름을 수없이 끄적이고 다음 날 새벽 급히 그의 여관방을 떠난다. 홀로 남은 시마무라는 도쿄로 돌아가고, 1년 뒤 겨울이 되어서야 다시 기차를 타고 온천 마을을 방문한다. 여관에서 다시 만난 고마코는 기생 신분이 되어 있었다. 그녀는 시마무라가 떠난 날부터 그와 다시 만날 날을 손꼽아 기다리고 있었다. 그녀는 시마무라를 보자마자 자신들이 다시 만난 지 199일째라고 말한다. 하지만 시마무라는 고마코가 자신을 애타게 기다린 것이 헛수고 같다는 생각을 한다. 자신과 고마코 사이에는 특별한 감정이 싹터도 영원할 수 없음을 처음부터 직감하고 있었기 때문이다. 그 후 고마코는 시마무라를 마주칠 때마다 얼굴이 새빨개지고, 시마무라는 그녀의 빨간 볼을 보며 그녀에게 더 가까이 다가가고 싶다는 생각과 멀어지고 싶다는 생각을 동시에 한다. 고마코의 빨간 볼은 시마무라에게 삶의 유한을 지각해서 생겨난 허무함에서 벗어나 사랑이라는 뜨거운 감정에 빠져들 것을 요구하고 있었다. 그러나 시마무라는 언젠가 사라지게 되는 덧없는 감정 앞에 흔들리는 것은 부질없다고 생각했다. 그러던 중 시마무라는 마을 사람으로부터 고마코가 고전 춤 선생의 병든 아들인 '유키오'와 약혼 관계이고 그의 치료비를 마련하기 위해 기생으로 일하기 시작했다는 얘기를 듣게 된다. 그리고 유키오에게 '요코'라고 하는 새 애인이 있다는 얘기도 듣게 된다. 사실 시마무라는 온천 마을로 오는 길에 기차에서 요코라는 여인의 아름다운 얼굴을 보고 깊은 인상을 받은 적이 있었다. 시마무라는 이런 삼각관계도 유키오가 병으로 죽게 되면 모두 헛수고일 뿐이라는 생각에 허무함에 빠져든다. 시마무라가 늘 조금씩 거리를 두고 있음에도, 고마코는 매일 밤 따뜻한 등불처럼 그를 찾아와 함께 밤을 보낸다. 하지만 시마무라는 자신을 향한 고마코의 마음이 갈수록 커져가는 것을 느끼고, 기차역까지 따라오며 자신을 배웅하는 고마코를 남겨두고 서둘러 도쿄행 열차에 오른다. 그리고 기차 안에서 시마무라는 문득 외로움에 빠진다. 헛수고 같이 여긴 감정에 거리를 두려 했지만, 고마코의 빨간 볼과 그녀가 설원 위에서 느낄 쓸쓸함이 이미 시마무라의 마음속에 자리 잡고 있었기 때문이다. 또 1년이 지나 다음 해 겨울이 되고, 시마무라는 다시 설국의 온천 여관을 찾는다. 1년이 지난 사이, 유키오는 결국 병으로 세상을 이미 떠난 상태였다. 다시 만난 고마코는 작년에 시마무라를 역에서 배웅할 때 배웅이란 것이 그토록 괴로운 것인지를 깨달았다며 이별하던 순간의 쓸쓸함을 말한다. 그리고 고마코는 여관의 연회에서 손님들을 받을 때마다 수시로 빠져나와 시마무라의 방을 찾게 된다. 그럼에도 시마무라는 여전히 사람의 감정은 허망한 것이라고 생각하며 계속 그녀와 거리를 둔다. 유키오의 애인이었던 요코도 시마무라가 머무는 여관의 주방 일을 돕고 있었다. 시마무라는 그녀에게도 묘한 호감을 느끼지만 고마코에게 그러했듯이 계속 거리를 두고 그녀를 바라볼 뿐이었다. 요코는 날마다 먼저 세상을 떠난 유키오의 무덤가를 찾으며 우울한 삶을 살고 있었다. 그러던 어느 날 밤, 영화를 상영하던 창고에서 불이 난다. 화재를 알리는 종소리가 울리고 여관 근처에 있던 시마무라와 고마코는 눈밭을 달려 불이 난 곳을 향해 간다. 눈밭을 지나가던 중, 문득 두 사람은 눈밭 가까이에 내려앉은 은하수를 올려다본다. 그리고 시마무라는 은하수를 보며 대자연의 무한함과 광활함을 느낀다. 고마코는 은하수로 빨려 들어갈 듯한 시마무라를 바라보면서 자신이 혼자 쓸쓸한 설원에 남겨질 것을 직감하게 된다. 시마무라는 대자연 속에 일부가 되길 꿈꿨고, 한 사람은 유한한 사람들이 몸을 기대며 살아가는 설원 속에 남기를 꿈꾼 것이다. 설원을 달려 불이 난 창고 앞에 도착한 두 사람은 불구경하는 인파 속에 섞이게 되고 갑자기 2층 객석에서 요코가 떨어진다. 고마코가 비명을 지르면서 떨어지는 요코에게 뛰어가고, 시마무라가 불구경하는 인파에 밀려 고마코에게 멀어져 간다.

설국은 흰 눈이 땅을 덮어 싸고, 차가운 분위기가 느껴지는 아름다운 풍경을 지칭한다. 이는 겨울의 아름다움과 고요한 분위기를 감상하는 순간을 표현하는 말로 사용된다. 『설국』에 등장하는 여인들은 주체적이 아닌 수동적인 모습으로만 표현된다. 고마코라는 게이샤는 시마무라를 좋아하면서도 그가 찾아오기만을 기다리는 여인이며, 요코라는 여인은 이름 모르는 청년을 위해 몸을 던지는 소녀이다. 그리고 남녀 간의 사랑을 다뤘다고 하기엔, 고마코라는 게이샤와 요코라는 여인은 둘 다 자신들이 사랑하는 상대에게 충실하게 마음을 표현하고 다가가지만, 주인공인 시마무라에게는 절실함이 보이지 않는다. 두 여인의 모습을 바라보고 그리워하면서도 또 한편으로는 제 3자인 것처럼 멀리할 뿐이다.

이 작품은 환상적이라고 할 수 있을 정도로 아름다운 정경이 배경을 이룬다. 그 정경 속에서 지순한 아름다움을 간직한 여인의 모습을 감각적인 필체로 섬세하게 그려 내고 있다.

이 작품에서 가장 주목되고 있는 것은 고마코라는 기생과 그녀를 통해 등장하는 요코라는 여인의 특이한 대조이다. 이 두 여인의 모습은 아름다움의 정점으로 묘사되고 있지만 시마무라를 상대로 하여 보이지 않는 내면적인 갈등이 서려 있다. 가련하면서도 진지한 존재로서 비정의 아름다움을 보여주는 고마코와, 청순하면서도 애련한 느낌으로 가득 찬 요코의 대비는 서정적인 소설의 이야기를 인간 내면의 심리극으로 전화시키는 힘이 있다.

작품의 전체적인 느낌과 분위기는 싸늘하고도 청결하다. 그것은 서두에서 그려지고 있는 눈 덮인 산야의 배경과 그 배경에서 얻어진 첫인상이 지속적으로 작용함을 의미한다. 결말 부분에서 황홀하게 타오르는 불기둥과 스러지는 여인의 사랑은 쓸쓸하고도 허망한 여운을 남기고 있다. 사랑은 인간 간의 강력한 감정 중 하나로, 서로를 아끼고 존중하는 것을 기반한다. 이것은 친밀한 관계를 형성하고 유지하는 데 중요한 역할을 한다. 사랑은 다양한 형태와 종류가 있을 수 있다.

정열적으로 사랑을 하고 열심히 삶을 사는 여인들의 모습에 시마무라는 이끌린다. 이 두 여인은 여행을 다니며 한 번도 보지도 못한 외국 무용으로 소일하는, 현실에 발을 딛고 있지 못한 시마무라를 현실 세계로 이끄는 열쇠 같은 존재들이다. 그러나 결국에는 시마무라가 지닌 허무의 벽에 부딪혀 튕겨 나왔을 뿐이다. 그런 이유로 결국 시마무라는 현실 세계로, 고마코의 사랑으로 뛰어들지 못하고 만다.

『인형의 집』을 읽고

안형준(15세)

　『인형의 집』은 남녀차별에 대한 비판적인 부분을 강조하며 그 시대의 여성의 지위를 알 수 있게 하는 책이다. 세 아이의 어머니이자 사랑을 듬뿍 받는 아내인 노라는 즐거운 마음으로 크리스마스를 준비하게 된다. 그 이유는 새해가 되면 노라의 남편인 헬메르가 은행 총재로 부임할 예정이기 때문이다. 철없고 아이 같아 보이는 노라는 오랜만에 찾아온 친구 크리스티네에게 자신의 비밀을 털어놓게 된다. 그 비밀은, 몇 년 전 남편이 죽을병에 걸렸을 때 아버지의 서명을 위조해 돈을 빌린 것이다. 하지만 이젠 모든 일이 잘 되어 가고 있었고, 그렇다면 남편에게 크리스티네의 일자리를 부탁할 여유도 생기게 되었다. 그러나 한 가지 문제점이 있는데, 그 문제점은 바로 크리스티네 때문에 해고된 사람이 노라의 비밀을 알고 있는 크로그스타드였기 때문이다. 그가 비밀을 폭로하겠다며 노라를 협박하는 와중에 남편의 친구인 랑크가 노라에게 사랑을 고백해 온다. 정말 이럴 때 엎친데 덮친 격이라는 표현이 맞는 것 같다. 노라는 마음을 굳게 먹고 남편의 명예를 위해서라면 목숨을 바칠 각오까지 하게 된다. 모든 비밀이 드러나는 순간, 헬메르는 노라를 거세게 비난하며, 자신과 노라의 결혼 생활은 그저 사람에게 보여주기식 결혼이고 그녀는 아이들을 교육시킬 자격이 없다고 말한다. 그 순간, 노라 역시 깨닫는다. 그들의 결혼은 한 번도 진실한 적이 없었다는 것을 말이다.

이 책에선 노라를 작은 종달새, 귀여운 작은 다람쥐 등으로 묘사해 여자는 누군가의 도움 없이는 혼자서 어떤 것도 할 수 없는 존재라고 말하고 있다. 이 점을 보면, 그 시대의 여성의 지위를 드러내고 있는 것 같았다. 또한 노라도 그 별명을 쉽게 받아들이는 것을 보면 그 시대 때는 지금과는 차원이 다른 여성의 지위였겠구나라고 생각하였다. 거짓말이라는 행동은 나쁜 행동이라고 볼 수가 있다. 특정한 누군가를 속이기 위해서 하는 말이 좋은 것은 아니기 때문이다. 하지만 노라가 거짓말을 하게 된 이유는 무엇일까. 책에선 헬메르가 죽을병에 걸렸을 때 아버지의 서명을 위조하여 돈을 빌리게 된 것이라고 말하고 있다. 나였더라도 노라의 행동과 같은 행동을 했었을 것 같다. 내가 사랑하는 사람이 아파서 죽을 지경인데 그 위조 하나로 내가 사랑하는 사람을 살릴 수만 있다면 뭐든지 할 것 같기 때문이다. 또 노라가 이렇게까지밖에 할 수가 없었다고 생각을 해볼 수도 있겠다. 난 노라가 서명을 위조하며 돈을 빌릴 때 그깟 돈이 뭐라고 사람을 살리는데라는 생각을 했던 것 같다. 노라가 크로그스타드로부터 자신만이 알고 있을 것이라는 비밀인 아버지의 서명을 노라가 쓴 것임이 들통날 때 그 순간의 느낌을 한번 상상해 보았다. 과연 어떨까. 나만 알고 있을 것 같던 사실을 다른 누군가도 알고 있다면. 어디서부터가 잘못되었는지, 내가 왜 그때 서명 하나를 잘못해서 이렇게까지 되었을지에 대해서 생각해 보았다. 노라가 거짓말을 하지 않고 말했다는 점을 난 높게 산다. 사실 이 책을 읽을 때, 크로그스타드가 남편인 헬메르에게 노라의 비밀을 알려줘도 그냥 크로그스타드가 거짓말을 하고 있다고 잘 설득만 한다면 충분히 남편과의 관계성이 깨지지 않고 잘 풀어 나갈 수 있을 거라고 생각했다. 하지만 거짓말은 언제나 들통나는 법. 노라는 거짓말을 해서 나중에 큰일이 날바에야 차라리 지금 말해야겠다고 생각한 것 같다. 노라가 깨달았던 점은 어쩌면 참 슬픈 내용이기도 하다. 누구에게나 결혼 생활은 사랑을 느끼고 꽃길만을 걸을 나날들을 생각할 텐데, 노라는 그렇지 않았다. 그들은 그들의 결혼 생활이 진실한 적이 없었다고 말한다. 이 말을 들었던 노라의 심정은 어떠할까. 아마 자신이 처음에 생각했던 계획이 어긋나서 슬펐을까? 아님 자신이 원하고자 하는 결혼 생활이 아니었어서 슬펐을까. 노라의 비밀이 끝까지 숨겨졌다면 어떠하였을까. 노라만의 계획이 잘 이루어졌을까? 그렇다면 또 이 책의 결말은 어떻게 바뀌어졌을까. 정말로 궁금해졌다.

이 책의 끝부분에선 노라가 헬메르와의 결혼 생활은 진실된 결혼 생활이 아닌 그저 보여주기식 결혼 생활이었다고 생각하는 부분이 있다. 아버지는 노라를 인형아기라고 불렀고 헬메르는 그녀를 인형아내라고 생각하였다. 입장을 바꾸어서 생각을 해보자. 그 시대 때의 여자의 지위는 낮고도 낮았었다. 현대세대엔 생각할 수도 없을 만큼. 하지만 딱 한 번이라도 헬메르가 노라의 입장에 서서 생각해 보았다면 어떠했을까. 노라는 자신의 아버지가 어떠한 의견이나 말을 하면 그 의견에 맞게 자신의 생각을 바꿔왔다. 그러니까 자신의 의견을 단 한 번도 표출해 본 적이 없다는 것이다. 앞서 말했듯이 아버지께서는 그녀를 인형아기라고 부르며 인형처럼 가지고 놀았다. 노라는 아버지의 품속에만 갇혀있다가 다시 헬메르의 품속에서 8년 동안이나 의견을 내지 못하고 살았던 것이다. 헬메르가 노라의 편에 서서 단 한 번이라도 생각하였다면 아마 둘의 결혼 생활은 꽃길이었을 것이다. 그 시대적 배경으로선 생각도 못하겠지만. 결론적으로, 노라는 그 긴 세월 동안이나 참아왔던 감정이 폭발했던 것이다. 노라는 헬메르에게 그녀의 결혼 생활에서 행복했던 적이 단 한 번도 없었다고 한다. 그녀는 헬메르가 노라를 가지고 놀 때가 가장 행복했다고 생각했다. 하지만 이 또한 노라를 인형아내라고 생각하는 것이었기 때문에, 노라가 이 점에서 결혼 생활은 포기했다고 믿어도 될 정도였다. 이 책에 대한 내 생각을 한 단어로 표현한다면 난 '화산'이라고 말할 것 같다. 화산이 폭발하기까지엔 여러 가지 이유들이 있다. 지진이나 판끼리 서로 갈라지면서 화산이 폭발하게 된다. 이 말을 다시 살펴본다면 노라 마음속에 있는 화산 속의 지진은 스트레스가 되고 판끼리 갈라지는 것은 남녀차별 등으로 생각할 수 있겠다. 결국엔 노라는 주변 사람들로 인한 스트레스, 불안과 남녀차별과 관련한 다양한 요소들이 노라라는 마음속 안에 있는 산속에 쌓여서 폭발이라는 결과를 초래한 것이다. 난 이 책의 제목이 왜 '인형의 집'인지 궁금했었다. 그 답은 책을 읽으면서 생각하게 되었다. 헬메르의 집에서 노라가 인형처럼 다루어졌고 그녀의 아버지 밑에서도 인형처럼 다루어졌기 때문이다. 이 책의 제목이 '인형의 집'으로 지어졌지 않을까. 노라는 인형처럼 가지고 놀아졌던 게 좋았던 것이 아닌 참아왔던 걸 알게 되었을 때 한편으론 노라가 멍청하단 생각마저 들었다. 일반사람들로 생각해 보았을 때 노라는 아버지에게 있던 시간과 헬메르에게 갇혀있던 시간까지 더한다면 짧은 시간은 아니었을 것으로 생각된다. 그런 그녀가 진작에 헬메르에게 이혼얘기를 꺼내서 헬메르에게 소식을 전했더라면 노라는 그렇게까지 긴 시간 동안 악몽에 시달리지 않았을 수도 있지 않을까라는 생각도 해보았다. 그 시대적 상황을 생각해 보았을 때 노라가 어느 남자와 결혼하든 간에 똑같은 레파토리를 겪게 될 것은 사실이나, 노라도 자기 스스로 무언가를 할 수 있다는 모습을 보여줬더라면 어땠을까라는 생각이 들었다. 노라에 대한 혼란스러움까지 더해졌었는데, 자신이 싫어하는데 어쩔 수 없이 해야 하는 것 말고 자신이 싫어한다고 말해도 되는 게 있다면 싫다고 말하는 게 당연하다. 하지만 노라는 이 상황이 싫었으면서 왜 군이 싫다는 표현을 안하였는지 그리고 다른 방면으로 본다면 노라는 지옥과도 같았던 결혼 생활을 벗어나기 위한 노력을 하지도 않고 결과만 바라보았다고 생각할 수도 있다고 본다. 노력을 하지도 않고 결과만이 좋기를 바라는 건 노라의 잘못된 행동이라고 생각한다. 또 다른 측면에서 본다면 노라가 무엇인가 하기 위해서 올라가 보면 남녀차별이라는 벽에 막혀있어 무엇인가 할 수 없다는 점과, 그냥 노라의 몸에 남녀차별이 배어있어서 너무 익숙해서 노력을 하지 않았던 점이 있을 것 같다. 아니면 노라의 마음가짐 또한 문제가 있다고 생각할 수도 있을 것이다. 자기가 정말 바꾸고 싶어 한다면 노력이라도 했을 것인데 왜 안했는지에 대해 생각할 수도 있을 것이다. 결론적으로 내가 생각하는 이 책의 핵심은 노라가 살았던 시대적 배경에서 여자의 지위가 낮았던 점이 가장 컸다고 볼 수 있을 것이다. 노라가 살았던 그 시대에 비해 지금은 여성의 지위가 꽤나 높아진 듯 보인다. 하지만 자세히 들여다보면 여성은, 여전히 남자보다 낮은 임금을 받고 노동현장에서 일하고 있고 집안에서도 변함없이 가사노동에 시달리고 있는 게 현실이다. 나는 남자이고, 아직 중학생이지만 남녀차별의 문제는 개인적으로 노력한다고만 해서 해결되는 문제는 아닐 거라고 생각한다. 사회구조가 바뀌고 남녀가 함께 노력해야 해결될 문제인 것이다. 나에게 이런 현실을 책으로나마 알게 해 준 노라의 『인형의 집』이 한편 고마운 책이기도 하다.

『지하의 아이 지상의 아이』를 읽고

안도현(12세)

검은 바람으로 가득 찬 지상에도 파란 바람이 볼 수 있을까? 이 책은 이런 나의 의문에 답을 주는 책이다. 나는 처음부터 이 책의 제목에 끌려 이 책을 읽게 되었다. 책 속에는 새봄이라는 아이가 나온다. 그 아이는 9구역에서 살았다. 다른 학교로 전학을 가서 1구역으로 가기 위해 지하철역으로 가는 장면이 있는데, 하지만 저 멀리서 미세먼지를 가득 실은 검은 바람이 도시를 덮쳤다. 새봄이는 마스크를 끼고 있어도 매캐한 공기가 콧속으로 들어왔다. 지하철역에 들어와서 지하철에 타자 스피커에서 안내방송이 들려왔다. 학교에 도착하자 문이 자동으로 열리고, 바람이 불고, 공기청정기가 작동한 후에 문이 열린다. 교실에 들어오자 선생님이 들어오시더니 패드로 가상 세계의 파란 하늘을 보여주신다. 새봄이는 이때를 놓치지 않고 구름을 만지려고 손을 뻗었다. 나는 책 속의 이런 장면들이 정말 신기하게 느껴졌다. 내가 사는 동네와 집이 소중하다는 생각이 들었다.

다음날에도 새봄이는 지하철역으로, 새봄이 엄마는 8구역에 있는 공장으로 갔다. 지하철역에서 떨어져 다칠 뻔한 새봄이를 도와준 아이가 있었는데 아리엘이었다. 아리엘을 다시 만나게 된 새봄이는 아리엘과 함께 농장에 갔다. 아리엘은 램프 꽃과 기둥에 있는 발광이끼, 큰 우산버섯, 램프 버그를 보여줬다. 아리엘은 돌로 신호를 만들면서 담번엔 귀신의 집에서 보자고 했다. 다음날 새봄과 아리엘은 지하세계로 가서 비밀의 방으로 갔다. 며칠 후 귀신의 집이 무너져 있었다. 새봄이는 교문 앞에서 검은 보안경과 우비를 쓰고 있는 해랑이를 보았다. 해랑이는 아리엘이 사라졌다고 했다. 다음날 새봄이는 해랑이를 따라 지하에 있는 중앙 광장으로 갔다. 많은 지하인이 어디선가 차례로 나왔다. 회의가 시작되자 사람들이 의견을 말하지만 얘기가 길어지자 그때 아리엘 아빠는 해랑이에게 부탁을 했다. 그리고 새봄이를 굴착 튜브가 있는 곳으로 데려다주었다. 굴착 튜브가 위로 향하면서 땅을 파냈다. 새봄이는 해랑이를 기다리게 하고 위로 올라갔다. 올라가자 경비원이 새봄이를 잡아갔다. 새봄이가 정신을 차리자 의자에 묶여 있었다. 그곳에는 아리엘도 있었다. 문이 열리더니 오투회사 부회장이 나왔다. 알고보니 부회장은 자신의 딸에게 건강한 폐를 주기 위해 납치를 한 것이었다. 새봄이는 지하인과 해저인에 대해 말해주었다.

이 책을 읽고 나니 맑은 공기가 정말 소중하다는 생각이 들었다. 공기가 탁해진다면 우리도 책 속에 나오는 지하인처럼 살게 될지도 모른다. 그리고 나는 이 책에 나오는 지하인이라는 것이 정말 있다면 어떤 모습일까 상상해 보았다. 지하에는 해저라는 곳이 있으니까 용암보다는 물이 많을 것 같고, 생명체가 살면 아마도 기이하게 생겼을 것 같다. 해저에 사는 해저인은 공기를 만들어내니까 우주에서도 숨을 쉴 수 있을 것이다. 멀지 않은 미래에는 이 책에 나오는 얘기처럼 공기가 상상할 수 없을 정도로 탁해질지도 모른다. 지구온난화는 정말 무서운 속도로 우리가 겪어야 하는 현실이 될 것 같다.

『체르노빌의 목소리』를 읽고

조희경(13세)

이 책은 보통 사람들의 목소리를 통해 체르노빌 참사를 재구성해 볼 수 있도록 도와주는 책이다. 핵발전소의 위험을 모르지 않지만 어쩔 수 없이 체념하면서 살아가는 많은 사람들에게 경종을 울린다. 책의 시작은 이렇다. 체르노빌 핵발전소 폭발 후 인근 주민들에게 소개령(주민이나 물자 등을 분산시키는 명령)이 떨어지고 체르노빌을 떠난 사람들은 "체르노빌레츠(체르노빌 사람들)"라 불리며 경멸당한다. 연애도 결혼도 쉽지가 않다. 아이를 낳고 싶어도 죄인 취급을 받는다. 체르노빌에 남아도 괜찮다는 과학자들의 거짓말에 속아 남은 사람들도 많았다. 소련 정부는 남아서 수습을 할 인력을 확보하기 위해, 이전까지 비옥했던 그 땅에서 농작물을 계속 생산하기 위해 거짓말을 한 것이다.

이 책에는 핵발전소 폭발 직후 수습을 하러 갔던 소방대원들, 군인들, 헬기

조종사들의 생생한 이야기가 많이 나온다. 이들은 방사능의 유출을 최소화하려고 투입됐고, 이 사람들은 소련 정부의 지침에 따라 자원한 사람들이다. 이 사람들은 끔찍한 피폭을 당하지만 철저하게 버림받는다. 이들에게는 제대로 된 정보도, 안전 도구도 지급되지 않았다. 이 사람들과 그 가족들은 치사량의 몇 배에 달하는 방사선에 피폭된 후, 말 그대로 지옥 같은 경험을 하게 된다. 한 소방관의 독백처럼 "그 무엇도 아닌 방사선 오염물"로 취급되었다. 그의 아내는 의사와 간호사의 만류를 뿌리치고 남편과의 접촉 때문에 유산을 한다. 나는 그 소방관의 부인이 대단하게 느껴졌지만 너무 가슴이 아팠다. 피부 세포가 더 이상 재생되지 않아 온몸이 피투성이가 되어 죽어간 한 소방관의 시신은 마치 방사능 폐기물처럼 납과 콘크리트로 밀봉돼 매장된다.

주민들을 대피시키고 뒷수습을 하러 간 군인들은 자신들이 복무해 온 소련 국가와 그 지배의 정당성에 대해 의문을 품게 된다. 군인들은 "미국이 침략할 것에 대비해야" 한다는 얘기를 들으면서, 기관총을 지급받았다. "서방의 음모"에 의해 전시상황에 놓여 있고, 핵전쟁의 위협에 맞서야 한다는 것이었다. 그러나 이들이 체르노빌 발전소로 가서 한 일은 모든 걸 땅에 묻고, 핵을 삽으로 푸는 일이었다. 자신이 방사능에 얼마나 노출됐냐고 묻자 폭행이 가해지기도 한다. 군인들은 의료기록도 받을 수 없었고, 나중에 이를 요청하자 "서류가 방사선에 오염됐기에 파기했다"는 어이없는 답을 듣는다. 어떤 대령은 그가 원자로 위에서 받은 방사선 수치가 기록된 카드에는 7렘(방사선

단위)이라고 적혀 있었지만 실제로는 6백 렘에 노출된 것이었고, 결국 죽었다. 방사능에 노출되었던 이들에게 국가가 저지르는 폭력은 책을 읽는 내내 나를 분노하게 했다. 이것은 국가가 국민들에게 저지르는 범죄이고 만행이다.

체르노빌에 갔다 온 군인들은 제대하기 전, 소련 정보기관 KGB의 요원에게 소집돼, "본 것에 대해 어디에서도, 누구에게도 말하지 말라."는 당부를 듣는다. 한 군인의 증언은 이렇다. "우리는 의심하기 시작했다. 숨길 수가 없었다. 아마 3~4년이 지나 하나, 둘 아프기 시작하고, 누군가 죽고, 미치고, 자살했을 때, 그때 의심하기 시작했다." 또 다른 증언도 들어보자. "다른 곳보다 훨씬 큰돈을 주겠다는 유혹에 체르노빌로 온 사람들도 있었다. 어떤 사람들은 죽음이 예정된 매우 위험한 일을 맡았다. 소련 정부는 이들에게 후한 보상을 약속했지만 약속은 지켜지지 않았다. 소련 정부는 안전한 핵발전을 말했다. 평화로운 핵과 군사적 핵을 구분해야 한다고도 했다. 각종 경고는 무시됐고 대비는 소홀했다." 체르노빌 참사 5년 전, 벨라루스 과학 아카데미의 저준위 방사선과 내부피폭 전문가 사무실이 폐쇄되고, 연구가 축소되면서 전문가들은 강제로 은퇴를 당했다. 어처구니없게도 핵사고가 날 가능성이 없다는 이유에서였다. 핵발전소가 폭발하자 공산당 지역위원회 관료들은 구조의 책임을 회피했다. 갑상샘을 보호하기 위해 요오드액을 공급해야 했지만, 문제없다며 무시했다. 한 공산당 관계자는 뻔뻔하게 언론에 대고 이렇게 말하기도 했다. "핵폭발, 핵 구름에 있다는 방사선이 뭐가 어떻다는 겁니까? 그냥 뭐, 저녁에 포도주 한 병씩 하면 되는 거 아닙니까?"라고 이야기하기도 하였다. 나는 책을 읽는 내내 실제로 있었던 일인가를 끊임없이 의심해야 했다.

체르노빌 원전사고 이후 방사능의 위험성을 아는 사람들은 요오드액을 복용했고 자녀들을 체르노빌에서 먼 곳으로 이주시켰다. 관료들을 위한 가축은 외곽 지역에서 특별히 사육됐다. 이런 자들을 비판하는 양심적인 지식인들은 해고와 폭력 협박을 받았다. 소련 정부는 음모론을 뒤섞어 공포심을 불러일으키고 자신들의 책임은 회피했다. 예를 들면 체르노빌 핵발전소 폭발은 서방의 음모와 관련 있다는 식이었다. 방사선의 위험성에 대해서는 일자무식인 당 지역위원들이 "소비에트 인민의 영웅성, 군사적 용기의 상징, 서양 정보원의 음모"에 대해 여기저기 떠벌리고 다니기도 했다. 발전소에서 겨우 30킬로미터가량 떨어져 잔뜩 피폭된 낙농 공장은 계속 가동됐고, 여기서 생산된 우유는 원산지를 알 수 없도록 스티커를 뗀 후 판매됐다. 국가가 직접 나서서 거짓말을 한 것이다. 언론도 진실을 말하지 않았다. 참사 이후 며칠 동안 TV에 모습을 안 보이던 당시 소련 지도자 고르바초프는 이내 "다 괜찮고 다 해결할 수 있다"는 내용의 연설을 했다. 방사능 측정기가 어떤 수치를 보여 주면, 신문에는 완벽히 다른 이야기가 실렸다. 체르노빌에 대한 사건 일자는 모조리 지워졌고 카메라 촬영이 엄격히 통제됐다. 과학자들은 주민들에게도, 군인들에게도 거짓말을 했다. 의사들은 온몸이 아프다며 호소하는 사람들에게 "심기증(병이 없는데 병이 있다고 착각하는 심리)"이라고 일축했다. 심지어 소련 정부는 파라스크라는 유명한 마법사를 불러 방사선을 낮추고 피폭된 사람들을 치유하려는 우스꽝스런 시도도 했다. 결과가 형편없자 그 마법사는 곧 어딘가로 수감됐다. 국가가 그토록 안전하다고 떠벌려 온 핵발전소는 폭발했고, 정부는 사람들을 방사능 피폭으로부터 지켜내지 못했다.

나는 책에 나오는 여러 사람들의 경험담이 2014년 4월 16일 세월호 참사와 비슷하다는 느낌이 들었다. 세월호 사건은 초등학생인 나에게도 가장 충격적인 사건이었을 뿐 아니라, 도대체 나라를 책임져야 하는 정치인이나 관료들은 어떤 생각을 하는 사람들인지 궁금했기 때문이다. 보통 사람들의 삶과 안전은 안중에도 없는 그들을 보면서 어떤 나라든지 이런 참사의 배경엔 무능력하고 윤리의식이 없는 정치인들이 꼭 있구나 싶었다. 체르노빌 참사를 다룬 이 책을 읽으면서 어쩔 수 없이 우리나라의 핵 시설에 대한 안전이 염려되기도 했다. 우리는 핵발전소와 관련해서 중요한 정보를 알 수 없다. 나는 초등학생이기 때문에 어떻게 누구에게 물어야 하는지도 잘 알지 못한다. 우리나라는 소련처럼 공산주의 국가도 아닌데 말이다. 우리의 이웃나라인 일본의 후쿠시마 원자로 폭발도 체르노빌과 꼭 닮았다. 만약 우리에게도 이런 일이 생긴다면? 생각하기도 싫다. 그러나 이런 사고는 한번 터지면 수백 년이 지나도 많은 사람들이 고통을 받아야 한다. 그렇기에 학생도 어른들도 반드시 관심을 가지고 경계심을 늦추지 말아야 한다. 우리나라를 벗어나서 지구촌 곳곳에서 너무나 많이 불행한 일이 일어나고 있다. 나는 이 책을 통해 힘을 가진 나쁜 사람들의 존재도 알았지만 묵묵히 자신의 일을 수행하는 좋은 사람들이 훨씬 더 많다는 사실을 깊이 깨달았다.

성웅의 삶

안서현(15세)

이순신은 오늘날까지 많은 국민들이 존경과 흠모의 대상으로 삼는 이다. 존재 자체만으로 애국심과 자부심을 갖게 해주는 대표적인 구국영웅이기도 하다. 국내를 넘어 세계적으로 살펴보아도 그렇다. 넬슨과 같은 명장들도 정부의 지원을 받아 전쟁에서 승리했지만, 이순신은 조정에서조차도 아무런 지원을 받지 못한 채, 아니 오히려 조정과 명나라 육군에게 각종 물자와 진상품을 지원해야 했으며 피난민들의 생계까지 돌보면서 전쟁을 수행해야만 했다. 이러한 최악의 상황에서도 오직 자신의 노력으로 자급자족했으며, 군비를 꾸준히 확장하여 최강의 함대를 만들었다. 이순신은 인간이 발휘할 수 있는 극한의 능력을 보여준 인물이다.

저자 김종대 전 헌법재판관이 쓴 『이순신, 하나가 되어 죽을힘을 다해 싸웠습니다』에는 이순신의 이런 면모가 잘 드러나 있다. 물론 이순신이 쌓은 수많은 업적의 첫 기록은 난중일기이다. 그러나 안타깝게도 난중일기에도 그의 어린 시절에 대한 기록은 남아 있지 않다. 저자의 책 속엔 이순신의 어린 시절이 그나마 조금 묘사되어 있다. 저잣거리에서 동네 아이들과 편을 나누어 전쟁놀이를 즐겨했다는 것과, 공부할 나이가 되었을 무렵 두 형과 같이 유학을 익히며 인문적 소양을 쌓았다는 기록이 그것이다. 그의 청소년 시절을 밝힐 만한 객관적 사료가 없는 현실을 생각해 본다면 매우 귀중한 기록이다. 이순신은 청소년 시절부터 내면의 소리에 귀를 기울이면서 정신수양을 시작했고, 자연스럽게 말을 적게 하고 희로애락의 감정 표현을 삼갔던 것은 분명해 보인다.

『이순신, 하나가 되어 죽을힘을 다해 싸웠습니다』를 통해 이순신의 생애를 좀 더 살펴보자. 이순신은 청년 시절부터 무관이 되겠다는 목표로 수련을 게을리하지 않았다. 결혼 이후에는 장인의 도움으로 더욱 무예훈련에 집중할 수 있었기에 28세가 되던 해 한양 훈련원으로 가서 별과 시험에 응시할 수 있었다. 낙마로 인해 첫 시험엔 실패했지만 이에 좌절하지 않고 4년 뒤인 32세에 다시 도전하여 급제하였다. 이순신은 한번 마음먹은 일은 포기하지 않고 반드시 해내는 사람임에 분명하다. 나는 사실 이 부분에서 많이 부끄러웠다.

임진왜란이 발발한 후 육지에서 계속 연패를 하던 조선 수군에게 네 차례의 승전보는 매우 의미가 있다. 특히 한산도대첩과 부산대첩은 책을 읽는 내내 나를 흥분시키기에 충분했다. 가덕, 거제 부근에 10~30여 척의 왜군 함대가 여수 쪽으로 이동하고 있다는 급보가 들어오자 이순신은 3차 출전을 하기로 한다. 원균과 합류하여 견내량에 도착한 이순신은 지형을 살펴보다가 5~6

척을 먼저 보내 덮쳐 잡듯이 진격하도록 했다. 그러자 적 함대가 일제히 분격해 오고 조선 함대는 후퇴하면서 도망가는 척했다. 적선은 의기양양하게 쫓아가다 결국 한산도 앞바다까지 오게 된다. 조선함대는 서로 약속한 신호에 따라 한 척도 지체하지 않고 배를 돌려 학익진 형태를 갖춘다. 마치 거미줄에 걸린 듯 갈팡질팡하는 왜적을 포위시키자 좌우 2척의 거북선을 앞세워 모든 총통을 중심으로 돌격했다. 이것이 학익진으로 유명한 한산대첩이다. 사실상 견내량의 지형 자체는 조선함대 56척 전부가 가면 오히려 왜군에게 유리한 상황이 된다. 이런 상황을 극적으로 반전시켜 대승을 거둔 이순신의 지략이 놀랍기만 하다.

부산시민이라면 누구나 알아야 할 또 하나의 승첩은 부산포해전이다. 사실상의 임진왜란의 상황과 방향을 완전히 바꾼 전투가 부산포해전이다. 왜군은 부산을 통해 침략했지만 이후 해상 전투에서 번번이 연패하자 서해안 쪽으로는 가지도 못했다. 그러나 그들에겐 본영 같은 부산포를 점령하고 있는 상황이었다. 부산 성내에 관청 건물을 허물고 그 자리에 100여 호나 되는 건물을 세우고 성밖에는 300여 호나 되는 염집을 즐비하게 짓기도 했다. 겉보기에는 부산은 이미 왜의 땅이나 다름없었다. 한산대첩 후에 각 도에 퍼져 있던 왜적은 전체적으로 사기가 떨어져 차차 그들과 가까운 경상내륙으로 내려오기 시작한 때이기도 했다. 이런 상황 변화에 대응해서 조정에서는 이순신에게 내려오는 적을 섬멸하라는 명을 내렸고, 이순신은 적의 기세를 꺾어 버릴 수 있는 방법이 무엇인지 깊게 궁리했다. 그는 적의 중추부에 타격을 가하는 것이야말로 전쟁에서 승기를 잡을 수 있는 가장 좋은 전략이라고 판단했다. 애초에 이순신은 적을 효율적으로 섬멸하기 위해 부산 공격시에 수륙 연합작전을 구상했지만 당시 조정의 능력이나 육군의 전투 능력으로 보아 불가능일 확률이 높아 전라우수군과 경상수군의 도움만으로 부산 왜군 본영을 공격하기로 한 것이다.

나는 이순신이 단 한 번도 전쟁에서 지지 않았다는 사실도 놀라웠지만 사실 내가 이순신을 대단한 영웅으로 생각하는 이유는 다른 데 있다. 저자의 책을 읽으면서 3번의 파직과 2번의 백의종군의 험난한 길을 걸어야 했던 이순신을 알게 된 것이다. 이순신은 이 모든 과정을 누군가의 모함으로 인해 겪게 되었다는 사실도 가슴이 아팠고, 특히 이순신이 모함을 당해 죽음의 문턱까지 가게 되면서 원균이 이끄는 조선 수군이 완전히 궤멸되어 버린 사실은 무엇보다 가슴 아팠다.

김종대 재판관님이 쓰신 이 책은 어떤 역사책이나 위인전보다 이순신을 잘 알게 해주는 책이었다. 이순신은 전쟁이 일어날 것을 미리 예측하고 대비했으며 그 어려운 과정에서도 백성들을 돌보았던 탁월한 리더였다. 저자가 말하는 사랑, 정성, 정의, 자력을 갖춘 이순신이었기에 가능한 일이었을 것이다. 나는 솔직히 이순신 같은 용맹한 위인이 되거나 할 자신은 없다. 그러나 이순신 같은 장군이 없었다면 우리나라는 훨씬 더 오래전에 일본의 식민지가 되었을지도 모른다는 생각이 들었다. 임진왜란이라는 참혹한 전쟁을 겪으면서도 정신을 차리지 못한 조정대신을 보면서 지금 우리나라 정치인들이 이들과 똑같은 사람이라는 생각도 들었다. 지금은 전쟁에서 승리하거나 나라를 구한다는 의미가 이순신이 살았던 시대와는 많이 다를 것이다. 그렇지만 이순신이 어떻게 어려움을 극복하면서 성웅이 되었는지를 저자의 책을 통해 배운다면 우리나라가 겪고 있는 어려움을 해결할 수 있는 진정한 리더가 될 수도 있을 것이다. 성웅이란 호칭은 단순하게 전쟁에서 승리했다고 붙여주는 호칭이 아니다. 이순신이 얼마나 대단한 인물이었는지를 이 책을 통해 알게 되어 기뻤다. 우리나라에도 이런 영웅이 존재했다는 사실만으로도 내가 한국인이라는 것이 자랑스럽다.

용기있는 자의 선택

안형준(15세)

저자 김종대 전 헌법재판관이 쓰신 『이순신, 하나가 되어 죽을힘을 다해 싸웠습니다』는 한마디로 우리가 지금까지 제대로 알지 못했던 이순신에 대한 모든 것을 전해주는 책이었다. 내게는 그랬다.

이순신은 한양 건천동에서 태어났다. 어려서부터 군사놀이를 즐겼으며 나이가 들면서부터는 그의 형들과 함께 유학을 배우며 인문적 소양을 쌓아나가기 시작했다. 그가 22세가 되던 해, 이순신은 자신의 길고 긴 이야기의 시작점이 되는 중요한 결정을 내리게 된다. 그 결정은 이순신이 무인의 길을 걷기로 결심한 것이다. 이순신이 22세가 되던 해의 가을부터는 본격적인 훈련에 나섰다. 자신의 집 뒤의 야산에 연무장을 만들어 무술을 연습하고, 방화산의 평지를 훈련장으로 삼아 연습하며 기마술을 익혔다. 이순신은 28세가 되던 해에 드디어 별과시험을 치르게 된다. 그러나 시험도중 말에서 떨어져 왼쪽다리를 다치는 부상을 입게 된다. 결국 이순신은 이 시험에서 낙방을 하지만 끝까지 최선을 다하는 모습과 실패를 덤덤하게 받아들이는 정신은 더욱더 성장해 나아갔을 것이다. 그런 덕분에 다음번 시험에서 이순신은 당당하게 급제한다.

저자에 의하면 이순신은 총 2번의 백의종군을 당하게 된다. 첫 번째 백의종군은 조산보 만호 겸 녹둔도 둔전관 시절로 임무 수행 중에 여진족의 침략을 받아 10명이 전사하고 녹둔도의 백성들도 희생되는 큰 피해를 입었다는 것이 이유였다. 녹둔도 전투는 수십 명의 병력으로 1,000에 달하는 여진 기마병을 상대해 성공적으로 방어를 치러내고 반격까지 감행해 주민 60여 명을 구해낸, 패전이라고 할 순 없는 전투였지만 상급자인 함경도 북병사 이 일이 이순신의 병력 증원 요청을 거부한 책임을 면피하기 위해 이순신 쪽으로 책임을 모조리 돌리려 했다. 조정에서도 이순신이 패장이라는 사실은 변하지 않으니 사형에 처해야 한다는 말까지 나왔다. 그러나 이순신 쪽에서 자신의 무고함을 강력하게 따져 묻고 선조 역시 이순신의 사례는 여느 패전과 다르다고 결론을 내려 참형은 피할 수 있었다. 하지만 나는 이 부분에서 부당하다는 생각이 들었다. 이순신에게 모조리 책임을 덮어씌우려고 했다는 사실이 어느 정도 명명백백 드러났을 텐데 그럼에도 이순신이 그런 부당한 일을 참고당해야 한다는 사실이 잘 받아들여지지 않았다.

이순신의 이야기 중 가장 큰 부분을 차지하고 있는 이순신이 치렀던 전쟁에 대해서도 얘기해 보고자 한다.

옥포승첩 : 연합함대는 한산도 북쪽을 지나고 거제 남단을 돌아 송미포에

서 숙영한다. 이후 도슬포, 지시포, 조라포, 양암을 경유하여 옥포로 진출했다. 5월 7일 새벽 우척후장 사도 첨사 김완이 적을 발견했다는 신호로 신기전을 발사했다. 그 신호를 본 이순신은 "망령되지 않게, 움직이지 말고 산처럼 무겁게 움직여라"라는 명령을 내린 후 조선 수군을 옥포로 진격시켰다. 그리고 낮 12시경 조선 함대는 옥포 포구에 정박하고 있는 적선 50여 척을 발견, 재빨리 이를 동서로 포위한 후 포구를 빠져나오려는 적선들에 맹렬한 포격을 가하였다. 조선 수군 6척의 판옥선이 선봉에 서면서 적선을 향해 달려가며 포격을 가했고 이후 전 조선 수군이 정박 중인 일본군 함선과 일본군 진영에 포격을 가해 적선 26척 격침이라는 전과를 올리며 최초의 해전을 승리로 장식하였다. 함께 전투에 참여한 원균의 경상 우수군도 격침한 26척의 배 중 5척의 배를 분쇄하는 전과를 세웠다. 전투에서 탈출에 성공한 왜선은 몇 척에 불과하였고, 미처 배를 타지 못한 왜적은 육지로 달아났다. 이 싸움의 결과 조선군의 전투로 인한 피해는 부상자 1명에 불과하여, 피해라고 하기도 무안할 지경이었다. 다만 두 명의 부상자가 더 있는데, 이는 전라 좌수군이 사로잡은 왜선을 원균의 전선이 빼앗으려고 활을 쏴서 생긴 것이다. 결국 일본군은 조선수군에게 손은커녕 털끝 하나 못 건드린 셈이다. 옥포해전은 임진왜란에서 가장 중요했던 제해권 장악의 시작이었으며 전략 무기였던 함선의 다수 격침이란 피해를 안겨줬다. 군함의 격침은 단순히 병기의 손실을 넘어 사기 저하와 다수의 인적 손실은 물론 군함 생산에 필요한 자원의 소모 등 다방면에서 복합적인 손실을 의미하기 때문에 그 가치가 높다. 특히 일본군의 구성은 히데요시의 호령으로 모인 다이묘들이 자신들의 영지 병력을 데리고 참전한 케이스였고 도도 다카토라는 옥포해전 이후 다시 전선을 만들고 영내에서 병력을 보충해야 했기에 육상에서 활동하게 되면서 칠천량해전 시점까지 해전에서 이탈하게 된다. 이어 합포 앞바다에서 적선 5척, 다음날 적진포에서 적선 11척을 불태우는 전과를 올리며 조선 수군의 남해 제해권 장악의 페이스가 점차 올라가게 된다. 이순신은 이 전공으로 가선대부의 벼슬을 받았다.

당포승첩 : 이순신은 제1차 옥포승첩의 승리를 거두고 여수 본영으로 돌아와 다음 출전을 준비하고 있었다. 왜군들도 이순신에게 당했으니 가만히 앉아 있을 리는 없었다. 왜군들도 점점 경상도 해안 서쪽으로 침범하여 여러 고을들을 못살게 굴고 있었다. 이 소식을 들은 이순신은 다시 한번 경상도의 출전을 결심하게 된다. 6월 2일, 이순신은 당포승첩의 시작을 알렸다. 그중 왜군의 절반은 성 안쪽으로 들어가서 분탕질을 하고 있었다. 왜군의 배는 조선의 판옥선 만한 것이 9척, 중소선 12척으로 총 21척으로 편성되었다. 이순신은 거북선을 앞에 세우고 용머리에는 현자포를 두고 대·중·승자총통과 편전으로 한꺼번에 집중사격을 가했다. 왜군 쪽에선 자기 자신의 대장이 거꾸러지는 상황을 두 눈을 치켜든 채 넋 나간 듯이 지켜보던 왜적은 일시에 사기를 잃고 무너졌으며 헤아릴 수 없이 많은 적들이 조선수군들이 쏘는 포탄과 화살에 맞아 죽고 또 물에 빠져 죽기도 했다. 사기가 오를 대로 오른 조선수군들은 적선 21척을 모조리 불태워버렸다. 당포해전이 겨우 끝날 무렵, 탐망선에서 급보가 들어오게 되었다. 거제 쪽에서 적선 20여 척이 들어오고 있다는

소식이었다. 이순신이 급히 거제 쪽으로 뱃머리를 돌려 나아가자 왜군들은 조선 선함을 보고는 부리나케 도망치기 바빴다. 이순신은 더 이상 추격하지 않고 바다 위에서 군사들을 잠시 쉬게 하였다. 이순신의 당포승첩은 그리 많이 알려져 있지 않은, 가장 큰 위력을 자랑했던 전쟁이었지 않나 싶다.

한산도대첩 : 옥포승첩과 당포승첩에서 약 7번의 승리를 거두고 난 뒤에도 이순신은 다음 전쟁을 확실히 준비하고 있었다. 이순신의 무자비한 함대에 당한 왜적 지휘관들은 보급과 수륙연합작전이 수포로 돌아가자 도요토미로부터 경고를 듣고는 전전긍긍했다. 6월 14일, 일본놈들은 또 혼나고 싶었는지는 몰라도 왜 수군들 중 으뜸이라고 불리는 와키사카, 구키, 가토 등이 작전회의를 열었다. 이 셋들과 왜군들은 총력을 다해서 이순신을 끝내자고 결의를 다졌다. 그리고는 115척의 배와 대규모 연합선단을 구성해 이순신이 있는 여수 쪽으로 움직이기 시작했다. 이때부터 나는 왜군들이 호되게 혼날 것이라고 짐작하고 있었다. 그로부터 얼마 후, 거제부근에 있는 가덕에서 10~30여 척의 왜군들의 배가 이순신이 있는 여수 쪽으로 오고 있다는 사실이 이순신의 귀로 들어오게 되었다. 게다가 육상에서는 전라도 금산까지 적세가 난리를 치고 있었다. 자칫 잘못하면 육상과 해상 둘 다 위험해질 수 있는 상황, 그렇지만 이순신이 누구인가. 이순신은 이러한 상황들을 조합하고 분석하여 3차 해전이 열리게 되었다. 상대는 왜군. 우리 아군은 2차 출전 때와 비슷하게 진행되었다. 좌귀선돌격장에는 이기남을, 우귀선돌격장에는 박이량을 이용했다. 그리고 이 한산대첩과 이순신이라는 타이틀 옆에 졸졸 따

라다니는 거북선도 출전했다. 당포대첩에서 거북선의 승리의 맛을 좀 느낀 이순신은 한산대첩에서도 그 짜릿한 맛을 일본 왜군들에게 공유하기 위해 거북선을 다시 한번 한산대첩에 출전시킨 것이다. 좌수영을 떠나고 한편으로는 가벼운, 또 한편으로는 무거운 발걸음과 함께 나서게 되었다. 7월 4일, 전라의 우수사인 이억기와 합세를 했다. 7월 7일에는 바람이 좀 불어서 애를 먹었지만 전 함대를 이끌고 당포에 도착해 밤을 지낼 준비를 했다. 그날 밤, 산에서 피난하고 있던 목동 김천손이 조선함대를 보고는 기뻐서 허겁지겁 달려와 왜적선 70여 척이 오후 2시 즈음에 거제 영동포로부터 견내량에 내려와서 머물고 있다는 중요한 정보를 제공해 주었다. 드디어 7월 8일 아침이 밝았다. 임진년 역사상 가장 뛰어난 전술과 통쾌한 전투를 한 날이자 한산도 앞바다에서 학의 날개가 활짝 펴지는 날이기도 했다. 출전하기 전, 사실 이순신과 원균의 의견은 그냥 바로 적진으로 들어가서 일본놈들을 죽이자는 이판사판 스타일이었지만 이 또한 누구인가, 이순신 아니겠는가. 이순신은 낚시를 하자고 주장했다. 왜군들을 살살 꼬셔서 일심의 회격을 노리자는 말이었다. 그래서 결국 이순신, 이억기, 원균 이렇게 세 명의 장군들의 연합함대 56척들은 적들이 정박하여 쉬고 있었던 견내량 쪽으로 뱃머리를 돌렸다. 이순신은 먼저 미끼로 사용할 판옥선 5~6척을 일부러 적진으로 달려들게 하였다. 적들을 실실 꼬시기 위해서였다. 그렇게 아군들을 죽이기 위해 왜군들은 판옥선을 죽어라 쫓았다. 하지만 왜군들은 몰랐다. 그 판옥선은 사실 왜군들을 지옥으로 이끄는 가이드였다는 사실을. 하지만 이러한 작전을 벌이기 전에도 살짝의 소동은 있었다. 원균의 입장은 바로 견내량에 가서 싸우자는 입장이었다. 하지만 이순신은 원균의 작전대로라면 무조건 패할 터이니 자신의 의견을 따르라고 하였다. 난 이때 생각했다. 만약 이때 이순신이 원균의 의견을 듣고 따랐다면 우리는 지금까지 일본어를 써야 했을지도 모른다는 것을. 이순신은 작전대로 왜군들의 배를 끌어들이는 데 성공했다. 견내량의 거센 물살과 좁은 길목을 이용했다. 그렇게 아군의 판옥선에 속아서 따라온 왜군들의 눈 앞에는 학의 날개를 펼친듯한 광경이 펼쳐졌다. 이순신이 일제히 발사하라고하자 왜군들의 배들은 힘없이 쓰러져가기만 했다. 이러한 광경을 지켜봐야만 했던 왜군들은 두려움에 떨었을 것 같다. 이 학익진 전술은 세계에서도 알아주는 전술이다. 또한 한산도 대첩은 임진왜란 중에 일어났던 전쟁들 중에서 가장 위력이 컸던 전투였다고 봐도 무방할 것이다.

부산대첩 : 9월 1일, 새벽닭이 울 때 가덕도 북변을 출발한 연합함대는 부산 앞바다를 향해 전진하였다. 여수를 떠난 뒤 수백 리 바닷길을 노 저어온 지 7일 만에야 목적지에 접근할 수 있었다. 연합함대는 왜적선 큰 배 5척, 다대포에서 큰 배 8척, 서평포에서 큰 배 9척, 절영도 앞에서 큰 배 2척을 만나는 대로 깨뜨리고 불태워 가며 승승장구한 모습으로 부산 앞바다로 나아갔다. 명령을 기다리던 조선 수군은 선봉으로 나온 왜 대선 4척을 쳐부수고 불태워 버리니 배에 탔던 적병들은 헤엄쳐 뭍으로 도망가기 바빴다. 기세가 오른 조선수군들은 정운을 선두로 장사진을 지어 적선 500 영역을 향해 일제히 돌격해 들어갔다. 그러자 왜군들은 연합함대의 위세를 바라보고는 무서워서 감히 바다로 나오지 못하였다. 왜군들은 모두 산 위로 도망가 여섯 군데

에 나누어 진을 치고는 아래쪽을 향해 조총을 쏘아대는데, 마치 우박이 퍼붓듯 했다. 왜군들은 조선의 백성들에게도 총을 쏘라고 명령하였는데, 이에 더욱더 분개한 조선장수들은 죽음을 무릅쓰고 천자, 지자총통, 장군전, 피령전, 장편전, 철환 등을 한꺼번에 쏟아내며 해가 질 때까지 거친 공격을 멈추지 않았다. 전투는 끝이 났다. 결과는 조선수군들의 일방적인 승리였다. 조선함대는 왜군들의 배를 무려 100여 척 정도를 깨부수었고 화살에 맞아 죽은 왜적들은 헤아릴 수 없을 정도였다. 이로써 부산해전은 임진년 4대 승첩 중 최대의 전과를 거둔 전쟁이 되었다.

나는 이순신의 찬란한 전공을 보면서 우리 민족은 매우 행운이라는 생각이 들었다. 전쟁의 참상을 겪지 않았으면 좋았겠지만 준비 없는 조선에 이순신 같은 명장이 없었다면 어떻게 되었을지 생각만 해도 끔찍하다.

이순신은 우리 민족의 별이다. 별은 어두울 때 빛을 내어 어두운 밤에 길잡이가 되어준다. 그렇듯이 이순신 장군도 우리 민족에게 그런 별과 같은 존재이다. 나는 어릴 적부터 리더십이 부족했다. 솔직히 반장선거 같은 것은 거들떠도 보지 않았다. 왜냐하면 나는 원래 리더십이 없는 사람이니까, 그렇게 생각했다. 하지만 김종대 전 재판관께서 쓰신 이 책을 읽으면서 리더십이란 것이 무엇인지 제대로 알게 되었다. 무조건 능력도 안되면서 나서는 것도 리더십이 아니지만 할 수 있다는 용기가 부족하다는 이유로 주눅 들어 있는 것 또한 리더십이 부족해서라고만 말할 수는 없을 것 같다. 이순신이 남다른 리더쉽을 갖추게 된 것을 저자는 이순신의 사랑과 정성, 정의와 자력으로 설명하고 있지만 나는 무엇보다 용기 있는 사람이 되고 싶다. 그리고 그 출발점이 이 책을 읽는 것이다. 나는 이 책을 통해 나만의 리더십을 꼭 갖추고 싶다.

이순신이 되는 길

정승원(14세)

이 책은 이순신의 일대기를 다룬 다른 책과는 달리 어떻게 이순신이 성웅의 면모를 갖추게 되었는지를 잘 보여주고 있는 책이다. 을사사화가 발발한 해 태어난 이순신은 어려서부터 매우 강직했다. 어린 시절부터 활쏘기, 전쟁놀이를 좋아했으며, 이는 나중에 이순신이 용맹스런 장군이 되는 것에 도움이 되었을 거라는 생각이 들었다.

임진왜란이 발발해 많은 왜군들이 노략질을 일삼고 백성들을 해칠 때 만약 나였다면 어땠을까를 생각해 보았다. 나는 이순신처럼 뛰어난 무예실력도 없고 또 만약 이순신처럼 억울한 누명을 쓴다면 절대로 이순신처럼 충성을 다해서 백성들을 구하고 나라를 위해 싸우지는 않을 것 같다. 나는 솔직히 이순신이 좀 바보스럽게 느껴지기도 했다. 하지만 이순신이 자신의 현재 처지를 비관하지 않고 꿋꿋하게 자기 일을 해나가는 것을 보면서 마음이 뭉클했다. 이순신은 용감한 장수이긴 하지만 누구보다 정직하고 열심히 훈련에 임하는 성실한 사람이라는 생각이 들었기 때문이다.

　이순신을 공부하다 보면 언제나 함께 등장하는 인물이 있다. 원균이다. 원균은 이전부터 이순신에 대해 심한 열등감과 복수심을 가지고 있었던 것 같다. 원균은 어떻게든 이순신을 해코지하여 궁지에 빠뜨림으로써 열등감을 해결하려 했음이 분명하다. 원균은 자신이 이순신보다 나이도 많고 벼슬도 먼저 얻었으며 무엇보다 이순신보다 더 큰 공을 세웠다고 자부하던 사람이다. 그럼에도 불구하고 이순신보다 벼슬이 낮다는 데에 늘 불만을 품고 매사에 이순신과 충돌을 일으켰다. 저자가 쓴 내용에도 보면, 조정에서는 마침내 원균을 충청병사로 전출시키지만 그는 이후로도 서인들과 합세해 이순신을 비방하는 짓을 멈추지 않았다. 군졸들을 굶기며 군량미를 횡령하여 그것으로 뇌물을 삼아 한양의 대신들과 비빈, 내시들과 연계하며 이순신을 무수히 모함했다.

　나는 김종대 전 헌법재판관님의 『이순신, 하나가 되어 죽을힘을 다해 싸웠습니다』책을 통해 부산대첩에 대해 더 많이 알게 된 것이 매우 다행스럽게 느껴졌다. 부산시민의 날이 된 전투가 부산대첩이란 것을 이 책을 통해 알게 되었기 때문이다. 부산대첩은 이순신의 훌륭한 지도력과 전략적인 통찰력이 결정적인 역할을 했던 전투로써 조선 해군이 왜구의 침공을 막는 데에 큰 역할을 한 중요한 사건이다. 그리고 이순신이 산화한 전투 노량해전도 나는 인상 깊었다. 나의 죽음을 적에게 알리지 마라라고 하면서 숨을 거두었을 때 이순신은 어떤 심정이었을까. 나라가 위태롭고 백성들이 여전히 고통을 받고 있는데 눈을 제대로 감을 수가 있었을까. 이순신은 아마도 죽어서도 조선을 떠나지 못하고 조선 백성들을 지키기 위해 어디선가 내려다보고 있었을지도 모른다.

이순신을 얘기하는 사람들이 많을수록 솔직히 나는 우리나라가 그만큼 어려운 상황에 처했다는 생각을 하게 된다. 이순신이 살았던 조선 전기에는 정말로 어려운 일들이 많아서 이순신 같은 위대한 인물이 나라를 구해야 했겠지만 지금까지도 많은 사람들이 이순신을 찾는 이유는 그만큼 우리나라가 어려운 처지에 놓여있다는 의미인 것 같다. 나는 이순신이 위대한 사람이라는 생각에는 변함이 없지만 오래 전의 위인인 이순신을 찾기보다는 나 스스로가 이순신 같은 위인이 되기 위해 노력하는 것이 훨씬 중요한 일이라고 생각한다.

이순신의 진정한 면모

장인서(18세)

이순신, 하나가 되어 죽을힘을 다해 싸웠습니다!!!!

성웅과 충무공이라는 호칭을 모두 가진 사람은 역사에 딱 한 명 존재한다. 바로 이순신이다. 성웅 이순신, 충무공 이순신이라고 불리는 이순신의 이름은 대한민국 국민이라면 누구나 안다. 역사에 관심을 가지고 있지 않더라도 이순신을 모르는 이는 없을 것이다. 그러나 대부분의 사람들은 딱 거기까지이다. 더 이상 이순신에 대해 알려고 하지 않는다.

이순신을 잘 안다고 자부하는 이들조차도 명량 대첩이나 한산대첩, 노량해전 등의 전투명으로만 이순신을 기억한다. 물론 이순신은 매우 뛰어난 맹장이었다. 그러나 그는 많은 기록들이 보여주듯 문무를 겸비한 완성된 인간이었다. 그러나 우리는 이순신을 불패의 영웅으로만 기억하는 것이 이순신을 얼마나 협소하게 이해하는 일인지를 깨달아야 한다.

김종대 전 헌법재판관이 쓴 『이순신, 하나가 되어 죽을힘을 다해 싸웠습니다』는 지금껏 우리가 알고 있는 '이순신'을 뛰어넘고 있다. 단순하게 이순신의 전공만을 다루거나 그를 무조건 영웅으로 치켜세우는 책들과는 근원적으로 다르다. 저자는 이 책을 통해 이순신이 어떻게 완성된 인격을 구축하고, 불세출의 영웅이 되어 나라를 구하게 되었는지 그것을 가능하게 했던 정신적인 기제를 다룬다.

이 책은 또한 이순신의 생애 전반을 다루고 있지만 흔한 위인전이 아니다. 저자는 오랜 세월 공직자로서의 삶을 살면서도 꾸준하게 이순신을 연구했다. 이순신에 대한 그의 정성은 집착에 가까울 정도로 집요했다. 책의 구성도 방대하다. 총 5개의 장으로 나뉘어 있으며 각각의 장은 완결된 느낌을 줄 만큼 스토리 구조가 탄탄하다. 첫째 장에서는 이순신의 어린 시절과 전쟁 직전 거북선을 만들기까지의 이야기를 다루고 있다. 둘째 장에서는 본격적인 전쟁의 시작과 이순신 부대의 연전연승, 그리고 제해권 장악에 대해 다루고 있다. 셋째 장에서는 왜군이 이순신에게 한방에 깨지고 난 이후 바다로 나오지 못하는 상황과 한산도에서의 이순신을 다룬다. 넷째 장에서는 조정의 명을 거부한 죄로 백의종군을 하게 되는 이순신과 다시 시작된 전쟁에서 칠천량해전의 대패, 이후 다시 삼도수군통제사가 된 이순신과 명량해전을 다루고 있다. 마지막인 다섯 번째 장에서는 수군의 재건과 노량해전에서의 이순신의 최후를 이야기하면서 숨 가쁘게 막을 내린다.

나는 어느 장 하나 소홀히 읽을 수 없었지만 특히 첫 장의 제목에서 멈칫했다. '조선의 위기, 하늘은 명장을 준비했다' 첫 장의 제목 그대로 이순신은 오직 조선을 위해, 임란을 해결하기 위해 이 땅으로 보낸 신의 사도 같았다. 이순신은 조선이라는 나라가 가장 척박한 시기를 보낼 때 다시없는 전승으로 조선을 구해냈다. 그는 모든 것을 완벽하게 갖춘 무인이자 성웅이었다.

노량해전을 끝으로 다사다난했던 이순신의 삶도 끝나게 된다. 나는 이순신의 최후를 접할 때마다 번번이 눈물을 흘린다. 이순신에게 감정이입이 되면서 마치 내가 이순신처럼 최후를 마친 듯한 기분에 젖어든 탓이다. 이순신의 뛰어난 리더십과 병법을 바탕으로 구사하는 전술과 전투에서의 실행력을 보면 매우 뛰어난 장수였기 때문에 한국인의 가슴에 영원히 남은 성웅이라고 어릴 땐 생각했었다. 실제로 이순신은 전투의 판도를 바꾸고 임진왜란이라는 거대한 전쟁의 흐름마저 바꾸었다. 이순신의 뛰어난 리더십은 일반 백성들부터 그의 휘하에 있던 군인들, 동료 장수들까지 그를 전적으로 믿고 따르게 하였다.

이순신 리더십의 핵은 사랑, 정의, 정성, 자력이라는 4개의 가치이다. 그는 진정으로 나라를 사랑하였고 백성들을 사랑했던 장수였다. 그는 어느 것 하나 소홀히 하는 법이 없는 정성스런 사람이었고 모든 것을 공정하게, 스스로의 힘으로 나아가는 장수였다. 이순신은 지독한 원칙주의자였다. 직속상관의 명이나 심지어는 왕의 명령이더라도 자신의 원칙에 어긋난다면 그 명령을 절대 따르지 않았다. 작은 공물이더라도 사사로이 취하지 않았던 이순신이었고 이런 원칙주의로 인해 2번의 백의종군과 3번의 파직을 당하는 등 불이익을 받기도 하였지만 이순신은 결코 자신의 원칙을 내던지는 법이 없었다.

이제 이순신 연구는 한국을 넘어 세계로 나아가야 한다. 한국에서의 이순신 연구가 활발하지 않은 것에 비하면 오히려 미국과 영국, 일본과 같은 나라에서 이순신에 대한 연구는 매우 고무적인 수준이다. 우리나라보다 이순신의 진가에 대해서 잘 안다고 자부하는 국제인들도 종종 있다. 이제 이순신을 과거 우리나라를 구한 구국의 영웅 이미지에 국한시키기보다는 지금의 문제를 해결할 수 있는 든든한 지원군으로 삼아야 하는 시점이 된 것이다. 나는 이 책을 통해 한 단계 진화한 성웅 이순신의 진정한 면모를 알게 되었다.

고석규라는 진실,
그리고 아카이브

고석규라는 진실,
그리고 아카이브

이진서(고석규비평문학관 관장)

지난 2021년 김해 삼방동에 터를 잡은 고석규비평문학관은 1950년 한국비평사에서 빠질 수 없는 한 사람 고석규 비평가를 기억하고 추모하는 공간이다. 당시 한국 평단의 한 맥을 형성해 왔던 유종호, 이어령과는 달리 스물여섯의 나이로 요절한 그는 오랜 기간 사람들의 기억에서 잊혀진 존재였다. 그런 그가 새롭게 조명될 수 있었던 것은 1980년대 후반 부산지역에서 비평공부를 시작한 일군의 젊은 비평가들 덕분이었다. 『오늘의 문예비평』을 만든 주역들인 이들은 고석규의 친구이자 부산대 영문학과 교수를 지낸 홍기종 선생이 보관해 온 고석규의 원고를 토대로 1990년 유고평론집 『여백의 존재성』을 펴낸다. 이후 다시 발굴된 고석규의 시와 일기, 번역 등의 원고를 정리해서 고석규 전집을 펴내게 되는데, 이를 계기로 고석규는 1950년대 한국비평사에서 빠질 수 없는 중요한 비평가로 재평가되었다.

고석규가 시와 산문을 쓰기 시작한 1952년 이후 1958년 요절하기까지 6-7년에 해당하는 짧은 기간이 그의 문학활동 시기의 전부임을 고려한다면, 그가 쏟아낸 작품들과 문학적 열정은 그저 놀랍기만 하다. 그러나 26세의 젊은 나이에 요절했다는 사실과 그로 인해 당시 소장했던 4천여 권의 장서들이 세월의 풍랑을 이기지 못하고 소실되었다. 결과적으로 고석규를 기리는 문학관에는 가까스로 살아남은 소수의 유품과 몇몇 원고 그리고 유고집만이 남아있다. 이런 이유로 기성의 문학관과는 달리 고석규 비평문학관은 출발부터 취약한 자료만으로 문학관을 일궈야 한다는 현실적인 문제에 봉착했다. 게다가 고석규가 북한 함흥 출신인 탓에 지역 연고도 불분명한 김해에 문학관이 들어서면서 처음부터 곱지 않은 시선들이 있었던 것을 부인할 수 없다. 다만 고석규의 문학적 이력과 생애를 돌이켜본다면 그의 불꽃같은 삶과 비평가로서의 궤적은 전후 1950년대 한국문학비평의 자장 안에서 고석규라는 비평가의 존재감을 내비치기에 부족함이 없었다. 비평가로서 그가 새롭게 추동해 낸 비평의 흔적에 대해 달리 이견이 있을 수 없었던 것이다. 이제 고석규비평문학관은 고석규의 짧고 굴곡진 삶을 조명하면서 그의 비평정신의 전모를 온전히 되살려내어야 하는 시대적 책무를 부여받고 있다.

이 글은 지역문화 콘텐츠라는 이름으로 문학관이 우후죽순 세워지고 난립을 거듭하고 있는 현실 속에서 고석규비평문학관의 지난 3년을 되돌아보고 궁극적으로는 비평문학관이 지향해야 하는 바를 거칠게나마 기술하고자 한다. 작금의 비평이 온당한 문학적 가치 평가를 포기하고 자본의 논리에 휩쓸려가고 있다면 고석규비평문학관도 이런 파고를 완전히 비껴가긴 어려울지 모른다. 그럼에도 고석규비평문학관이 허물어진 비평정신을 새롭게 되살리는 장도의 어느 모퉁이에서 제 모습을 갖추고 꿋꿋하게 서 있기를 바래본다.

1. 문학, 문학관, 아카이브

　문학은 인간에 대한 이해에서 출발한다. 인간은 자신 앞에 놓여진 삶에 근거해 현실을 인식하고, 살아내며, 종국엔 그것의 총체로서 문화를 만들어 왔다. 문화는 특정 이념이나 가치에 의해 고정되기보다는 시대 상황에 따라 다양한 모습을 취한다. 이때, 문학은 인간 삶의 다양성과 구체성을 담아내는 가장 기초적인 문화의 한 부문이다. 인간이 경험하는 삶의 문제들이 작가에 의해 의미화되고 나아가 형상화된 것이 곧 문학이다. 문학작품은 인류가 축조해 온 가치체계 내에서 개별적 존재들의 정신적 양식, 혹은 그들의 정신세계를 이해할 수 있는 지표이다. 그리고 문학관은 문학작품의 소실을 막고, 작품을 생산해 낸 작가들의 정신과 문학적 가치를 계승하는 거점 역할을 한다. 문학작품을 향유하는 자들은 작품이 만들어 내는 사회적 파장과 의미과정에 적극적으로 개입하여 새로운 공동체 담론을 만들어 낼 뿐만 아니라 특정 사회구성체의 구성원들 간의 소통과 통합의 기능을 수행하는 데 있어 중요한 역할을 담당해 왔다. 오늘날 문학관은 창작과 비평의 전 영역에서 문학적 소통과 체험을 통해 문학자료들이 박제된 유물로 전락하지 않도록 현재화하는 작업의 최전선에 위치해 있다.

　2022년 현재 전국적으로 등록된 문학관 숫자는 공립 66개, 사립 40개, 총 106개에 이른다. 지금도 꾸준히 공·사립문학관 건립이 진행되고 있는 현실을 감안한다면 문학관은 더욱 큰 폭으로 증가할 것이다. 문학관의 본격적인 부흥은 1992년 부산의 추리문학관을 출발점으로 1990년대 테마 중심의 사립문학관이, 지방자치가 본격적으로 실시된 2000년대부터는 작가와 작품, 지역문학 중심의 문학관들이 큰 폭으로 증가하면서 시작되었다. 문학관이 급속히 만들어진 배경에는 공교롭게도 활자로 된 문학작품이 대중들로부터 외면받는 현실과는 별개로 지역 이미지 제고와 지역 활성화를 위해 지자체들이 앞다투어 문학관을 건립했기 때문이다. 이는 해당 지역 작가의 출생지와 작품의 공간적 배경으로 지역의 장소성을 부각시킬 수 있다는 점이 주요하게 작용한 결과이다.[1] 지자체가 문학 기념 행위의 주체가 되면서 문학관 설립이 활발하게 이루어지는 것 자체를 부정적으로 볼 순 없지만 지자체가 일삼는 파행적인 운영은 작가의 기량이나 작품의 문학성을 객관적으로 평가하기 어렵게 만들 뿐만 아니라 과도한 의미부여를 초래해 지역 문인들 간의 갈등의 소지가 되기도 했다. 문학관이 지역의 문화기관으로 역할하는 과정에서 발생하는 문제가 자칫 문학관 본연의 기능을 잃게 할 수도 있는 것이다. 이는 작가의 문학정신은 물론 문학의 가치 계승이란 차원에서도 커다란 사회적 손실이 아닐 수 없다.

1) 창조를 위한 기록, 아카이브

아카이브의 사전적 의미가 '역사적 기록의 수집 또는 수집된 자료를 보관하는 장소'를 지칭한다면 문학 아카이브의 일차적 목적은 작가들의 친필원고와 유고를 수집하고 관리보존하는 일일 것이다. 한국의 경우, 일제 식민지 시기를 거쳐 전쟁과 분단까지 굴절된 근현대사를 겪은 탓에 아카이브 개념 자체도 역동적인 이해를 필요로 한다. 혼란한 사회환경으로 귀중한 문학유산이 제대로 지켜지지 못했기 때문이다. 여기서 잠깐, 문학을 가까이하는 독자들에게는 친숙한 이를 한 명 소환하고자 한다. 스베틀라나 알렉시예비치(Svetlana Alexievich), 그녀는 오랜 기간 전쟁이나 제노사이드 같은 인류의 참혹한 역사를 기록한 일종의 채록문학으로 주목받으면서 2015년엔 노벨문학상까지 수상한 언론인이다. 체르노빌 원전사고를 다룬 『체르노빌의 목소리』는 지금도 많은 이들의 서가에서 당시의 충격적인 상황을 전해주고 있는데, 그녀는 이 책을 쓰기 위해 무려 10여 년에 걸쳐 100여 명의 사람들을 인터뷰했다고 전해진다.

---

1)　나윤지, 「한국 근현대문학의 가치 계승을 위한 문학관 운영 방안 연구」 고려대학교 석사학위논문, 2016, 2쪽.

이 책의 서문에는 그녀가 단순한 언론인을 넘어서서 역사를 기록하는 자로서의 사명과 역할이 어떠해야 하는지를 보여준다.[2)

그녀의 말에 의하면, 인간은 공적 기억을 두 개의 방에 나누어 저장한다. 첫 번째 방에는 자신이 실제로 경험했던 '진짜 기억'이 저장되고, 두 번째 방에는 주류사회가 주입거나 때때로 조작하기도 한 기억이 저장된다. 인간의 기억이 어떤 방식으로 기록되는가에 대해 깊이 천착했던 그녀를 통해 역사에 대한 새로운 인식의 한 단면을 본다. 실제로 스베틀라나 알렉시예비치는 지난 40년 동안 4,000여 명을 인터뷰하면서 사람들의 첫 번째 방에 있는 기억의 조각들을 찾아 기록하기 위해 분투해 왔다.[3) 여기서 주목되는 부분은 단순한 역사적 기록물을 수집하는 자로서가 아닌, 진실을 기록하기 위한 '창조적인 기록설계자'로서의 아키비스트(Archivist)의 실체이다. 한국을 비롯하여 세계적인 추세가 아카이브를 문학관 건립의 가장 중요한 목적으로 삼고 있다는 것을 염두에 둔다면 공식적인 혹은 비공식적인 기록물의 경계를 넘어 개인의 '사소한' 흔적까지도 망라해서 기록물의 사회문화적인 배경과 생산자의 삶, 나아가 기록의 맥락(context)까지 참조하고 반영하는 아키비스트[4)의 존재야말로 문학관이 지향하는 바를 가장 극명하게 보여주는 지점이다.

2) 외국의 사례 - 독일 문학아카이브

앞서 말한 바와 같이 문학아카이브는 중요한 작가의 친필원고와 유고, 소장품 등을 수집, 관리함으로써 문학유산을 보존하는 기본적인 역할을 한다. 또한 다양한 기

---

2) "나는 체르노빌의 증인이다. 무서운 전쟁과 혁명이 20세기를 대표한다고 하지만 체르노빌이야말로 가장 중요한 사건이다." 스베틀라나 알렉시예비치, 김은혜 옮김, 『체르노빌의 목소리』 새잎, 2011, 8쪽.

3) 김민영, 「한국 문학 아카이브의 현황과 전망 : 근대문학정보센터와 국립한국문학관 설립을 중심으로」 『기록관리학회지』 제19권 제4호, 2019, 212쪽.

4) 김민영, 앞의 글, 212쪽.

획 전시를 통해서 대중이 친숙하게 문학작품을 만날 수 있도록 도와주어야 하며 전문적인 기량을 갖춘 연구자들이 문학연구의 산실 역할을 할 수 있도록 구조화되어야 한다. 문학아카이브는 문학이라는 제도의 일부이면서 동시에 문학을 견인하는 실질적인 기능을 담당한다. 한국의 경우, 2016년에 공포된 문학진흥법과 2018년 8월의 시행령 및 시행규칙 제정안에 따라 본격적인 문학진흥계획 정책의 일환으로 아카이브가 연구되고 있다.

문학아카이브란 개념을 처음 도입한 나라는 독일이다. 100년이 넘는 아카이브 역사를 가진 독일, 특히 바이마르에 위치한 괴테 쉴러 아카이브는 우리에게도 유용한 사례이다. 이 아카이브는 괴테의 후손들이 기증한 친필원고를 모태로 18, 19세기 독일문학과 문화의 중심적인 아카이브로 확대되어 현재에 이르고 있는데, 독일어를 기반으로 한 문학과 사상사의 주요 자료를 소장하고 있다. 괴테 쉴러 아카이브와 양대 축을 이루는 또 다른 문학 아카이브인 마르바흐 독일 문학아카이브 역시 쉴러와 그 밖의 슈바벤 지역 출신 작가들의 유고를 전시하는 문학박물관으로 출발하여 18세기 이후부터 현재까지 작가들을 포함한 철학자들과 중요 학자들을 포괄하는 폭넓은 문학아카이브로 거듭났다.

독일 문학아카이브의 이러한 전통에는 빌헬름 딜타이의 「문학을 위한 아카이브」가 그 이론적 토대가 되었는데, 이것은 원래 문학연구의 진흥과 확산을 목적으로 설립된 독일문학 학회의 베를린 창립총회(1889년) 당시에 행해진 강연이었다. '근대문학 아카이브의 학문적 출생증명서'라는 상징성에 걸맞게 딜타이의 제언은 그 후로도 독일 문학아카이브에 상당한 영향력을 행사하는데, 흥미로운 점은 바이마르에서 독일 최초의 문학아카이브가 태동하고 있을 무렵이긴 했지만 딜타이가 역설한 「문학을 위한 아카이브」는 이러한 움직임과 직접적인 연관 없이 발표되었다는 사실이다. 딜타이는 장차 독일에 설립되어야 할 문학아카이브를 웨스트민스터 사원에 비유하기도 했는데, 문학아카이브에 위대한 작가들의 흉상과 초상을 친필원고와 함께 나란히 전시한다는 구상은 딜타이가 꿈꾼 일종의 문학적 판테온으로 타 문학아카이브의 전범이 되었다.[5]

독일의 문학아카이브 현장은 우리에게 몇 가지 시사점을 던져주고 있다. 독일에서는 살아있는 작가의 원고나 개인적 문서를 미리 기증받거나 구입하는 이른바 사전유고(死前遺稿)가 최근 완전히 정착되었는데, 이를 통해 문학유산의 소실을 미연에 방지할 수 있게 되었다. 또 한 가지 부러운 것은 독일 문학아카이브의 현장에 있는 이들의 문화적 소양과 태도이다. "연구 없는 수집은 맹목적이고 연구 없는 아카이브는 영락한다"는 슬로건 아래 그들은 '집단적인 지식의 저장고'로서의 문학아카이브의 기능을 정확히 숙지하고 스스로 연구를 게을리하지 않는다. 실제로도 마르바흐 독일 문학아카이브와 괴테 쉴러 아카이브는 아카이브 소장자료들을 일차적으로 분석하고 분류하여 역사비평본 전집을 발간하거나 특정 주제를 연구하는 등 다양한 연구 프로젝트를 동시에 진행하고 있다. 그 밖에도 연구자를 위한 장학프로그램을 운영한다거나 학술대회와 국제 심포지움을 개최하여 독일 근현대 문학 연구의 산실 역할을 제대로 수행하고 있다.[6]

2. 한국의 현실과 문학아카이브

한국의 경우, 앞서 기술한 바대로 문학관이 지역홍보와 관광을 위한 문화콘텐츠로 각광받으면서 웃지 못할 해프닝이 연출되고 있다. 과히 문학관의 시대라고 할 만큼

---

5) 조성희, 「독일 문학아카이브의 역사와 현재–국립한국문학관을 위한 제언」, 2019, 431–435쪽.
6) 조성희, 앞의 글, 446–447쪽.

문학관이 난립하고 있다. 이런 현실에서 본다면 인구 55만 명의 소도시인 김해에 세워진 고석규비평문학관의 설립 취지 역시 무색해진다. 대부분의 문학관이 지역과 연관이 있는 특정한 작가나 작품을 전시하는 공간 정도에 머물러있고, 게다가 운영이 제대로 되지 않거나 정부나 지자체의 지원이 미비하여 어려움을 겪고 있는 문학관이 곳곳에 산재해 있다. 설립 초기에는 국비와 지방비 등으로 예산지원이 어느 정도 유지되는 듯하다가 이후 충분한 예산 확보도, 효율적인 운영프로그램도 갖추지 못해 어려움을 겪는 것이다.[7]

한국에서 문학관은 설립과 운영주체의 성격에 따라 보통 세 부류로 나뉘는데 종합문학관, 도(시·군)립 문학관, 다수를 점하는 개인기념관이 그것이다. 개인기념관은 일반적으로 해당 지역 출신 중에 특별한 문학적 재능을 갖추었거나 대중들에게 이름이 회자되는 작가를 기리려는 후학, 후손, 지방자치단체가 문학관을 직접 세우는 경우이다. 한국의 문학관들은 일단 특정 문학인의 문학작품이나 관련 자료를 수집하여 보존·전시한다는 점에서 기능적으로 유사하다. 낭송회나 강연회, 문학콘서트 등의 콘텐츠도 크게 다르지 않다. 지역축제 따위와 연계해서 문화행사를 치른다는 것도 대동소이하다. 또한 한국의 문학관들은 문학이나 문화콘텐츠에 기초한 시민교육의 장으로 기능하기도 한다.[8] 이렇게 본다면 한국의 문학관은 단순히 문학유물의 보존을 넘어 문학 자체를 생산하는 창조의 장이자 이를 교육하는 공간으로 매우 복합적인 기능을 수행한다.

고석규비평문학관 역시 지역사회가 요구하는 이러한 현실적인 역할을 요구받았다. 그러나 한국의 대다수 문학관이 문학의 대중화와 지역 이미지 제고라는 이중의

---

7) 김종우, 「문화복합공간으로서의 문학관운영방안에 관한 연구-대구문학관을 중심으로」, 『문화정책논총』 2014, 258쪽.

8) 남송우, 『고석규 평전』 국학자료원, 2022, 453쪽.

역할에서 자유롭지 못한 데다가 주로 후자의 측면이 강하게 작용하다 보니 연고주의에 기초해 지역의 인물들을 내세워야 했던 사정이었다면 고석규비평문학관은 출발이나 지향점부터가 달랐다. 1932년 함경남도 함흥에서 태어나 한국전쟁 당시 월남하여 부산에 정착한 고석규는 얼핏 봐도 김해라는 지역 연고와는 무관해 보인다. 지자체의 입장에서 보나 고석규비평문학관의 입장에서 보나 지역문학 관광자원과는 처음부터 거리가 멀었다. 일반적으로 문학관광이라 하면 작가가 태어난 장소나 성장한 곳을 방문하여 작가의 창작배경을 감상하는 일정 부분 역사와 연관된 교육이거나, 작품의 배경이 되는 문학 장소를 직접 찾아가 작품의 주인공이 되어보는 일종의 노스탤지어적인 경험을 의미한다. 혹은 글쓰기 워크숍 등으로 대표되는 다각적인 학습경험이나 문학적 상상력을 제공받는 관광을 의미하기도 한다.[9] 지역 문학관들이 지역연고를 내세우는 이유도 이런 부분을 용이하게 하고자 함일 것이다. 그런데 이런 행태들이 오히려 실제로는 자신들이 기리고자 하는 문인의 작가정신에서 점점 멀어지게 하는 길임을 당사자들도 모르진 않는다. 그렇다면 처음부터 지역연고와는 별개로 출발한 까닭에 '독자적'인 노선으로 향할 수 있었던 고석규비평문학관에겐 이런 현실이 축복일 수도 있다. 한 가지 난항이 있었다면 고석규가 일찍 요절한 탓에 남겨진 유품이 많지 않고, 문학관 설립 또한 그의 사후 60여 년이 지난 후에 이루어져 중요한 자료들이 대부분 유실되어 풍부한 사료가 기반이 되어야 하는 박물관적 성격의 문학관은 애초부터 가능하지 않았다는 점이다. 이제 고석규비평문학관은 무엇을, 어떻게 기억하고 기록해야 하는가. 고석규의 남다른 비평정신을 추적하는 작업은 이런 문제의식의 선상에서 시작되었다.

---

9) 전윤경, 「문학관광자원으로 본 문학관의 활성화 방안 연구」, 『문화콘텐츠연구(13)』, 2018, 146쪽.

3. 고석규 아카이빙

1952년 부산대학교 국문과에 입학하면서부터 활발하게 동인활동을 시작한 고석규는 연이어 『신작품』 『시조』 『시연구』 『부산문학』 등을 펴낸다. 1954년에는 김재섭과 함께 공저 『초극』을 출간했으며, 여기에 윤동주 연구사로서는 최초의 본격 윤동주론인 「윤동주의 정신적 소묘」(『초극』, 1953, 9)를 발표했다. 그리고 당시 한국문단의 중심매체였던 『문학예술』(1957년 2월호부터 8월호까지)에 「시인의 역설」을 연재함으로써 본격적인 문학 비평가로서의 활동을 시작하게 된다. 그는 말 그대로 전후 50년대 살별처럼 나타난 비평가였다.

이후 고석규가 쏟아낸 평문들은 1950년대의 실존적 상황에 누구보다 민감하게 반응하며 문학적 글쓰기로 승화시킨 비평적 글쓰기의 원형이 되었다. 안타깝게도 하늘이 그의 천재적인 글쓰기를 시샘이라도 하듯 대학원을 졸업하고 부산대학 국어국문학과 강사에 위촉되어 겨우 두 주의 강의를 마친 1958년 4월 19일, 26세의 젊은 고석규는 심장마비로 하늘의 별이 된다. 그가 남긴 유고 「시적 상상력」은 같은 해 『현대문학』에 연재되었다.

고석규의 평론들이 가지는 문학사적 의미는 50년대 문학이 비교적 최근에, 비로소 연구대상이 되었다는 점과 자신의 비평적 사유를 펼쳐내기도 전에 요절해 버렸다는 사실로 인해 거의 세상에서 주목받지 못했다. 따라서 이전까지 고석규의 비평세계는 그와 가까웠던 몇몇의 인물들의 증언이나 회고를 통해 일부만 조명되는 수준에 그쳤다. 고석규 비평의 문학사적 의미가 본격적으로 조명되기 시작한 것은 김윤식 교수에 의해서이다. 그의 네 편에 달하는 고석규 비평에 관한 메타비평은 살아생전 고석규가 천착했던 릴케의 사상과 미학, 세대를 초월한 고석규와 윤동주의 정신적 교류, 전후 한국의 근대적 합리주의 문학의 계보랄 수 있는 이어령의 초기비평(저항의 문학)과

유종호의 비평(토착민 의식)과는 분명하게 변별되는 고석규의 실존적 비평의 원류를 밝혀낸 수작(秀作)이다.[10]

　김윤식 교수의 고석규 연구는 고석규 비평을 실존적 존재론의 계보 속에 위치시킴으로써 실존주의 비평의 연구를 본격화할 수 있는 단초를 제공했다. 한국전쟁의 포화 속에서 가족을 등지고 혼자 남하한 고석규가 극적으로 아버지와 상봉한 후 아버지의 후원에 힘입어 부산대 국문학과(1952년)에 진학하는 것을 계기로 그의 왕성한 동인지 활동은 시작되었다. 1953년 『신작품』을 시작으로 『시조』(1953), 『부대문학』, 『시연구』(1956) 등의 동인지 활동을 이어갔으며 김재섭과 2인 동인지 형식으로 발행한 『초극』과 부산대신문, 국제신문, 부산일보 등에 발표한 「문학현실제고」, 「문학적 아이로니」, 「문학과 문학하는 일」 등의 단편적인 글도 눈여겨볼 필요가 있다. 또한 「지평선의 전달」(1954.11), 「현대시의 전개」(1956.5) 등의 문학론을 『신작품』, 『시연구』 등의 동인지에 실으면서 고석규만의 비평체계를 갖추기 시작한다. 그는 P.풀끼에의 『실존주의』를 번역할 정도로 외국어에 능통했으며, 「T.S 엘리어트의 인간적 경위」, 「탐색적 인간주의자」 등과 같은 문학에 관련된 외국잡지 기사들도 번역, 소개하였다.[11]

　고석규가 실존했던 전후 1950년대의 비평세대는 전쟁 체험을 통하여 죽음, 불안, 공포 등의 비이성적이고 파괴적인 주제들을 자신들의 문학 속에서 다루고 그것을 해명하고자 했던 것으로 보인다. 고석규 비평은 사회적이고 역사적인 관점을 자신의 비평 속에서 직접 보여주고 있지는 않으나 사랑이라는 개념을 통해 드러나는 문제의식은 죽음 자체의 지향이 바로 사회적 성격을 띠는 것으로, 그렇게 변화시키고 있었던 것으로 파악된다.[12] 고석규 비평의 이런 경향성은 그의 작품 전반을 관통해 있다.

---

10)　임태우, 「고석규 문학 비평연구」, 『고석규 유고전집 5-고석규의 면모』, 책읽는사람, 1993. 197쪽.
11)　위의 책, 198-202쪽.
12)　임태우, 앞의 글, 252쪽.

<고석규 작품 연보>[13]

상징의 편력, 『시조』 제1호, 1953. 4. 1.

不可視의 焦點, 『시조』 제2호, 1953. 5. 1.

윤동주의 정신적 소묘, 『초극』 1953. 9. 16.

돌의 사상, 『초극』 1953. 10. 7.

해바라기와 인간병, 『초극』 1953. 12. 16.

여백의 존재성, 『초극』 1954. 1. 20.

서정주 언어서설(미완), 『초극』 1954. 6. 15.

모더니티에 관하여, 1954.*[14]

지평선의 전달, 『신작품』 6집, 1954. 11.

문학현실 재고, <부대신문>, 1955.*

윤동주 조사-다시 하늘과 바람과 별과 시, <국제신문>, 1955. 2. 16.

문학과 문학하는 일-사이비성의 극복, <부산일보>, 1955. 3. 30.

문체의 방향-일반적 서설, 『연구』 제1집, 1955. 12.

불안과 실존주의-현대의 특징을 해명하는 시론, <국제신보>, 1956. 3. 24.

현대시와 비유, 『시연구』 제1집, 1956. 5.

문학적 아이러니, 『국제신문』 1956.*

언어의 명징성-의미로서의 현대시, <국제신문>, 1956. 10. 7.

서정의 순화-우리 시의 당면 과제, <부산일보>, 1956. 10. 25.

비평가의 문체, <국제신보>, 1957. 2. 24.

---

13) 남송우, 「고석규 작품 연보」 고석규비평문학관 리플렛, 2021.

14) "*표기가 된 고석규 원고들은 아직까지 정확한 발표연대가 확인되지 못했다. 시간을 두고 보완해가야 할 부분이다. 지금 당장은 확인이 불가능하다." 남송우, 「고석규 작품 연보」 고석규비평문학관 소개리 플렛, 2021.

이상(李箱) 20주기에-모더니즘의 교훈, <국제신보>, 1957. 4. 7.

시=청중=이해(상), <부산일보>, 1957. 6. 21.

시=청중=이해(하), <부산일보>, 1957. 6. 22.

시인의 역설, 『문학예술』 1957년 2월호부터 8월호까지 연재.

모더니즘의 감상, <국제신보>, 1957. 8.*

비평적 모럴과 방법 문제(상), <부산일보>, 1957. 9. 18.

비평적 모럴과 방법 문제(하), <부산일보>, 1957. 9. 21.

부조리와 시의 경계(상), <부산일보>, 1957. 11. 25.

부조리와 시의 경계(상), <부산일보>, 1957. 11. 26.

현대시의 형이상성-discordia concors를 중심으로, <부대학보>, 1957. 12. 7.

방황하는 현대시, (1957년을 넘기는 마당에서)*

현실과 문학인의 자각-플레처 여사의 한국기행을 읽고, <부산일보>, 1958*

시와 산문, <부산일보>, 1958. 3. 9.

시적 상상력, 《현대문학》, 1958, 6-11월호

비평가의 교양-모더니티의 탐색을 위한, 『사상계』 1958. 7.

민족문학의 반성-8·15와 사상의 문학, <국제신문>, 1958*

R. M. 릴케의 영향, <국제신문>, 1958*

유고평론집 『여백의 존재성』 도서출판 지평, 1990. 12. 29.

유고시집 『청동의 관』 도서출판 지평, 1992.

고석규 전집 『여백의 존재성』(제1권), 『청동의 관』(제2권), 『청동일기』(제3권), 『실존주의』(제4권)을 기획·발간함, 책읽는사람, 1993.

남송우 편찬·감수, 고석규 전집 『시집 청동의 관·시인론』(제1권), 『평론집 여백의 존재성 외』(제2권), 『청동일기·서한·속청동일기』(제3권), 『사진·연보·실존주의·추모문』

(제4권), 『작가연구』(제5권), 출판사 마을, 2012. 1.

하상일 엮음, 『고석규 시선』 지식을 만드는 지식, 2012. 5.

남송우 엮음, 『고석규 평론선집』 지식을 만드는 지식, 2015 7.

시의 기능적 발전(미완성 원고)*

시의 히로이즘 -히로이즘과 사랑*

소월 시 해설, 제4회 부산대 시낭송회 강연*

이상과 모더니즘, 『시연구』*

4. 진화하는 문학관, 진화하는 아카이브

문학관이 태동한 서양의 경우 문학관은 그 출발 자체가 향수를 불러일으키는 일종의 기억저장소였다. 문학관에 대한 대중적 관심과 논의가 활발했던 프랑스의 경우, 1902년 빅토르 위고의 집이 문학관으로 일반인들에게 공개되는 것을 계기로 문학관이 작가와 작품, 대중이 함께 호흡하는 공간으로 인식되기 시작했다.[15] 초창기 문학관은 "작가의 삶과 창작의 기억과 자취를 간직한 곳"이나 "작가가 태어났거나 오래도록, 또는 일정 기간 살았던 곳에 그의 작품 활동 중 유·무형의 흔적을 보존하고 전시하는 문화시설"로 정의되어 왔기에 주로 작가와 작품에 관련된 자료 전시에 치중했다. 이후 1980년대에 들어서 다양한 형태와 방식의 문학 활동과 체험이 문학관에서 본격적으로 이루어지게 된다. 작가를 기념하고 작품을 보존하는 것을 넘어 문화예술활동 공간으로 문학관이 인식되기 시작한 것이다. 이러한 배경에는 지역주민을 포함한 문학관 이용자나 지역공동체와의 소통이 무엇보다 중요해졌고, 이는 문학관이 제대로

---

15) 나윤지, 앞의 글, 7쪽.

문학을 향유할 수 있는 장소성을 획득했기 때문이었다.[16]

문학관은 더 이상 단순히 작가와 작품이 전시되는 공간만으로 남아있을 수 없게 되었다. 문학관은 작가의 의식세계를 문학적으로 재조직한 의미의 세계이다. 그렇기에 문학관에서 시행되는 제반 프로그램은 역사문화적 맥락이 포함되는, 각종 기억을 문화적으로 재현하여 작가와 작품에 대한 이해를 확장시키고 작가나 작품이 담지하고 있는 시대적, 공간적 의미까지도 대중들에게 전달할 수 있어야 한다. 이런 측면에서 각종 커뮤니티를 중심으로 활성화되고 있는 공동체 아카이브는 문학관의 역할을 재정립하는 중요한 기회가 된다. 한국은 기록과 관련된 전반적인 이해의 출발점이 공공기관의 기록물 위주로 정착되어 온 까닭에 민간 기록에 대한 공론장이 늘 차순위로 밀려나 있다. 그러나 공동체 아카이브는 민간이 기록물 대상의 주체이다. 공동체 아카이브에서는 공공(公共)은 Official의 개념이 아니라 Public의 개념으로 국가 정책에 근거한 공공성이 아니라 여러 사회주체들이 참여하는 공공성을 의미한다.[17] 주류기억기관으로 흔히들 인식하는 기록관이나 박물관, 도서관은 도서관을 제외하고는 대중의 접근성이 좋지 않다. 고석규비평문학관의 경우 대중들에게 익숙하지 않은 비평이라는 장르 때문이기도 했고, 무엇보다 고석규의 비평유물을 확보하기가 용이하지 않았기 때문에 김해지역에 연고를 둔 비평가나, 고석규의 사상적 입지가 되었던 철학자, 문학가, 비평가들의 저서를 손쉽게 만나는 생활밀착형 도서관을 처음부터 모색하였다. 지역문학관이 자칫 작가를 기념하고 작품을 보존하는 원론적인 역할 속에만 머무를 수 있는데, 지금의 고석규비평문학관은 초기 설립과정에서의 이러한 행보 덕분에 그런 우려에서 자유로울 수 있었다. 이제 문학관은 이용자와 지역주민이 중심이 되는, 공동체와의 문학적 소통이 중요시되는 문학향유지로서의 확장된 역할을 요구

---

16) 나윤지, 앞의 글, 8쪽.

17) 김유리, 「공공성의 관점에서 본 기업기록관리에 대한 연구」 한국외국어대학교 석사논문, 2009, 3쪽.

받고 있다.

5. 모두가 기록자이고 비평가인 공간

문학을 통해 인간이 향유하는 것은 일정한 공간과 시간에 존재했던 감각이다. 문학자료가 공동체의 기억과 정신이 새겨진 기록물[18]이라는 입장에 동의한다면 고석규비평문학관이 품어야 하는 시공간의 감각은 우선 '폐허라는 상징이 띄는 공간성과 시간성' 일 것이다. 비평가 김윤식이 명명했던 '끝의 끝', '막다른 끝', '허무의 공간', '최후의 점'으로서의 피난처 부산이 생전의 고석규에게 단순한 지명의 의미만이였을 리는 없다. 그것은 지옥 같은 현실 속에서 환각을, 형이상학을 꿈꿀 수밖에 없었던 고석규의 시간과 공간의 고유명사였을 것이다. 「돌의 사상」 「해바라기와 인간병」 「여백의 존재성」 「서정주 언어서설」 「윤동주의 정신적 소묘」 등 고석규의 유려한 산문 5편엔 어떠한 논리로도 설명이 불가능한 이러한 50년대의 감수성이 고석규가 쌓아 올린 '형이상학의 성채' 만큼 신비스런 빛을 발하고 있다. 다행스런 일은 소실될 운명의 비평자료와, 역사의 뒤안길에 서 있던 천재 비평가의 부활이다. 물론 세월의 공백을 뛰어넘어 '고석규'가 세상에 나올 수 있었던 것은 창조적인 기록설계자, 아키비스트로서의 소임을 충실히 다한 김윤식이라는 탁월한 비평가와 그의 비평작업을 계승하면서 지역문학과 문화에 깊이 천착해있던 또 다른 비평가 남송우의 노고가 있었기 때문이다. 그들 역시 고석규와 함께 자신들이 세상에 내어놓은 기억과 기록으로 고석규비평문학관 자료실의 한 벽면을 채우게 될 것이다. "고석규가 막다른 현실 속에서 이룩한 마

---

18) "문학자료는 작가가 문학작품을 생산하는 과정에서 발생한 모든 과정 기록을 포함한다." 우신영, 「문학관 활성화를 위한 문학기록물 전시에 관한 연구 : 문학기록물 활용을 위한 전략을 중심으로」 한국외국어대학교 석사논문, 2012, 12쪽.

지막 역설"처럼 말이다.

지금 우리에겐 고석규가 추구했던 비평정신을 구체화시킬 언어와 실질적인 변화의 방도들이 필요하다. 그리고 그것은 반드시 기존 세계에 대한 비평적 사유가 전제되어야 가능하다. 고석규비평문학관이 지역에서 비평 플랫폼으로의 소임을 다한다는 것은 아마도 이런 의미일 것이다. 전설적인 큐레이터 하랄트 제만(Harald Szeemann)의 전시명이기도 한 '태도가 형식이 될 때'를 떠올려본다. 그의 작품에서는 시각적인 아름다움이나 완성도가 중요하지 않았다. 그가 전달하고자 하는 아이디어나 사상이 '어떤 형태'로 발현되는 그 과정 자체가 작품이 되었다.

'담론을 만들어 내는 비평 플랫폼', 그것이 비록 당장은 고석규비평문학관이 도달할 수 없는 지점일지라도 고석규비평문학관에 머무르는 이들 모두가 기록자이자 비평가이기를 꿈꿔본다. "비평은 단순히 윤리적 직관에 의지하는, 올바른 글로만 향하는 것이 아니라 오히려 비윤리적인 언어의 유희를 통해서 세상을 폭로하는 과정이다." 그것이 루카치가 말한 비평가의 운명적 순간이길. 아카이브는 "가려져 있던 것들이 드러나는 곳, 닿을 수 없게 된 것들뿐 아니라 살아 움직이고 있는 것들이 글줄 몇 개에 욱여넣어진 상태로 드러나 있는 곳이다."[19] 우리는 여전히 고석규라는 진실에 '아직은' 가닿지 못했다.

---

19) 아를레트 파르주, 김정아 옮김, 『아카이브 취향』 문학과 지성사, 2020, 15쪽

 고석규비평문학관
kosukgyucritique.co.kr

운영시간
월요일 ~ 토요일, 10:00 - 18:00

위치한 곳
경남 김해시 활천로 294
은석문화회관 B1
TEL_ 055.312.6459
FAX_ 055.312.6450

청소년 비평의 세계

초판 1쇄 발행 2024년 5월 10일

지은이 이진서, 이정숙
기획 문장의정원
감수 김효정
디자인 사계

펴낸이 장지숙
펴낸곳 글넝쿨
출판등록 2020년 02월 14일(2020-000005)
주소 부산광역시 수영구 수영로 582번길 50
대표전화 051. 758. 3487
블로그 https://blog.naver.com/sentencegarden

ISBN 979-11-972743-2-9 03800